UNION GÉNÉRALE D'ÉDITIONS
8, rue Garancière - Paris VIe

MEURTRE À CANTON

(Les dernières enquêtes du juge Ti)

PAR

ROBERT VAN GULIK

Traduit de l'anglais
par Roger GUERBET

Série « Grands Détectives »
dirigée par Jean-Claude Zylberstein

Titre original :
MURDER IN CANTON

La première édition française a paru en 1968 au Club du Livre Policier, dirigé par Maurice Renault.

© Héritiers Van Gulik.
ISBN 2-264-00502-5

LES PERSONNAGES

*En Chine, le nom de famille
(ici imprimé en majuscules)
précède toujours le nom personnel.*

PERSONNAGES PRINCIPAUX :

Le juge TI Jen-tsie,
*président de la Cour Métropolitaine de Justice.
En visite à Canton pendant l'été de l'an 680 de notre
ère.*

TSIAO Taï,
colonel de la garde impériale et lieutenant du juge Ti.

TAO Gan,
*premier secrétaire de la Cour Métropolitaine
de Justice et lieutenant du juge Ti.*

PERSONNAGES JOUANT UN RÔLE DANS
L'AFFAIRE DU CENSEUR IMPÉRIAL :

WENG Kien,
gouverneur de Canton et de sa région.

PAO Kouan,
préfet de Canton.

LIOU Tao-ming,
censeur impérial.

Docteur SOU,
conseiller du précédent.

PERSONNAGES JOUANT UN RÔLE DANS
L'AFFAIRE DE LA DANSEUSE SMARAGDINE :

Zoumouroud,
danseuse arabe.

Mansour,
chef de la communauté arabe de Canton.

LIANG Fou,
grand financier.

YAO Tai-kai,
riche marchand.

PERSONNAGES JOUANT UN RÔLE DANS
L'AFFAIRE DES AMANTS DISCRETS :

Lan-li,
jeune fille aveugle.

NI,
capitaine au long cours.
Dananir
Donyazade } *ses jolies esclaves.*

I

*Deux lieutenants du juge Ti font la connaissance
d'un capitaine au long cours ;
un nain se voit refuser à boire.*

Plantés au coin du bâtiment des douanes,
deux hommes contemplaient en silence l'inter-
minable quai. La maigre carcasse du plus âgé
disparaissait sous un antique cafetan fait d'une
peau de bique. Son compagnon, solide gaillard
de quarante et quelques années, portait une
veste rapiécée sur une robe brune. Le brouil-
lard poisseux qui les enveloppait se changea en
un petit crachin tiède, trempant aussitôt le
velours de leurs calottes râpées. L'atmosphère
était étouffante en cette fin d'après-midi, et rien
n'annonçait encore la rafraîchissante brise du
soir.

Une douzaine de coolies, nus jusqu'à la
ceinture, déchargeaient la felouque amarrée un
peu plus bas. Ployant sous de lourds ballots, ils
descendaient péniblement la passerelle au
rythme d'un chant mélancolique. Appuyés sur
des hallebardes, quatre gardes-douane les
regardaient d'un air morne, leurs casques
repoussés en arrière sur des fronts moites de
sueur.

L'homme à la peau de bique désigna une

masse sombre apparue dans la brume, au-delà des mâts de la felouque.

— Tiens, dit-il, le bateau sur lequel nous avons descendu le fleuve ce matin s'en va.

La noire jonque de guerre avançait à force de rames vers la rivière des Perles tandis que ses gongs de bronze commandaient aux sampans de libérer le passage.

— Si le beau temps se maintient, ils seront vite en Annam, répondit l'homme aux larges épaules. On va se battre là-bas et nous sommes relégués dans cette satanée ville pour je ne sais quelle besogne. Aïe! Encore une goutte d'eau dans mon cou. Comme si cette maudite chaleur ne me liquéfiait pas suffisamment!

Il resserra le col de sa veste, dissimulant de son mieux la cotte de mailles qu'il portait dessous avec son insigne de colonel de la Garde Impériale : une plaque d'or faite de deux dragons enlacés. D'un ton maussade, il demanda :

— Connais-tu le but exact de notre mission, frère Tao ?

Son compagnon secoua la tête. Tiraillant les trois grands poils d'une verrue visible sur sa joue gauche, il répondit :

— Le juge n'a rien précisé, frère Tsiao. Mais il doit s'agir d'une affaire importante, sans cela nous n'aurions pas quitté si brusquement la capitale. Il doit se mijoter du vilain à Canton. Depuis notre arrivée...

Il fut interrompu par un « floc » retentissant. Deux coolies venaient de laisser choir leur charge dans l'eau boueuse. Un homme entur-

10

banné de blanc se précipita sur eux, hurlant des imprécations et les bourrant de coups de pied. Tirés de leur torpeur, les gardes-douane s'animèrent. L'un d'eux s'avança et abattit le plat de sa hallebarde sur les épaules de l'Arabe en criant :

— Ne touche pas à nos frères, fils de chien ! Nous sommes en Chine ici, souviens-t'en !

L'Arabe sortit un couteau de sa ceinture. En même temps, une douzaine de grands gaillards vêtus de blanc jaillissaient du bateau, cimeterre au poing. Les coolies lâchèrent leurs balles de marchandises pour fuir plus rapidement tandis que les quatre gardes faisaient face aux agresseurs. Un bruit de bottes résonna sur le pavé : vingt soldats arrivaient du bâtiment de la douane. Avec l'aisance née d'une longue pratique, ils encerclèrent la troupe vociférante pour la refouler vers l'eau à la pointe de leurs sabres. Un Arabe au nez en bec d'aigle se pencha sur le bastingage. D'une voix stridente, il harangua les matelots qui rengainèrent leurs armes et revinrent à bord. Les coolies reprirent leur travail comme si rien ne s'était passé.

— Combien peut-il y avoir de ces insolents coquins dans toute la ville ? demanda le colonel à son compagnon.

— Ma foi, nous avons compté quatre de leurs bateaux ici. Deux autres sont en partance dans l'estuaire. Ajoute les Arabes établis en ville. Ça doit bien faire deux milliers d'hommes. Et l'auberge que tu as choisie s'élève en plein quartier musulman. Le soir, c'est une situation rêvée pour recevoir la lame d'un couteau entre les omoplates ! Mon hôtel n'est pas beaucoup plus reluisant que le tien, mais il se trouve juste en dehors de la Porte Sud, à portée de voix des gardes.

— Quelle chambre as-tu ?

— Celle du coin, au premier étage. J'ai vue sur le quai et les entrepôts, comme j'en ai reçu l'ordre. Mais nous sommes restés ici assez longtemps. Le crachin augmente ; allons donc goûter un peu au liquide qu'on vend là-bas.

Il montra, non loin de la Porte Kouei-te, la lanterne rouge d'un débit de vin.

— Ça ne nous fera pas de mal, admit Tsiao Taï.

Je n'ai jamais vu endroit aussi lugubre. Et pour comble de malheur, je ne comprends pas un mot de cantonais !

Ils se hâtèrent sur les pavés gras sans remarquer un personnage à barbe grisonnante, pauvrement vêtu, qui venait de quitter l'abri d'un entrepôt pour les suivre.

Arrivé près de la Porte Kouei-te, à l'extrémité du quai, Tsiao Taï vit des passants se presser, nombreux, sur le pont qui enjambait la douve. Protégés de la pluie par des manteaux en paille tressée, tous marchaient d'un pas vif sans s'occuper de leurs voisins.

— Nul ne prend le temps de flâner, ici, grommela-t-il.

— C'est pourquoi Canton est devenu le port le plus riche du Sud, répliqua Tao Gan. Mais voici l'estaminet.

12

Il écarta un rideau rouge et, suivi de son camarade, pénétra dans la vaste salle mal éclairée. Une odeur d'ail et de poisson les accueillit. Les lampes à huile accrochées aux poutres basses baignaient d'une chiche lumière une trentaine de clients rassemblés par groupes de quatre ou cinq autour de petites tables. Tous parlaient à mi-voix, et personne ne parut accorder d'attention aux nouveaux venus.

Les deux hommes s'installèrent à une table libre, non loin de la fenêtre. A ce moment, leur suiveur barbu franchit la porte à son tour ; il se dirigea vers le fond de la pièce où, derrière un vieux comptoir en bois, le tenancier plaçait des pots d'étain dans une bassine d'eau bouillante pour chauffer — selon la coutume chinoise — le vin qu'ils contenaient.

Tao Gan, qui parlait couramment le dialecte de Canton, en commanda deux. Tsiao Taï posa ses coudes sur la table graisseuse et examina l'assemblée d'un œil critique.

— Quelle racaille ! grommela-t-il. Regarde-moi cet affreux nabot, là-bas. Je me demande comment je n'ai pas remarqué sa vilaine trogne en entrant !

Tao Gan tourna la tête vers le nain trapu assis, seul, à la table la plus proche de la porte. Il avait un nez camard au milieu d'un visage plat, un teint basané, et de nombreuses rides sillonnaient son front bas. Sous la broussaille d'énormes sourcils, ses petits yeux luisaient méchamment tandis qu'il serrait une tasse vide entre ses grosses pattes velues.

Tao Gan le considéra un instant puis, désignant du menton un homme de forte carrure attablé non loin d'eux, il murmura :

— Notre voisin est la seule personne de bonne apparence ici. On dirait un professeur de boxe.

L'inconnu portait une robe bleu sombre serrée à la taille par une ceinture noire. Des paupières lourdes donnaient à son beau visage tanné une expression quelque peu endormie. Il regardait pensivement devant lui sans paraître rien voir.

Le serveur vint placer deux grands pots d'étain sur leur table, puis regagna le comptoir sans accorder d'attention au nain qui agitait sa tasse vide.

Tsiao Taï emplit la sienne et y porta les lèvres, préparé au pire.

— Ce n'est pas mauvais du tout ! s'écria-t-il, agréablement surpris.

Il la vida d'un trait et ajouta :

— C'est même très bon !

Il en but une seconde, imité par Tao Gan, qui souriait de son enthousiasme.

Le personnage à la barbe grisonnante ne les quittait pas de l'œil, comptant les tasses à mesure que les lieutenants du juge Ti les vidaient. A la sixième, il s'éloigna du comptoir, mais ayant aperçu le nain il s'arrêta net. Sous ses lourdes paupières le boxeur les avait observés l'un et l'autre. Il se redressa pour caresser d'un air songeur son court collier de barbe.

14

Tsiao Taï reposa sa tasse vide. Frappant l'épaule osseuse de son ami, il déclara :

— Je déteste cette ville, je déteste cette horrible chaleur, je déteste cette salle puante, mais, par le ciel, il n'y a rien à dire contre le vin de ces gens-là. Et quel plaisir d'avoir de nouveau quelque chose d'intéressant à faire ! Qu'en dis-tu, frère Tao ?

— Je commençais aussi à être las de la vie que nous menons dans la capitale. Prends garde, on voit ton insigne.

Tsiao Taï tira sur les revers de sa veste, mais le barbu près du comptoir avait aperçu les dragons d'or. Un sourire de satisfaction retroussa ses lèvres... pour se transformer en grimace de dépit à l'entrée d'un Arabe en turban bleu. Louchant de l'œil gauche, le nouveau venu vint s'asseoir à côté du nain.

— Je ne suis vraiment pas fait pour le rôle de colonel de parade ! continua Tsiao Taï en versant du vin dans leurs tasses. Cela dure pourtant depuis quatre longues années, mon cher ! Si tu voyais le lit dans lequel je suis sensé dormir. Oreillers et couvertures de soie avec rideaux de brocart ! J'ai l'impression d'être une putain de luxe ! Alors, sais-tu ce que je fais chaque soir ? Je sors la natte de jonc que je tiens cachée sous mon lit, je l'étends par terre et je m'installe dessus pour quelques heures d'un honnête sommeil. L'ennui, c'est que, chaque matin, je dois froisser les couvertures pour que mon ordonnance ne prenne pas mauvaise opinion de moi !

Il pouffa, imité par Tao Gan, trop gais pour

se rendre compte que leurs éclats de rire résonnaient très fort dans la salle basse. Soudain, tous les regards se tournèrent vers la porte. Fou de rage, le nain venait d'apostropher le serveur qui passait devant sa table. Le boxeur les regarda un instant, puis concentra de nouveau son attention sur l'homme près du comptoir.

— Pour ma part, dit Tao Gan avec son petit sourire en coin, je dormirai cette nuit sans avoir à chasser les jolies servantes que mon majordome s'entête à faire trottiner chez moi tout le long du jour. Le coquin n'a pas renoncé à l'espoir de m'en vendre une comme concubine !

— Pourquoi ne pas dire à ce pendard qu'il perd son temps ? Tiens, bois donc encore un coup.

— Cela me fait des économies, mon vieux. Les petites travaillent à l'œil, espérant toujours voir le riche vieux célibataire que je suis tomber dans leurs filets !

Tao Gan vida sa tasse, puis reprit :

— Heureusement, ni toi ni moi n'appartenons à l'espèce matrimoniale, frère Tsiao. Nous différons sur ce point de notre ami et collègue Ma Jong !

— Ne me parle pas de ce pauvre diable, répliqua son camarade. Quand on pense qu'après avoir épousé les deux jumelles, il y a quatre ans, il est devenu père successivement de six garçons et deux filles ! C'est rabaisser au rang de travail en série ce qui devrait demeurer

16

un pur plaisir. Et le plus beau, c'est qu'à présent il a peur de rentrer ivre...

Il s'interrompit pour regarder la scène bruyante qui se déroulait près de la porte. Rouges de colère, le nain et l'Arabe à présent debout injuriaient le serveur qui s'efforçait de crier plus fort qu'eux. Les autres consommateurs contemplaient l'incident avec des visages impassibles. Soudain, les doigts de l'Arabe se refermèrent sur son coutelas. Le nain lui prit vivement le bras et l'entraîna dehors. Le serveur saisit la tasse restée sur la table et la lança dans leur direction ; elle se brisa sur les pavés tandis qu'un murmure approbateur montait de la salle.

— On n'aime pas beaucoup les Arabes, ici, constata Tsiao Taï.

Leur voisin tourna la tête vers eux.

— Ce n'est pas à cause de lui, dit-il en excellent dialecte du Nord. Mais vous avez tout de même raison, nous n'aimons guère ces gens-là. Pourquoi viennent-ils chez nous ? Ils ne boivent pas de vin sous prétexte que leur religion l'interdit !

— Ces sales moricauds ne savent pas ce qu'ils perdent ! répliqua Tsiao Taï avec un large sourire.

Venez donc en prendre une tasse avec nous.

Le boxeur sourit à son tour et approcha son siège de leur table pendant que le lieutenant du juge Ti demandait :

— Êtes-vous du Nord ?

— Non, je suis né ici, à Canton. Mais j'ai pas

mal bourlingué, et les voyageurs doivent connaître d'autres langues que la leur. Je suis capitaine au long cours, pour tout dire, et je m'appelle Ni. Quelle affaire vous amène à Canton tous les deux ?

— Nous sommes juste de passage, expliqua Tao Gan. Nous appartenons à la suite d'un haut fonctionnaire qui visite les provinces en ce moment.

Le capitaine posa sur Tsiao Taï un regard scrutateur.

— Tiens, fit-il, je vous aurais plutôt vu dans l'armée.

— J'ai fait un peu de boxe et d'escrime pour mon plaisir personnel, répliqua négligemment Tsiao Taï. Ces sports-là vous intéresseraient-ils aussi ?

— Oui, surtout l'escrime aux sabres arabes. J'ai dû apprendre à m'en servir car je faisais souvent la traversée du Golfe Persique, infesté de pirates comme vous savez.

— Je me suis toujours demandé comment ils s'y prenaient pour manier ces lames courbes.

— C'est un tour de main !

Le capitaine Ni et Tsiao Taï furent bientôt engagés dans une grande conversation. Ils passèrent en revue les mérites respectifs des différentes sortes d'escrime au sabre tandis que Tao Gan les écoutait d'une oreille distraite, se contentant de remplir les tasses à mesure qu'elles se vidaient. Lorsque le capitaine employa un terme technique en langue arabe, il demanda pourtant :

18

— Vous connaissez leur jargon ?

— Suffisamment pour me débrouiller. J'ai appris un peu de persan aussi. Quand on voyage... vous comprenez ! S'adressant à Tsiao Taï, il ajouta :

— J'aurais plaisir à vous montrer ma collection de sabres étrangers. Que diriez-vous d'une tasse de vin chez moi ? J'habite dans le quartier est.

— Ce soir, nous ne sommes pas libres, répondit Tsiao Taï. Demain matin vous conviendrait-il ?

Son interlocuteur lança un coup d'œil vers le personnage barbu toujours debout près du comptoir et dit :

— Entendu. Où logez-vous ?

— A l'Auberge des Cinq Immortels, près de la mosquée.

Le capitaine parut prêt à dire quelque chose, mais, se ravisant, il avala une gorgée de vin. En reposant sa tasse, il demanda négligemment :

— Votre ami est-il descendu là aussi ?

Voyant Tsiao Taï secouer négativement la tête, il haussa les épaules et dit :

— Bah, vous êtes capable de vous débrouiller seul, après tout ! J'enverrai une litière vous chercher demain à la première heure.

Tao Gan régla l'addition, puis ils prirent congé de leur nouvelle connaissance. Dehors, la brume avait disparu et ils apprécièrent la fraîcheur d'un vent léger sur leurs visages un brin congestionnés. Une grande animation régnait maintenant sur le quai. Tout le long de l'eau les marchands forains avaient installé leurs éventaires gaiement éclairés par des guirlandes de lampions multicolores. Sur la rivière des Perles, les torches des sampans amarrés étrave contre étambot luisaient à perte de vue. La brise apporta une odeur de feux de bois : les bateliers préparaient le riz du soir.

— Prenons une litière, dit Tao Gan. Le Palais du Gouverneur est loin.

Tsiao Taï ne répondit pas, examinant la foule d'un air préoccupé. Soudain il demanda :

— N'as-tu pas l'impression que nous sommes surveillés ?

Tao Gan jeta un rapide coup d'œil par-dessus son épaule.

— Non, dit-il, mais tes impressions sont souvent justes, je le reconnais. Alors, voilà ce que je propose. Puisque notre chef nous attend seulement à six heures, nous avons encore une soixantaine de minutes devant nous. Allons au Palais à pied, séparément. Cela doublera nos chances de voir si nous sommes suivis... et me permettra de vérifier l'exactitude de mes souvenirs sur la topographie de Canton.

— Parfait. Je passe d'abord à mon auberge pour changer de vêtements, puis je traverserai le quartier musulman. Si je marche en direction nord-est, j'arriverai tôt ou tard à la rue qui mène au Palais, n'est-ce pas ?

— Oui, à condition de ne pas t'attirer une mauvaise affaire en route ! N'oublie pas d'admirer la Tour-de-l'Horloge-à-Eau en passant dans la Grand-Rue. Des flotteurs placés dans une série de cuves en bronze indiquent l'heure exacte. Les cuves sont disposées comme les marches d'un escalier, et l'eau tombe goutte à goutte de la plus haute à la plus basse. C'est tout à fait ingénieux.

— T'imagines-tu que j'aie besoin d'appareils aussi compliqués pour savoir l'heure ? Je me fie au soleil, mon cher... et à ma soif. La nuit, ou lorsque le ciel est par trop nuageux, je me fie uniquement à cette dernière. A tout à l'heure, au Palais !

II

Tsiao Taï déplore la monotonie
de l'architecture arabe ;
il fait une entrée inattendue
dans un intérieur musulman.

Tsiao Taï franchit le pont jeté sur la douve de
la Porte Kouei-te et entra dans la ville. Tout en
se faufilant à travers la foule nocturne, il jetait
de fréquents regards derrière lui. Personne ne
semblait le suivre. Il longea le portail laqué de
rouge du Temple des Cinq Immortels, prit la
première rue à gauche, et atteignit l'auberge qui
empruntait son nom au temple voisin. A plus de
quinze toises au-dessus de son logis temporaire
il aperçut le faîte de la mosquée arabe.

Il lança un gai bonsoir au gérant vautré dans
un fauteuil de bambou et gagna sa chambre,
située au fond du couloir de l'unique étage. Une
chaleur étouffante régnait dans la petite pièce,
car le matin il avait seulement déposé son
bagage sur le lit de planches sans prendre la
peine d'ouvrir les volets. Il les poussa vite en
jurant de tout son cœur et contempla le minaret, à présent visible depuis le sol jusqu'au
sommet.

— Ces fichus étrangers ne sont même pas
capables de bâtir une véritable pagode, murmura-t-il avec dédain.

Pas d'étages, pas de jolis toits recourbés. Rien de rien, quoi : un vrai pain de sucre !

Il changea de chemise en chantonnant, remit sa cotte de mailles, et, ayant enveloppé casque, gantelets et grosses bottes dans un morceau de tissu bleu, il resdescendit.

Dehors, la chaleur était toujours accablante car la brise du large ne pénétrait pas si loin dans la ville.

« Dommage que cette sacrée cotte de mailles m'interdise de quitter ma veste », songea-t-il. Après un rapide examen des passants, il prit la première rue à droite.

Les lampions des éventaires forains fournissaient un assez bon éclairage, mais les chalands étaient peu nombreux. Il remarqua plusieurs Arabes, reconnaissables à leurs turbans bleus et à leur marche rapide. Après la mosquée, le décor devint franchement exotique. Aucune fenêtre ne trouait plus le crépi blanc des rez-de-chaussée, l'intérieur des maisons ne recevant un faible jour qu'à travers des ouvertures haut placées, défendues par des treillis aux curieux entrelacs. De loin en loin une passerelle couverte reliait un premier étage à celui de la demeure lui faisant face.

Tsiao Taï s'engagea dans une ruelle déserte. L'euphorie produite par le vin bu récemment avait fini par lui faire oublier l'existence possible d'un suiveur, aussi fut-il d'autant plus surpris en voyant un Chinois barbu marcher près de lui.

— Ne seriez-vous pas un officier de la garde

24

nommé Kao... Chao... ou quelque chose de ce genre ? demanda l'inconnu d'un ton autoritaire.

Tsiao Taï fit halte. Dans la lumière incertaine, il examina le visage fermé de son interlocuteur. Il nota les longs favoris et la barbe grisonnante, la robe brune en loques, la calotte râpée et les bottes boueuses. Pourtant, malgré son triste aspect, l'homme possédait cette aisance d'allure révélatrice du personnage haut placé, et son accent était sans erreur possible celui de la capitale.

— Mon nom est Tsiao, dit-il avec circonspection.

— Ah, le colonel Tsiao Taï, en effet ! Dites-moi, colonel, votre chef, Son Excellence le juge Ti, se trouve-t-il aussi à Canton ?

— Qu'est-ce que cela peut bien vous faire ?

— Pas d'insolence, mon ami ! J'ai besoin de le voir. Conduisez-moi près de lui.

Tsiao Taï fronça le sourcil. L'homme n'avait pas l'allure d'un fripon. Et s'il en était un, tant pis pour lui, après tout !

— Je vais le retrouver de ce pas, répondit-il. Rien ne vous empêche de m'accompagner.

L'inconnu scruta la zone d'ombre derrière eux et commanda :

— Passez devant. Il est préférable qu'on ne nous voie pas ensemble.

— Comme il vous plaira.

Tsiao Taï reprit sa marche. Il lui fallait faire attention maintenant, car de nombreux pavés manquaient et seule la lumière d'une fenêtre éclairait par moment son chemin. Il prêta l'oreille sans rien entendre d'autre que les lourdes bottes de son compagnon martelant le sol.

Après un nouveau tournant, l'obscurité devint totale. Il chercha des yeux le minaret pour s'orienter, mais les murs de chaque côté de lui semblaient se pencher l'un vers l'autre et il aperçut seulement une mince bande de ciel étoilé. Il attendit que l'inconnu l'eût rejoint et dit sans se retourner :

— On n'y voit goutte et nous sommes encore loin. Le mieux est de revenir sur nos pas pour prendre une litière.

— Renseignez-vous auprès des habitants de cette maison, lui répondit une voix passablement enrouée.

Tsiao Taï essaya de percer l'ombre du regard et finit par distinguer un rayon de lumière. « La gorge du vieil oncle est fatiguée », pensa-t-il, « mais ses yeux sont encore bons ! » S'approchant de la lueur, il vit qu'elle provenait d'une méchante lampe à huile placée dans une niche du mur, non loin d'une porte percée d'un judas. Au-dessus de sa tête, un couloir aérien reliait la maison à celle d'en face.

Pendant qu'il frappait, il entendit son compagnon faire halte.

— Ils dorment tous là-dedans, lui cria-t-il, mais je finirai bien par les réveiller !

Il donna de grands coups de pied dans le panneau de bois, puis y colla son oreille. Aucun son ne lui parvint. Il se mit à frapper de nouveau le judas jusqu'à en avoir les jointures douloureuses. Perdant patience, il commanda :

— Venez, nous allons enfoncer cette sacrée porte. Il y a sûrement quelqu'un puisqu'une lampe brûle dehors !

Personne ne répondit. Pivotant sur lui-même, il chercha le Chinois du regard. L'homme avait disparu.

— Où est donc passé cette espèce de... Il s'arrêta net en apercevant la calotte de l'inconnu sur le sol. Avec un juron, il alla chercher la lampe et s'approcha de la coiffure. Une tape légère sur l'épaule le fit sursauter. Il se retourna. Personne ne se trouvait derrière lui, mais son regard rencontra soudain une paire de bottes boueuses qui se balançaient doucement à hauteur de sa tête. Jurant de nouveau, il éleva la lampe. Son compagnon était accroché à une corde sortant d'une fenêtre, de l'autre côté du passage aérien. Sa tête formait un angle anormal avec les épaules, et ses bras pendaient, inertes, le long du corps.

Tsiao Taï enfonça d'un coup de pied la porte qui conduisait à la passerelle et gravit en toute hâte une volée de marches. Dans l'étroit couloir, sa lampe éclaira un Arabe étendu sur le plancher, près de la fenêtre ouverte. L'homme tenait encore dans sa main crispée un court épieu à pointe aiguë. Il venait d'être étranglé, comme en témoignaient la couleur violacée de son visage et sa langue pendante. L'œil gauche montrait un strabisme prononcé.

Tsiao Taï essuya la sueur de son front.

— Ce n'est pas un spectacle à contempler quand on a bu quelques tasses de bon vin, murmura-t-il. Ce coquin-là était à l'estaminet... mais qu'est donc devenu l'affreux nain ?

Il dirigea sa lumière vers l'autre extrémité du passage et découvrit l'amorce d'un escalier. Aucun bruit ne montait de l'ouverture. Il posa sa lampe par terre, enjamba le cadavre, et hala lentement la mince corde nouée à un crochet, sous le rebord de la fenêtre. Au bout d'un instant le visage du Chinois parut, un peu de bave sanguinolente aux commissures des lèvres.

Tsiao Taï tira le cadavre encore chaud dans le couloir et l'étendit à côté de l'Arabe. Le nœud coulant avait pénétré profondément dans la chair, disloquant les vertèbres cervicales. Sans poursuivre son examen, Tsiao Taï courut vers le fond du passage, descendit quelques marches et se trouva devant une porte basse. Il la bourra de coups de poing. Personne ne donnant signe de vie, il se jeta contre les planches vermoulues qui cédèrent sous son poids et il roula dans une pièce à demi obscure, au milieu de débris de bois et de poteries cassées.

Il se releva aussitôt. Une vieille sorcière accroupie sur le sol le regarda, sa bouche édentée béante de stupeur. La lampe à huile accrochée au plafond éclairait une autre femme, arabe comme la précédente, mais beaucoup plus jeune et qui allaitait un bébé. Poussant un cri d'effroi, elle ramena un pan de son haïk sur sa poitrine nue. Tsiao Taï voulut expliquer sa présence, mais une porte s'ouvrit et deux grands escogriffes apparurent, brandissant des coutelas à lames courbes.

Tsiao Taï écarta rapidement les revers de sa veste pour leur montrer l'insigne aux dragons d'or.

Les deux hommes s'arrêtèrent, indécis. Un adolescent s'avança derrière eux. Formant ses phrases avec lenteur, il demanda en chinois :

— Pourquoi entrez-vous de force dans la chambre de nos femmes, Monsieur l'officier ?

— On a tué deux personnes dans le passage, répondit sèchement Tsiao Taï. Qui est l'assassin ?

L'adolescent tourna les yeux vers la porte défoncée et répliqua d'un ton moins aimable :

— Ce qui se passe dans le couloir ne nous regarde pas.

— Mais il communique avec cette maison, fils de chien ! Il y a deux cadavres dedans. Parle... ou je vous arrête tous et l'on vous questionnera sous la torture !

— Observez mieux la porte que vous avez démolie, vous verrez qu'elle n'a pas été ouverte depuis des années.

Tsiao Taï se retourna. Les morceaux de bois au milieu desquels il avait atterri étaient les restes d'un placard. Le rectangle de plancher poussiéreux devant l'ouverture béante et les débris de vaisselle en témoignaient amplement. L'épaisse couche de rouille sur le verrou achevait d'ailleurs de prouver qu'on n'utilisait plus cette issue depuis longtemps.

— Si un assassinat a été commis dans le

couloir aérien, reprit l'adolescent, n'importe quel passant peut en être l'auteur. Un escalier y mène de chaque côté et l'accès en est libre.

— A quoi sert ce passage, alors ?

— Mon père, le marchand Abdallah, était autrefois propriétaire de la maison d'en face, mais il l'a vendue il y a six ans et la porte a été condamnée à ce moment-là.

— Avez-vous entendu un bruit quelconque ? demanda Tsiao Taï à la jeune femme. Elle garda le silence, l'incompréhension et la frayeur mêlées sur son visage. L'adolescent traduisit rapidement la question de leur visiteur. Elle secoua la tête avec force. Le jeune homme expliqua :

— Les murs sont épais, et avec le placard devant la porte...

Il leva les bras dans un geste éloquent.

Les deux grands escogriffes avaient rengainé leurs coutelas. Tandis qu'ils se concertaient à voix basse, la vieille sorcière glapit quelque chose en montrant les débris de vaisselle sur le sol.

— Dites-lui qu'elle sera indemnisée, lança Tsiao Taï. Et toi, tu m'accompagnes.

Il se baissa pour franchir l'ouverture, suivi de l'adolescent. Lorsqu'ils furent dans le passage, Tsiao Taï, désignant le corps de l'Arabe, demanda :

— Sais-tu qui est cet homme ?

Son jeune compagnon s'accroupit près du cadavre. Après un bref examen du visage, il détacha l'écharpe de soie qui enserrait le cou du mort, puis ses doigts explorèrent les plis du turban.

— Cet homme ne porte ni papiers ni argent sur lui, dit-il en se relevant. Je ne l'ai jamais vu, mais il est sûrement né en Arabie du Sud car les habitants de cette région sont experts dans le lancement du javelot court.

Tendant le morceau de tissu à Tsiao Taï, il continua :

— Ce n'est pas un Arabe qui l'a tué. Voyez-vous la pièce d'argent nouée dans le coin de cette écharpe ? Ainsi lestée, elle peut être lancée par derrière et elle s'enroule autour du cou de la victime choisie par l'étrangleur. C'est une arme de lâche. Nous autres Arabes, nous préférons nous battre avec nos cimeterres et nos coutelas... pour la plus grande gloire d'Allah et de son Prophète.

— Ainsi soit-il, grommela Tsiao Taï.

Il considéra pensivement les deux cadavres. Il comprenait maintenant ce qui avait dû se passer. L'Arabe atteint de strabisme s'était embusqué dans le couloir avec l'intention de les tuer tous les deux : le Chinois barbu et lui. Pendant que Tsiao Taï cognait à la porte, l'Arabe avait lancé son nœud coulant autour du cou du Chinois, imprimant à la corde une secousse mortelle. Il s'était dépêché ensuite de haler le corps et, après avoir fixé sa corde au crochet, il avait saisi son javelot pour en frapper Tsiao Taï. Un troisième personnage survint à cet instant par-derrière avec l'écharpe, et disparut sans être remarqué.

Le lieutenant du juge Ti examina la ruelle par la fenêtre.

— Lorsque j'ai frappé à cette porte, je constituais une cible parfaite, murmura-t-il. Et cette pointe fine comme une aiguille aurait facilement traversé ma cotte de mailles. Ce troisième larron m'a sauvé la vie !

Se tournant vers le jeune Arabe, il commanda :

— Envoie quelqu'un chercher une litière. Une grande.

L'adolescent transmit l'ordre à l'un de ses compagnons pendant que Tsiao Taï fouillait le cadavre du Chinois. Il ne trouva rien qui permît de l'identifier. Déçu, il garda le silence jusqu'au moment où monta vers eux l'appel des porteurs. Il dit alors au jeune Arabe :

— Monte la garde auprès du cadavre de ton compatriote en attendant les sbires. S'il venait à disparaître avant leur arrivée, toi et toute ta famille en seriez tenus responsables.

Après quoi, il jeta le corps du Chinois sur son épaule et s'engagea précautionneusement dans l'étroit escalier.

III

Un homme paisible s'attaque à deux truands;
une douce jeune fille se brouille avec son sauveteur.

Tao Gan regagna le bâtiment des douanes. Il observa un moment les commis en train de classer boîtes et ballots de marchandises dans une âcre senteur d'épices, puis ressortit, passa devant son hôtel, et entra dans Canton par la Porte Sud.

Se mêlant à la foule, il vit avec satisfaction qu'il reconnaissait la plupart des monuments. La ville n'avait guère changé pendant ses vingt ans d'absence.

Le temple à sa droite était dédié au Dieu de la Guerre. Il gravit les degrés de marbre du portail et admira les énormes lions de pierre qui flanquaient l'entrée monumentale. Ramassés sur eux-mêmes, ces animaux semblaient prêts à bondir et, selon la coutume, le sculpteur avait représenté le mâle la gueule fermée, tandis que la femelle ouvrait toute grande sa mâchoire.

— Elle ne la fermera donc jamais, cette sacrée gueule, murmura-t-il. Elle est bien de la même espèce que ma garce d'épouse !

Sa garce d'épouse. Tiraillant sa moustache, il se dit avec un petit sourire froid qu'il n'avait

33

guère pensé à elle depuis vingt ans. C'était le décor de sa jeunesse qui remuait soudain ces vieux souvenirs. Non contente de le tromper bassement, sa femme — son unique amour — avait tenté de le compromettre dans une vilaine affaire, si bien qu'il dut fuir pour garder la vie sauve. Jurant de toujours tenir les femmes à distance, il était devenu filou pour se venger d'une société qui l'écœurait. Plus tard, quand il rencontra le juge Ti, il s'était réformé sous sa bonne influence au point d'être pris comme lieutenant par son bienfaiteur. Il avait suivi ce dernier dans ses différents postes de magistrat de district, et, lorsque le juge fut appelé à remplir les hautes fonctions qui couronnaient sa carrière, lui, Tao Gan, était devenu son Premier Secrétaire. Un sourire pincé éclairant son visage saturnien, il dit à la lionne :

— Canton est restée la même, mais moi, ma petite, j'ai bien changé. A présent je suis non seulement un fonctionnaire d'un grade élevé, mais aussi un homme à son aise. Très à son aise, crois-moi !

Il ajusta négligemment sa coiffure, et, après avoir accordé un salut plein de condescendance au féroce mufle de pierre, pénétra dans le temple.

Il traversa la salle principale où, à la lumière vacillante des grands cierges rouges, il vit les fidèles planter leurs bâtonnets d'encens à côté de ceux qui brûlaient déjà sur l'autel. Dans l'épaisse fumée bleuâtre, il distingua la statue dorée du Dieu de la Guerre, barbu et brandis-

sant un long sabre. Tao Gan eut une moue de
dédain, prisant peu les prouesses militaires. Il
ne possédait ni la carrure ni la force de son
collègue Tsiao Taï et ne portait jamais d'arme
sur lui, mais il ignorait la peur, ce qui, joint à
une promptitude de décision peu commune,
faisait de lui un adversaire redoutable. Il continua d'avancer jusqu'à la porte du fond. Se
souvenant que le plus grand marché de la ville
se tenait au nord du bâtiment, il décida d'y
passer avant de rejoindre la rue principale et de
gagner ainsi le Palais du gouverneur, à
l'extrême nord de la ville.

Des misérables maisonnettes en bois qu'il
aperçut en sortant s'échappaient de grands
éclats de voix et des rires sonores. Une odeur de
friture bon marché flottait dans l'air. Un peu
plus loin, le silence régnait de nouveau et l'on
ne voyait plus que des demeures abandonnées,
la plupart en ruine. Les tas de briques neuves
et les jarres pleines de chaux qu'on rencontrait
à intervalles réguliers annonçaient pourtant leur
prochaine reconstruction. De temps en temps,
il regardait en arrière sans jamais découvrir le
moindre suiveur. Il poursuivit son chemin à une
allure de promenade, serrant sa peau de bique
sur son corps anguleux malgré l'accablante
chaleur.

Tournant le coin d'une venelle, il perçut la
rumeur du marché. Presque au même instant, la
lumière d'une lanterne accrochée à un poteau
lui montra deux ruffians en train d'attaquer une
femme. Placé derrière elle, l'un des coquins lui

couvrait la bouche d'une main tandis que de l'autre il lui maintenait les bras dans le dos. Son complice avait déchiré la robe de la malheureuse et profitait de l'impuissance où elle était réduite pour caresser deux beaux seins nus. Quand il voulut dénouer sa ceinture, la pauvre femme se mit à lui lancer de vigoureux coups de pied dans les jambes, sur quoi le premier ruffian tira brutalement la tête de leur victime en arrière pendant que son camarade lui envoyait son poing dans l'estomac.

Le plan de Tao Gan fut vite établi. Sa main droite saisit au passage une brique sur le tas le plus proche, sa main gauche puisa une poignée de chaux vive dans la jarre suivante, puis, approchant à pas de loup, il frappa violemment l'épaule du premier ruffian avec l'arête de sa lourde brique. L'homme lâcha prise pour étreindre son épaule disloquée. Sortant un couteau, le second truand se précipita vers Tao Gan qui lui lança prestement la chaux vive dans les yeux. L'homme porta aussitôt les mains à son visage en hurlant de douleur.

— Holà, gardes, arrêtez-moi ces coquins ! cria Tao Gan d'une voix forte. L'homme à l'épaule démise attrapa son camarade par le bras et tous deux décampèrent sans demander leur reste.

La jeune femme se rajustait de son mieux en reprenant son souffle. Tao Gan nota sans s'y attarder qu'elle était fort belle, pouvait avoir vingt-cinq ans, et ramenait ses cheveux en deux torsades sur sa nuque, la coiffure des filles non mariées.

— Gagnons vite le marché avant que ces voyous découvrent ma ruse ! lui dit-il.

La voyant hésiter, il la prit par la manche et l'entraîna, remarquant d'un ton bourru :

— C'est chercher les désagréments que se promener seule en ce coin. Ou bien connaissiez-vous ces hommes ?

— Non. Ce sont problablement des rôdeurs, répondit-elle d'une voix dénotant une certaine éducation. En revenant du marché, j'ai pris ce raccourci pour aller au Temple du Dieu de la Guerre. Ils m'ont laissée passer, puis se sont brusquement jetés sur moi. Je vous remercie de votre aide venue si à point.

— Remerciez plutôt votre bonne étoile, grommela Tao Gan.

Lorsqu'ils eurent atteint une rue brillamment éclairée, il ajouta :

— Un conseil : dorénavant attendez le grand jour pour faire vos dévotions au temple. Bonsoir !

Le retenant d'une main timide, elle demanda :

— Voudriez-vous me dire le nom de la boutique qui se trouve en face de nous ? Ce doit être une fruiterie, car je sens l'odeur des mandarines. Quand je sais où je suis, je peux trouver mon chemin sans aide.

Tout en parlant, elle avait sorti de sa manche un tube de bambou et le secouait pour en faire glisser des tronçons de plus en plus minces.

Le regard de Tao Gan alla de la canne pliante au visage de la jeune femme. Ses yeux morts étaient d'un gris opaque.

— Je vais vous reconduire chez vous, dit-il tout contrit.

— Ce n'est pas nécessaire. Je connais bien le quartier, il me faut seulement un point de départ pour m'orienter.

— J'aurais dû les tuer ! s'écria Tao Gan avec véhémence. Tenez, voici le bout de ma manche. Si je vous sers de guide, vous rentrerez plus vite. Où habitez-vous ?

— Vous êtes très aimable. Je demeure près du coin nord-est du marché.

Ils firent quelques pas en silence, puis elle dit :

— Vous êtes un officier temporairement attaché à l'administration de notre ville, n'est-ce pas ?

— Pas du tout. Je suis un simple marchand.

— Oh, excusez-moi !

— Pourquoi avez-vous pensé que je pouvais être un officier ? voulut savoir Tao Gan.

Elle hésita un peu avant de répondre :

— Vous parlez bien le cantonais, mais mon sens de l'ouïe est très développé, et j'ai noté l'accent de la capitale. Ensuite, quand vous avez menti à ces deux hommes, votre ton autoritaire semblait naturel. Enfin, ici chacun s'occupe uniquement de ses propres affaires, et aucun citoyen de cette ville n'aurait l'idée d'intervenir s'il voyait des truands attaquer une femme. Et, si je puis ajouter ceci, j'ai le sentiment que vous êtes très bon.

— Bien raisonné, répliqua Tao Gan, sauf en ce qui concerne le dernier point où vous faites complètement erreur.

La regardant de côté, il vit un sourire éclairer son visage. Ses yeux assez écartés et la plénitude de ses lèvres lui donnaient un air un peu étrange, et pourtant il la trouva extrêmement séduisante. Au coin nord-est du marché, elle expliqua :

— J'habite dans la quatrième ruelle de droite. Maintenant, c'est à moi de vous guider.

Des maisons en bois d'assez pauvre apparence bordaient la rue de plus en plus sombre. La jeune femme frappait légèrement les pavés du bout de sa canne en avançant. Lorsqu'ils atteignirent la quatrième ruelle l'obscurité était quasi complète, et Tao Gan dut marcher avec précaution pour ne pas trébucher sur le sol inégal et glissant.

— Les familles qui habitent ce coin travaillent au marché tout le long du jour, dit sa compagne. C'est pourquoi un tel calme règne ici. Nous voilà arrivés. Faites attention, l'escalier est très raide.

« C'est le moment de prendre congé », pensa Tao Gan, « mais puisque je suis venu jusqu'ici, autant en profiter pour en apprendre plus long sur cette étrange créature. » Il la suivit dans l'escalier dont les marches gémirent sous leurs pas.

— Il y a une bougie sur la table, tout de suite

à droite, dit-elle quand ils furent dans le petit logement.

Tao Gan trouva la bougie et l'alluma au moyen de son briquet. Des murs recouverts d'un crépi craquelé par endroits formaient trois des côtés de la pièce. Le quatrième était ouvert, séparé seulement du toit en terrasse de la maison voisine par une balustrade de bambou. Au loin, les toitures recourbées de plus hauts bâtiments se détachaient en noir sur le ciel nocturne. La chambre était d'une méticuleuse propreté, et une brise légère commençait à rafraîchir agréablement l'atmosphère. A côté de la bougie, Tao Gan aperçut un panier ouatiné contenant la théière, une tasse bon marché et, sur une assiette, quelques tranches de concombre avec un couteau à lame longue et mince. Près de la table se trouvait un tabouret, et contre l'un des murs, un banc étroit. Dans le fond, il vit un paravent de bambou.

— Je n'ai pas grand-chose à vous offrir, comme vous voyez, dit-elle gravement. Je vous ai fait monter parce que je déteste avoir des dettes. Je suis jeune et pas trop vilaine. Si vous avez envie de coucher avec moi, je suis à votre disposition. Mon lit est de l'autre côté du paravent.

Tandis que Tao Gan la regardait, trop surpris pour parler, elle ajouta placidement :

— N'ayez pas de scrupules, je ne suis plus vierge. Quatre soldats ivres m'ont violée l'année dernière.

— Votre dépravation est totale, répondit

Tao Gan, ou alors vous êtes d'une incroyable candeur, mais votre offre ne m'intéresse pas. Ce qui me passionne, dans la vie, c'est l'étude des types humains. Le vôtre est nouveau pour moi, aussi quelques instants de conversation devant une tasse de thé paieront-ils largement votre dette supposée.

— Alors, asseyez-vous, dit-elle en souriant. Je vais changer de robe, car je crois que mes agresseurs ont mis celle-ci en triste état.

Elle disparut derrière le paravent. Tao Gan se servit de thé. Tout en buvant, il posa un regard curieux sur de petites boîtes accrochées à une longue perche suspendue horizontalement sous l'avant-toit. Il pouvait y en avoir une douzaine, de formes et de tailles différentes. Tournant la tête, il vit quatre grands pots de terre verte sur une étagère au-dessus du banc. Des couvercles en lames de bambou tressées les fermaient hermétiquement. Il écouta, perplexe. Il lui semblait entendre, mêlé au brouhaha confus qui montait de la ville, une sorte de bruissement qu'il ne parvenait pas à identifier. Le son paraissait provenir des petites boîtes.

Il se leva pour les examiner. Chacune était percée de trous minuscules et, brusquement, il comprit l'origine du bruit mystérieux : les boîtes contenaient des grillons. Ces insectes ne l'intéressaient pas particulièrement, mais il savait que nombre de personnes aiment écouter leur curieuse stridulation. Certains amateurs en conservent chez eux dans de coûteuses petites cages en ivoire sculpté ou en fils d'argent.

D'autres prennent plaisir à les regarder se battre et mettent leurs champions en présence dans les débits de vin ou sur la place du marché. Deux de ces belliqueuses bestioles sont introduites dans un tube de bambou ajouré, puis on les taquine avec des pailles pour exciter leur ardeur combative. De gros paris sont souvent tenus en ces occasions.

Au bout de quelques instants, Tao Gan nota que chaque grillon émettait un son particulier. Il remarqua aussi que tous ces chants étaient éclipsés par une note claire et soutenue venant d'une minuscule calebasse accrochée au bout du rang. Cela commençait sur un registre grave pour atteindre graduellement une extraordinaire sonorité argentine. Il prit la calebasse et l'approcha de son oreille, mais la note vibrante se transforma aussitôt en un bruissement sourd.

La jeune aveugle, vêtue à présent d'une robe vert olive bordée de noir, sortit de derrière le paravent pour se précipiter sur lui.

— Ne faites pas de mal à ma Clochette d'Or ! cria-t-elle en cherchant à saisir la petite cage.

Tao Gan la lui mit entre les mains.

— J'écoutais seulement son joli chant, dit-il. Faites-vous commerce de ces insectes ?

— Oui, répondit-elle en accrochant de nouveau la calebasse à sa place. Je les vends au marché ou directement à des amateurs. Celui que vous teniez est mon meilleur spécimen. Il est très rare, surtout dans le sud. Les connaisseurs l'appellent *Clochette d'Or*.

Elle s'assit sur le banc et ajouta : « Les pots

derrière moi contiennent quelques grillons de combat. Leur sort est pitoyable. Cela me peine d'imaginer ces robustes petites pattes et ces antennes fines brisées dans des luttes sans merci. Il faut bien que j'en aie, pourtant, car ils sont très demandés. »

— Comment les attrapez-vous ?

— En me promenant le long du mur extérieur des jardins ou près de vieux bâtiments. Je reconnais les bons grillons à leur chant, et j'utilise des tranches de fruits comme appât. Ces bestioles sont très intelligentes, je crois même qu'elles me connaissent. Quand je leur accorde quelques moments de liberté dans cette pièce, elles retournent à leur boîte à mon commandement.

— Quelqu'un s'occupe-t-il de vous ?

— Je n'ai besoin de personne. Je sais me débrouiller toute seule.

Tao Gan leva soudain la tête. Il lui semblait que les marches de l'escalier venaient de gémir.

— Ne m'avez-vous pas dit que vos voisins rentrent chez eux seulement pour la nuit ? demanda-t-il.

— En effet.

Il écouta de nouveau mais n'entendit que le chant des grillons. Il avait probablement imaginé le craquement des marches. « Est-ce bien sage de rester seule dans cette maison la plus grande partie du temps ? » reprit-il d'un ton dubitatif.

— Mais bien sûr ! A propos, vous pouvez

employer la langue du Nord, elle m'est familière.

— Non, je préfère parler cantonais pour m'exercer. N'avez-vous aucune famille en cette ville ?

— Si, mais après l'accident qui m'a privée de la vue j'ai quitté la maison. Je m'appelle Lan-li... et je crois toujours que vous avez un emploi officiel.

— Eh bien, vous ne vous trompez pas. Je suis attaché à la personne d'un haut fonctionnaire de la capitale. Mon nom est Tao. Gagnez-vous assez d'argent avec ces grillons pour vos besoins journaliers ?

— Plus que suffisamment ! Il me faut un petit gâteau à l'huile le matin et le soir, un bol de nouilles à midi, et c'est tout. Les grillons ne me coûtent rien et se vendent un bon prix. Ma Clochette d'Or, par exemple, vaut une pièce d'argent. Entre parenthèses, jamais je ne vendrai ce petit animal ! J'étais si heureuse de l'entendre chanter à mon réveil, ce matin. Je l'ai seulement depuis hier soir, n'est-ce pas, et ce fut un véritable coup de chance ! Je me promenais par hasard le long de la muraille ouest du Houa-ta... Mais connaissez-vous le Temple Bouddhiste ?

— Bien sûr. Le Temple de la Pagode Fleurie, dans le quartier ouest.

— C'est cela. Eh bien, c'est là que son chant frappa soudain mon oreille. L'animal paraissait effrayé. Je plaçai une tranche de concombre au pied du mur et je l'appelai. Comme ceci...

La jeune femme fronça les lèvres et émit un son qui ressemblait étrangement à la stridulation des grillons.

— Ensuite, je me suis accroupie et j'ai attendu. Il se décida enfin à venir. Je l'entendis mâchonner le concombre. Quand il fut heureux et rassasié, je le poussai doucement dans la calebasse creuse que je porte toujours sur moi.

Levant la tête, elle dit :

— Écoutez... il chante de nouveau. N'est-ce pas merveilleux ?

— Certainement.

— Je suis sûre que vous les aimerez aussi, avec le temps. Le son de votre voix montre de la bonté, vous ne pouvez pas être une brute. Qu'avez-vous fait aux deux hommes qui m'ont attaquée ? Ils semblaient souffrir beaucoup.

— Je ne suis pas un athlète... et j'ai un certain âge — deux fois le vôtre probablement — mais ayant pas mal voyagé, j'ai appris à me défendre. J'espère que vous aussi vous apprendrez, Lan-li. Le monde est rempli de vilains personnages toujours prêts à exploiter les filles sans défense comme vous.

— Le croyez-vous vraiment ? Moi, je trouve les gens plutôt bons. Et lorsque le contraire arrive, c'est parce qu'ils sont malheureux, ou se sentent seuls, ou n'ont pas les choses qu'ils désirent. Ou, au contraire, parce qu'ils en ont trop et ne peuvent plus rien souhaiter. Les malheureux qui m'ont attaquée n'avaient probablement pas de quoi s'offrir un repas... encore moins une femme ! J'ai eu peur, m'imaginant qu'ils allaient m'assommer après avoir eu ce qu'ils voulaient de moi. Mais, à présent, je suis sûre qu'ils ne l'auraient pas fait puisque ma cécité les mettait à l'abri de toute dénonciation.

— Si je les rencontre de nouveau, je leur offrirai une belle pièce d'argent pour récompenser leurs bienveillantes intentions, railla Tao Gan.

Il vida sa tasse et ajouta :

— A propos de pièces d'argent... je crois qu'il leur en faudra beaucoup, car l'un d'eux ne pourra plus jamais se servir de son bras droit, et quand l'autre lavera ses yeux, il deviendra infirme pour la vie !

Elle bondit sur ses pieds.

— Ce que vous avez fait est abominable ! s'écria-t-elle. Et cela semble vous faire plaisir d'y penser ! Vous êtes un homme méchant et cruel !

— Et vous une fille stupide ! répliqua Tao Gan en se levant. Merci pour le thé.

— Faites attention, dit-elle en l'éclairant, les marches sont glissantes.

Tao Gan grommela une réponse inaudible et descendit l'escalier.

Dans la ruelle, il regarda la maison attentivement.

— Juste par habitude, murmura-t-il, car je n'éprouve aucune envie de revenir ici. Je n'ai que faire des femmes et cette sotte créature avec ses grillons m'intéresse encore moins que les autres !

Il s'éloigna, les sourcils froncés.

IV

*Le juge Ti révèle à ses lieutenants
le but de leur voyage ;
Tao Gan lui pose une question.*

Des lampions de toutes les couleurs accrochés devant les estaminets, les restaurants et les magasins éclairaient brillamment la grande artère qui traversait la ville du nord au sud. Perdu dans la foule bigarrée, Tao Gan retrouva peu à peu sa bonne humeur. Les bouts de querelles ou les reparties vives qui parvenaient à ses oreilles l'amusaient, et son habituel sourire sarcastique était revenu quand le Palais du gouverneur montra ses hautes murailles.

Les passants se faisaient plus rares en cet endroit, et de grands bâtiments gardés par des sentinelles en armes remplaçaient les boutiques. Ceux de gauche abritaient les différents services du tribunal, ceux de droite servaient de quartier général à la garnison. Parvenu devant les degrés de marbre qui menaient au portail laqué de rouge du Palais, Tao Gan prit à droite, longea l'impressionnante muraille crénelée jusqu'à une porte plus petite, et dit son nom à la sentinelle. Immédiatement introduit, il gagna l'aile orientale où logeait pour l'instant le juge Ti.

Dans l'antichambre, un impeccable majordome haussa les sourcils à la vue de l'étrange visiteur. Tao Gan retira paisiblement sa peau de bique et apparut dans la robe brun foncé à col rebrodé d'or qui indiquait son rang de Premier Secrétaire. Le majordome s'inclina très bas et le débarrassa respectueusement de sa dépouille caprine avant d'ouvrir à deux battants la porte de la grande salle.

Douze candélabres d'argent disposés entre des colonnes rouges éclairaient la vaste pièce fraîche et silencieuse. A gauche se trouvait une couche en bois de santal et, sur une petite table, un beau vase de fleurs. Un immense tapis bleu sombre recouvrait le sol. Tout au fond, le juge Ti était installé derrière un bureau monumental, faisant face à Tsiao Taï assis sur une chaise basse. En s'avançant vers eux, Tao Gan respira le délicat parfum du bois de santal auquel se mêlait une odeur de jasmin.

Le juge portait une robe pourpre chamarrée d'or et un bonnet à grandes ailes qu'ornait l'insigne des conseillers d'État. Les bras croisés à l'intérieur de ses manches, il semblait perdu dans ses pensées. Tsiao Taï avait aussi une expression songeuse, ses larges épaules pour une fois affaissées. Tao Gan remarqua de nouveau combien son chef avait vieilli au cours des quatre dernières années. Son visage était plus maigre, creusé de rides profondes autour des yeux et de la bouche. Ses sourcils demeuraient d'un noir de jais, mais de nombreux fils blancs apparaissaient dans sa barbe et ses favoris.

Quand il vit Tao Gan s'incliner devant lui, il se redressa sur son siège et, secouant ses grandes manches, dit d'une voix grave :

— Assieds-toi près de Tsiao Taï. Les nouvelles ne sont pas fameuses, mon cher. Pourtant, je fus bien inspiré en vous envoyant tous deux sur le quai dans vos étranges costumes. Votre présence a instantanément mis le feu aux poudres !

S'adressant au majordome, il commanda :

— Apportez-nous d'autres thés.

Lorsque le serviteur eut quitté la pièce, le juge posa ses coudes sur le bureau et dit avec un pâle sourire :

— J'ai plaisir à me retrouver avec vous, mes amis ! Dans la capitale chacun doit remplir sa tâche, et nous avons dû renoncer à nos réunions quotidiennes du temps où j'étais simple magistrat de district. Quelle vie intéressante nous menions alors ! Le vieux sergent Hong ne nous avait pas encore quittés pour un monde meilleur...

Il passa la main sur son visage d'un air las. Au bout d'un instant, il se ressaisit et, bien droit dans son fauteuil, ouvrit son éventail en disant à Tao Gan :

— Ton camarade vient d'être témoin d'un drame atroce. Mais avant de tout te conter, j'aimerais connaître tes premières impressions.

Tandis que le juge Ti s'éventait doucement, Tao Gan commença de sa voix égale :

— Après avoir escorté Votre Excellence jusqu'ici, ce matin, nous avons gagné le sud de la ville. Là, suivant vos instructions, nous nous sommes mis en quête de logements aux environs du quartier arabe. Frère Tsiao jeta son dévolu sur une auberge proche de la mosquée, moi sur un hôtel qui s'élève juste en dehors de la Porte Sud. Nous nous rejoignîmes dans un petit restaurant pour le riz de midi, flânant ensuite sur le quai où nous vîmes de nombreux Arabes. D'après ce que j'ai entendu dire, un millier se sont établis à Canton, et il y en a autant sur leurs bateaux, dans le port. Ils vivent entre eux et ne se mêlent pas volontiers aux nôtres. Quelques-uns de leurs matelots déclenchèrent une bagarre après qu'un garde-douane eut frappé l'un d'eux ; une intervention de nos soldats, accompagnée par le discours d'un de leurs propres chefs, ramena le calme rapidement. Canton, la plus riche cité de tout le Sud, est renommée pour ses plaisirs nocturnes, en particulier ceux qu'offrent les bateaux-de-fleurs amarrés dans la rivière des Perles. La vie est fiévreuse ici, Votre Excellence. Des marchands riches aujourd'hui seront peut-être des mendiants demain, et aux tables de jeu les fortunes se font et se défont en un soir. Une telle ville est un véritable paradis pour les filous de toutes sortes, cela va de soi, et nombre de financiers jonglent un peu avec les chiffres. Mais les Cantonais sont avant tout des hommes d'affaires et s'occupent peu de politique. S'il leur arrive de grogner contre le gouvernement central, c'est simplement parce que les ingérences officielles les irritent comme elles irritent les commerçants de n'importe quelle autre ville. Pourtant, je n'ai relevé aucun signe réel de mécontentement, et je ne vois pas comment une poignée d'Arabes pourraient causer du désordre ici.

Le juge gardant toujours le silence, Tao Gan poursuivit :

— Avant de quitter le quai, nous avons fait la connaissance d'un capitaine au long cours. Il s'appelle Ni. C'est un homme agréable qui parle l'arabe et le persan et a parcouru le Golfe Persique dans tous les sens. Il pourra nous être utile à l'occasion, aussi Tsiao Taï a-t-il accepté de lui rendre visite demain.

Il hésita un instant avant d'ajouter :

— Puis-je me permettre de demander à Votre Excellence pourquoi ces barbares basanés l'intéressent ?

— Parce qu'eux seuls peuvent nous fournir un indice nous permettant de retrouver un important personnage disparu en cette ville.

Sous l'œil attentif du majordome, deux serviteurs disposèrent devant le magistrat un plateau chargé d'exquise vieille porcelaine puis, le thé servi, tous trois se retirèrent et le juge continua :

— Depuis la maladie de Sa Majesté Impériale, des partis se sont constitués à la Cour. Les uns soutiennent le Prince son fils, héritier légitime du trône, d'autres l'Impératrice, qui désire le remplacer par un membre de sa propre famille. Certains encore sont partisans d'une régence. L'homme dont l'influence fera pencher la balance en faveur d'une de ces solutions est Liou, le censeur impérial. Je ne crois pas que vous l'ayez jamais rencontré, mais vous avez entendu parler de lui, bien entendu. Quoique jeune encore, il est extrêmement capable et a voué sa vie à la défense des intérêts de l'Empire. J'entretiens d'étroits rapports avec lui, car j'apprécie hautement ses dons politiques et son intégrité. Si une crise éclatait, je lui apporterais un appui total.

Le juge avala une gorgée de thé, réfléchit un moment, et poursuivit :

— Il y a environ six semaines, le censeur Liou est venu à Canton en compagnie de son conseiller, le docteur Sou, et de quelques experts militaires. Il avait mission d'inspecter les préparatifs de notre expédition navale en Annam. Il revint à Tch'ang-ngan avec un rapport louant le travail de Weng Kien, le gouverneur de la Région Méridionnale, dont je suis l'hôte à présent. La semaine dernière, Liou reparut à Canton, accompagné seulement du docteur Sou. Il n'avait pas reçu du Grand Conseil l'ordre de faire cette seconde visite, et personne n'en connaît l'objet. Il n'avertit pas le gouverneur de sa venue, désirant de toute évidence qu'elle demeurât secrète, mais un agent des services spéciaux l'aperçut par hasard aux abords du quartier arabe. Il était avec le docteur Sou, tous deux à pied et pauvrement vêtus. Le gouverneur prévint aussitôt le Grand Conseil qui le chargea de découvrir Liou et de lui transmettre l'ordre de regagner sur-le-champ la capitale. Le gouverneur mobilisa ses sbires et ses agents spéciaux qui ratissèrent toute la ville. Sans résultat... le censeur et le docteur Sou demeurèrent introuvables !

Le juge Ti poussa un soupir et reprit :

— On décida en haut lieu de garder le secret le plus strict sur cette disparition, car l'absence prolongée de Liou menaçait d'avoir de graves conséquences politiques. D'autre part, le Conseil se demanda si quelque louche machination ne se tramait pas ici. On décida donc de dire au Gouverneur que le mystère était éclairci, et il reçut l'ordre de suspendre les recherches. En même temps, on m'envoya dans cette ville sous prétexte de réunir des renseignements sur le commerce extérieur. En réalité, j'ai mission de me mettre secrètement en rapport avec le censeur Liou et d'apprendre de sa bouche la raison de son voyage à Canton. Quant au docteur Sou, inutile de le chercher... son cadavre repose dans une pièce voisine. Raconte-lui ton aventure, Tsiao Taï.

Tsiao Taï fit à son collègue le récit du double assassinat dans lequel il faillit jouer le rôle de victime supplémentaire. Lorsqu'il se tut, le juge ajouta :

— Je vis aussitôt que le corps amené par ton camarade était celui du docteur Sou. Ce dernier a dû apercevoir Tsiao Taï quand vous flâniez sur le port, mais il n'a pas voulu l'accoster devant toi, ignorant ton identité. Il entra derrière vous dans l'estaminet et aborda Tsiao Taï après votre séparation. Il était lui-même suivi par l'assassin arabe et le nain mystérieux. Ces énigmatiques personnages l'ont probablement vu parler à Tsiao Taï et ont décidé d'intervenir en toute hâte. Connaissant bien le quartier arabe et ses raccourcis, ce fut un jeu pour eux de poster des complices en des endroits que Tsiao Taï et son compagnon devaient traverser. Le docteur Sou et ton camarade passèrent dans la ruelle où l'Arabe s'était lui-même embusqué. Le gredin réussit son coup en partie puisqu'il tua le docteur Sou, mais son projet d'assassiner Tsiao Taï tourna mal pour lui : un troisième larron — inconnu de nous — intervint à temps et l'étrangla. Nous sommes donc en présence de deux groupes également impitoyables mais aux desseins opposés. Nous pouvons en déduire qu'une grave menace pèse sur le censeur Liou.

— N'a-t-on aucune idée de ce qu'il venait faire ici ?

— Aucune. Nous savons en tout et pour tout qu'il surveillait certains Arabes de cette ville. Lorsque le Gouverneur m'eut installé dans mes appartements, je lui demandai les dossiers administratifs secrets de Canton et de sa province sous prétexte de me faire une idée générale de la région. Je me suis penché sur ces paperasses toute la matinée, mais ils contiennent seulement les informations usuelles. Rien dans leurs pages ne concerne les Arabes, rien ne peut y avoir spécialement éveillé l'intérêt de Liou. J'y trouvai toutefois le rapport de l'agent des services spéciaux qui aperçut le censeur et le docteur Sou. Il y déclare que tous deux étaient pauvrement vêtus et paraissaient fatigués et soucieux. Au moment où il les vit, le censeur accostait un Arabe, mais lorsque l'agent s'approcha pour obtenir confirmation de leur identité les trois hommes disparurent dans la foule. L'agent se hâta de faire part de l'incident au Gouverneur. Dans la capitale, j'ai lu et relu les papiers que le censeur étudiait avant son départ sans y rien découvrir qui se rapportât aux Arabes ou à Canton. En ce qui concerne sa vie privée, je sais seulement qu'il possède une confortable aisance, est célibataire, et avait un seul ami intime : le docteur Sou.

Regardant ses lieutenants d'un air grave, le juge Ti conclut :

— Le Gouverneur doit ignorer tout ceci, vous le comprenez bien ! En prenant le thé avec lui, tout à l'heure, j'ai dit que le docteur Sou était un personnage peu recommandable qui avait commis l'imprudence de s'associer à des Arabes sans aveu. Pour le Gouverneur, l'objet de notre séjour ici est uniquement l'étude des échanges commerciaux, ne l'oubliez surtout pas !

— Mais pourquoi ce mystère, Votre Excellence ? demanda Tsiao Taï. Étant la plus haute autorité de la région, son aide serait précieuse.

Le juge Ti secoua énergiquement la tête.

— Liou ne l'a pas prévenu de sa seconde visite. Peut-être parce que l'affaire est trop confidentielle pour qu'il soit mis dans le secret, mais peut-être aussi parce que le censeur se méfie de lui et le soupçonne de jouer un rôle dans cette mystérieuse affaire. Dans un cas comme dans l'autre, notre devoir est de suivre la ligne tracée par Liou... tout au moins jusqu'au moment où nous saurons de quoi il est réellement question. Il faut donc renoncer au concours des pouvoirs locaux. Cependant, après le riz de midi, j'ai fait venir le chef des services spéciaux de l'armée. Il a promis de m'envoyer quatre hommes qui nous assisteront dans les détails de routine. Comme vous le savez, la branche spéciale est indépendante des autorités civiles et envoie ses rapports directement à la capitale. Vous voyez la difficulté de notre tâche. D'une part, nous devons feindre de collaborer étroitement avec le Gouverneur dans l'exécution d'une besogne fictive ; d'autre part, il nous faut procéder à une difficile enquête le plus dicrètement possible.

— Pendant que des adversaires inconnus ont l'œil sur nous, dit Tao Gan.

— Pas sur nous, corrigea le juge Ti, sur le censeur. Ces adversaires ignorent le but réel de notre présence, connu seulement du Conseil Suprême. Ils surveillaient le docteur Sou pour l'empêcher d'établir un contact avec d'autres personnes, et comme ils n'en sont pas à un petit assassinat près, la vie du censeur Liou est en danger.

— Existe-t-il des raisons particulières de soupçonner le Gouverneur, Votre Excellence ? demanda Tsiao Taï.

— Pas à ma connaissance. Avant de quitter Tch'ang-ngan, j'ai parcouru son dossier personnel. Weng Kien y est décrit comme un homme capable et diligent. Il a fait de brillants débuts ici, il y a vingt ans, en qualité d'assistant du juge local. Il a occupé ensuite le poste de magistrat dans différents districts avant d'être nommé préfet. Il y a deux ans, il revint à Canton, cette fois avec le titre de Gouverneur de la Région Méridionale. Sa vie de famille est exemplaire, il a trois fils et une fille. Seule note critique : il est dévoré d'ambition et souhaite ardemment devenir Gouverneur de la capitale. Après lui avoir raconté ma petite fable au sujet du docteur Sou, je l'ai prié de réunir les meilleurs experts de Canton en matière commerciale. Sous couleur de me faire une idée de nos relations marchandes avec l'étranger, j'espère obtenir des renseignements utiles sur le monde arabe. Cette conférence doit avoir lieu dans quelques minutes... il est donc temps, je crois, de nous rendre à la Salle du Conseil.

En gagnant la porte, Tao Gan demanda :

— Mais quelle raison peut bien avoir un censeur impérial de s'intéresser à ces moricauds, Votre Excellence ?

— Ma foi, on ne sait jamais ce qui peut arriver, répondit le juge avec sa circonspection habituelle. Les tribus arabes se sont rassemblées sous les ordres d'un chef que ces gens-là nomment leur Calife et auraient envahi la plupart des territoires désolés qui se trouvent loin à l'ouest de notre Empire Fleuri. Bien entendu, le sort de ces pays barbares situés aux confins de l'univers civilisé nous importe peu :

ce Calife n'est pas encore devenu un personnage assez important pour se permettre d'envoyer des porteurs de tributs à Sa Majesté Impériale en sollicitant d'Elle le statut de vassal. Mais un jour il peut monter vers notre frontière nord-ouest et conclure une alliance avec nos pires ennemis, les Tartares. Ou bien, au sud, il peut envoyer ses vaisseaux porter des armes aux rebelles de l'Annam. Ces deux éventualités sont les premières qui se présentent à l'esprit. Il y en a probablement d'autres, mais ne nous perdons pas dans des spéculations sans rapport avec notre tâche actuelle. Venez, mes amis.

V

Un commerçant cantonais vante l'hospitalité arabe ;
un haut fonctionnaire décide d'échapper
quelques moments à l'étiquette

Le majordome précéda cérémonieusement le juge et ses assistants tout au long d'un dédale de couloirs. Après avoir traversé la cour du milieu, où gardes, commis et serviteurs s'affairaient à la lumière de lampions aux vives couleurs, la petite troupe franchit une porte à deux vantaux et se trouva enfin dans la Salle du Conseil, brillamment éclairée par une douzaine de hauts candélabres.

Grand et barbu avec de larges épaules un peu tombantes, le gouverneur Weng Kien les y attendait. Il s'inclina si bas devant le juge que les manches de sa somptueuse robe de brocart vert balayèrent le marbre des dalles tandis que tintait l'insigne doré de son bonnet à larges ailes.

— « Le colonel Tsiao Taï et mon Premier Secrétaire, l'honorable Monsieur Tao Gan », annonça le juge Ti en lui présentant les deux hommes. Le gouverneur leur accorda une simple inclination de tête et dit à son tour, montrant le vieillard agenouillé près de lui :

— L'honorable Monsieur Pao Kouan, préfet de Canton.

Le préfet toucha trois fois le sol de son front en un respectueux kotéou. Le juge lui dit avec bienveillance de se relever et, après un coup d'œil au visage soucieux et ridé du viel homme, suivit le gouverneur vers un siège d'apparat placé sur une estrade au fond de la salle. Le juge s'y assit, et le gouverneur demeura debout au pied de l'estrade. Bien que Weng fût le personnage le plus important de la région, il était de beaucoup l'inférieur du juge Ti, président de la Cour Métropolitaine de Justice et, depuis deux ans, conseiller d'État.

Tsiao Taï et Tao Gan se rangèrent de chaque côté de leur chef. Tao Gan paraissait fort digne en longue robe brune et haut bonnet de gaze. Tsiao Taï avait mis son casque et emprunté un sabre au magasin d'armes du palais. Sa cotte de mailles bien ajustée mettait en valeur ses formes puissantes et sa belle musculature.

Le Gouverneur s'inclina de nouveau et dit :

— Suivant les instructions de Votre Excellence, j'ai convoqué l'honorable Monsieur Liang Fou et l'honorable Monsieur Yao Tai-kai. Monsieur Liang est l'un des plus grands financiers de Canton. Il...

— Sa famille appartient-elle au clan des Liang qui fut si éprouvé lors du multiple assassinat d'atroce mémoire ? l'interrompit le juge. J'ai eu à débrouiller cette affaire lorsque j'étais magistrat de Pou-yang, il y a quatorze ans de cela (1).

— L'un des plus fameux succès de Votre Excellence! s'écria le gouverneur d'une voix melliflue. Les citoyens de Canton en parlent encore avec gratitude et admiration. Mais notre honorable Monsieur Liang fait partie d'un autre clan. C'est le fils unique du défunt amiral Liang.

— Une très illustre famille, remarqua le juge Ti.

Jouant de son éventail, il poursuivit :

— L'amiral était un valeureux marin et un grand stratège. Le Victorieux Héros des Mers du Sud, l'appelait-on. Je l'ai rencontré une seule fois, mais je me rappelle fort bien son aspect extraordinaire. Trapu, les épaules d'une largeur peu commune, il avait un visage plat, plutôt laid, avec un front bas et de hautes pommettes saillantes. Mais dès qu'on croisait son regard on se sentait en présence d'un être supérieur ! Pourquoi son fils n'a-t-il pas suivi la tradition familiale?

— Sa mauvaise santé lui a interdit cette carrière, Votre Excellence. C'est dommage, d'ailleurs, car il a hérité les talents de stratège de son père. La clairvoyance avec laquelle il

(1) Voir *Les Enquêtes du juge Ti*, ouvrage publié par le Club du Livre Policier. Robert Van Gulik y raconte cette curieuse affaire qui lui fut suggérée par un vieux roman policier chinois : « *Tchiou-ming-tch'ingan* » (« *Neuf Assassinats dans une Étrange Querelle de Famille* »), basé sur un fait divers qui eut réellement Canton comme cadre. (*N. du T.*)

mène à bien de vastes opérations financières le démontre amplement. Et aussi, sur une plus petite échelle, son habileté au jeu d'échecs. Monsieur Liang est le champion de notre province sur l'échiquier !

Le gouverneur toussa derrière sa main et reprit :

— Bien entendu, un homme de son milieu ne peut s'abaisser à... hum... faire du commerce avec des barbares. Mais on lui rend compte de tous les détails importants. Monsieur Yao Tai-kai, en revanche, ne craint pas d'entrer personnellement en contact avec les marchands étrangers, en particulier les Arabes et les Persans. Cela ne le dérange pas, car il vient d'une... hum... plus humble famille. Et puis il a les idées larges et s'accorde avec tout le monde. J'ai pensé que Monsieur Liang et Monsieur Yao sauraient mieux que personne présenter à Votre Excellence un tableau complet du commerce extérieur de notre région.

— Canton est une très grande ville, dit négligemment le juge Ti. Je pensais trouver entre ses murs plus de deux experts sur ce sujet.

D'une voix suave, le gouverneur répliqua :

— Le commerce extérieur étant partiellement assujetti au contrôle de l'État, il est nécessaire qu'il soit réglementé de façon fort stricte. Les personnes dont je vous ai parlé en tiennent à elles deux tous les fils.

Tsiao Taï s'avança :

— J'ai entendu dire qu'un certain capitaine Ni était aussi considéré comme un expert en ce domaine, dit-il. Ses vaisseaux font la navette entre Canton et les ports arabes.

— Ni ? Le gouverneur interrogea Pao Kouan du regard. Le préfet tirailla sa barbiche et répondit :

— Le capitaine est bien connu dans le monde maritime, en effet, mais je ne crois pas qu'il ait quitté la terre ferme depuis trois ans au moins. Il mène une vie plutôt... dissolue.

— Je vois, dit le juge. Eh bien, qu'on fasse entrer ces messieurs.

Le gouverneur donna un ordre à Pao, puis vint se placer à la droite du magistrat. Le préfet reparut bientôt suivi de deux hommes, l'un petit et mince, l'autre grand et bedonnant. Lorsqu'ils se furent agenouillés au bas de l'estrade, Pao présenta le premier comme l'honorable Monsieur Liang Fou et son corpulent compagnon comme le marchand Yao Tai-kai.

Le juge leur dit de se relever. Liang Fou avait un visage pâle et fermé avec une moustache soyeuse d'un noir de jais et une petite barbiche. Ses cils très longs et la courbe délicate de ses sourcils donnaient à la partie supérieure de son visage un aspect presque féminin. Il portait une longue robe vert olive, et un bonnet de gaze noire le montrait possesseur d'un grade littéraire. Yao Tai-kai appartenait à un type physique bien différent avec sa face toute ronde de bon vivant ornée d'un collier de barbe et d'une moustache aux poils hérissés. De petites rides fines entouraient ses gros yeux bovins. Il haletait un peu, transpirant sous le poids inhabituel de sa lourde robe de cérémonie en brocart brun.

Le juge Ti prononça quelques phrases bien-veillantes, puis interrogea Liang Fou sur la situation commerciale. Liang répondit de façon pertinente en une langue châtiée. Son intelligence paraissait dépasser la moyenne et il possédait les manières aisées d'un patricien. A la grande consternation du juge, il apprit à celui-ci que la colonie arabe de Canton était beaucoup plus importante qu'il ne l'avait cru et comptait plus de dix mille personnes réparties dans la ville et ses faubourgs. Liang ajouta que ce nombre variait cependant selon la saison car les bateaux — chinois aussi bien qu'arabes — devaient attendre la mousson d'hiver avant de partir pour l'Annam ou la Malaisie. Ils cinglaient d'abord vers Ceylan et, de là, traversaient l'Océan Indien en direction du Golfe Persique. Les vaisseaux arabes et persans transportaient jusqu'à cinq cents hommes, les jonques chinoises davantage.

Ce fut ensuite au tour de Yao de prendre la parole. Assez intimidé au début, il s'enhardit en décrivant son travail, et le juge reconnut en lui un homme d'affaires très entendu. Lorsqu'il eut fini de dresser la liste des produits importés par les divers marchands arabes, le juge lui demanda :

— Mais comment faites-vous pour reconnaî-tre ces gens-là ? Pour moi, ils se ressemblent tous ! Ce doit être pénible d'avoir des contacts quotidiens avec ces barbares sans culture.

Monsieur Yao haussa ses confortables épaules.

— Dans les affaires, il faut savoir s'accommoder de bien des choses, Seigneur Juge ! Et un certain nombre de ces étrangers ont beaucoup appris chez nous. Prenez Mansour, par exemple, le chef de la communauté arabe : il se débrouille très bien avec notre langue et sait recevoir. Je dîne même chez lui ce soir !

Monsieur Yao sembla soudain pressé de partir. Le juge Ti le remercia des renseignements qu'il venait de fournir et ajouta :

— Emmenez donc le colonel Tsiao avec vous à cette réception. Ce sera une expérience intéressante pour lui.

Il fit signe à Tsiao Taï d'approcher et lui dit tout bas :

— Tâche d'apprendre comment les Arabes sont distribués en ville. Et ouvre bien les yeux et les oreilles !

Après qu'un officier eut reconduit Tsiao Taï et Monsieur Yao à la grande porte, le juge Ti parla un moment avec Monsieur Liang des campagnes navales de son père, puis le renvoya aussi. Il s'éventa plusieurs minutes en silence avant de dire au gouverneur :

— Nous sommes loin de la capitale ici, et les Cantonais passent pour être de nature indépendante. Si l'on ajoute à ce fait la présence de tant d'étrangers, veiller sur l'ordre public ne doit pas être une tâche facile ?

— Je n'ai pas lieu de me plaindre, Votre Excellence. Le préfet Pao est un administrateur fort capable. Il dispose d'un personnel compétent, et la garnison est composée de troupes du Nord bien aguerries. Il arrive à la population de grogner, certainement, mais dans l'ensemble elle respecte les lois et, avec un peu de tact...

Un haussement d'épaules acheva la pensée du gouverneur. Le préfet ouvrit la bouche pour dire quelque chose, puis changea d'avis.

Le juge ferma son éventail d'un coup sec et descendit de l'estrade. Tao Gan le suivit. Le gouverneur escorta les deux hommes jusqu'à la porte, et le majordome les ramena ensuite dans les appartements du juge Ti. Ce dernier pria le digne serviteur de les conduire à un petit pavillon qui s'élevait au milieu d'un jardin clos éclairé par la lune. Un bassin rempli de poissons rouges entretenait une agréable fraîcheur en ce lieu charmant. Dès qu'il fut assis devant la table à thé, le juge renvoya leur guide et dit à Tao Gan :

— Réunion intéressante. Nous savons à présent que le nombre d'Arabes est plus élevé que nous le supposions, mais à part cela nous n'avons rien appris d'important. Ou bien quelque détail m'aurait-il échappé ?

Tao Gan secoua la tête. Après un court silence, il déclara :

— La vie publique du censeur est irréprochable, avez-vous dit, Noble Juge. En est-il de même de son existence privée ? Un homme jeune encore et célibataire...

— J'ai aussi pensé à cela. En ma qualité de président de la Cour Métropolitaine, il m'a été facile de procéder à une petite enquête. Bien qu'il ne soit pas mal de sa personne, il ne semble pas s'intéresser aux femmes. Plusieurs familles importantes de la capitale ont essayé d'en faire leur gendre, mais en vain. Les charmantes courtisanes, ornement des réceptions auxquelles un homme de son rang est contraint d'assister presque chaque soir, ne retiennent pas davantage son attention. Cette froideur n'est pas due à une aversion innée pour les personnes de l'autre sexe — un trait qu'on rencontre chez certains beaux jeunes gens, comme tu sais. Non, s'il néglige les femmes, c'est parce que son travail l'absorbe totalement.

— Rien n'arrive donc à l'en distraire, Noble Juge ?

— Rien. Si ce n'est, peut-être, les grillons. Il en possède une collection remarquable, composée à la fois d'insectes chanteurs et d'insectes combattants. J'ai appris cela au cours de la dernière conversation que nous eûmes ensemble. Un son étrange venait de sa manche. Remarquant ma surprise, il en sortit une petite cage en fils d'argent qui contenait un grillon. Il avait toujours cette bestiole sur lui, m'expliqua-t-il. Si je me souviens correctement, c'était un spécimen très rare appelé *Clochette d'Or...*

Il s'interrompit en voyant son compagnon sursauter.

— Qu'as-tu donc ? demanda-t-il.

— Ma foi, Noble Juge, c'est sûrement une coïncidence, mais tout à l'heure j'ai rencontré une aveugle qui vend de ces petites bêtes, et elle

a attrapé une Clochette d'Or la nuit dernière !
Or il paraît que cette variété de grillon est très
rare, surtout ici. Alors, se pourrait-il que...

— Tout dépend du lieu et des circonstances
de sa trouvaille. Raconte-moi en détail ta
rencontre avec cette fille.

— J'ai fait sa connaissance près du marché,
Noble Juge. Par le plus grand des hasards. Elle
reconnaît les insectes qui ont de la valeur au
genre de stridulation émise par eux, et les
capture elle-même. En passant près de la
Pagode Fleurie — c'est un temple fameux du
quartier ouest — elle entendit le son particulier
produit par une Clochette d'Or. La bestiole
devait se cacher dans une fente du mur et, à en
juger d'après son chant, était effrayée.
L'aveugle tendit une tranche de concombre
dans sa direction pour l'appâter, et réussit à la
faire entrer dans une petite calebasse.

Le juge demeura un instant songeur, puis dit
en caressant sa barbe :

— Ce serait un hasard extraordinaire que
cette Clochette d'Or soit celle du censeur,
échappée de sa cage alors qu'il se trouvait en cet
endroit. C'est pourtant une possibilité dont
nous devons tenir compte. Pendant que Tsiao
Taï recueille des renseignements chez Mansour,
nous pouvons jeter un coup d'œil à ce temple et
voir si nous n'y découvrons pas un indice
révélateur de la présence de Liou. De toute
façon, nous ne perdrons pas notre temps puisque c'est un monument historique que doit
visiter tout voyageur ! Nous tomberons bien en

route sur un petit caboulot pour y avaler notre riz du soir.

— Votre Excellence ne peut pas faire cela ! s'écria Tao Gan, consterné. Quand vous étiez un simple magistrat de district, il n'y avait pas grand mal à vous promener incognito dans votre ville. Mais à présent que vous êtes devenu l'un des plus hauts personnages de l'Empire, vous ne pouvez vraiment pas...

— Et pourquoi non ? coupa sèchement le juge Ti. A Tch'ang-ngna, je suis obligé d'obéir à leur diable d'étiquette, mais nous ne sommes pas dans la capitale, ici, et je ne laisserai pas perdre cette chance unique d'y échapper une heure ou deux !

Se levant pour prévenir toute protestation supplémentaire, il commanda :

— Attends-moi dans l'antichambre... je vais changer de tenue !

VI

Tsiao Taï va d'étonnement en étonnement;
Monsieur Yao lui fait une étrange confidence.

En sortant de la Salle du Conseil, Tsiao Taï
gagna le magasin d'armes pour troquer son
harnachement militaire contre une robe de
cotonnade grise et un simple bonnet de gaze.
Monsieur Yao, qu'il rejoignit ensuite, exprima
le désir de changer aussi de costume avant
d'aller chez Mansour, et un confortable palanquin les conduisit à la résidence du négociant
située à l'ouest du palais.

Pendant qu'il attendait Monsieur Yao dans la
salle de réception, Tsiao Taï examina d'un œil
critique le luxe voyant qui s'étalait autour de
lui. Sur les tablettes murales étincelaient des
vases d'argent garnis de fleurs en cire, et les
murs disparaissaient sous d'énormes inscrip-
tions exaltant la richesse et l'importance du
maître de céans. La petite servante qui lui
apporta une tasse de thé était vêtue simplement, mais son maquillage outré et la hardiesse
de son regard disaient assez sa première profession de chanteuse dans une maison de joie.

Monsieur Yao ne tarda pas à reparaître en

robe bleue légère, sa coiffure noire un tantinet sur l'oreille.

— Filons ! s'écria-t-il. Ce soir je n'ai pas une minute à moi. Il faut que je m'occupe encore d'une affaire urgente après souper. Heureusement, les réceptions arabes se terminent toujours de bonne heure.

— Que va-t-on nous servir ? demanda Tsiao Taï dans le palanquin qui les emmenait.

— Des mets simples quoique appétissants. Rien de comparable à notre cuisine chinoise ! Avez-vous déjà goûté au ragoût de poulpe à la cantonaise ou à nos plats d'anguilles ?

Il décrivit la préparation de ces chefs-d'œuvre culinaires avec un luxe de détails qui amena l'eau à la bouche de son compagnon et termina par un éloge des vins et liqueurs de la région.

« Voilà un homme qui sait apprécier les bonnes choses », pensa Tsiao Taï. « Il a beau n'être qu'un vulgaire parvenu, c'est tout de même un brave garçon. »

Lorsque le palanquin s'arrêta devant un modeste portail au crépi blanc, il avoua :

— J'ai déjeuné très tôt aujourd'hui, et vos propos m'ont donné une faim dévorante. Un cochon rôti tout entier ne me ferait pas peur !

— Chut ! Ne parlez pas de porc..., l'avertit précipitamment Monsieur Yao. Les musulmans ne touchent en aucun cas à cette viande, considérée comme impure. Ils ne boivent pas de vin non plus, mais le remplacent par un breuvage fort agréable.

Tout en parlant, il s'approcha de la porte que décoraient des poissons en fer forgé et frappa.

Un vieil Arabe bossu vint ouvrir. Il leur fit traverser une petite cour et s'arrêta devant un jardin rectangulaire où des arbustes fleuris étaient disposés en un ordre étrange pour des yeux chinois. Un homme grand et mince s'avança vers eux, son ample costume d'une singulière blancheur dans la clarté lunaire. Tsiao Taï reconnut en lui le personnage qui avait calmé les matelots étrangers au début de l'après-midi.

— La paix soit sur toi, Mansour! lança jovialement Monsieur Yao. Je me suis permis d'amener le colonel Tsiao Taï, un ami de la capitale.

— La paix soit sur tous les vrais croyants, répondit l'Arabe en posant son regard brillant sur Tsiao Taï. Ce dernier nota le contraste entre le blanc des yeux et sa peau bistre. Il fut choqué aussi par l'expression « les vrais croyants ». S'agissait-il seulement des disciples de Mahomet? Dans ce cas, la formule l'excluait ainsi que son compagnon et lui parut peu courtoise pour accueillir des invités. A ce point de ses réflexions, il vit Monsieur Yao et leur hôte se pencher sur les arbustes en discutant de la meilleure façon de les cultiver.

— Le noble Mansour est comme moi un ami des fleurs, expliqua Monsieur Yao. Il a rapporté de son pays ces arbrisseaux odoriférants.

Tsiao Taï avait remarqué le délicat parfum qui flottait dans l'air, mais l'insolence de la formule d'accueil s'ajoutant au vide de son estomac ne le disposaient guère à goûter les charmes de l'horticulture. Il examina d'un air maussade le bâtiment qu'on apercevait au fond du jardin. Au-delà de l'édifice sans étage, la silhouette élancée du minaret se découpait sur le ciel nocturne : il en conclut que la demeure de Mansour devait être proche de son auberge.

Enfin leur hôte les entraîna vers la maison, et Tsiao Taï vit que sa façade était formée de hautes arcades aux pointes curieuses. En pénétrant à l'intérieur, il découvrit avec inquiétude l'absence de tout siège. Il n'y avait pas de table non plus. Une épaisse moquette bleue couvrait le sol, et quelques coussins de soie s'entassaient dans les coins. Du plafond pendait une lampe de cuivre jaune à huit mèches. Un rideau masquait le mur du fond, mais au lieu d'être honnêtement cousu sur une tige de bambou comme Tsiao Taï l'avait toujours vu faire, il était accroché par des anneaux à une longue perche horizontale.

Mansour et Monsieur Yao s'assirent par terre, jambes croisées. Après quelques secondes de perplexité, il les imita. Mansour avait dû remarquer son hésitation, car il demanda :

— J'espère que notre coutume de s'asseoir directement sur le sol ne semble pas mauvaise à l'hôte très honoré ?

— Je suis un soldat, et comme tel habitué à la dure, répondit Tsiao Taï sans amabilité excessive.

— Nous trouvons notre façon de vivre très agréable, déclara Mansour avec froideur.

Tout en admirant la belle prestance de l'Arabe, Tsiao Taï éprouvait pour lui une aversion instinctive. Il avait de beaux traits réguliers, un nez en bec d'aigle, et les pointes de sa moustache se retroussaient selon la mode étrangère. Son port était altier, et sous le mince tissu de son vêtement on devinait le jeu souple de ses longs muscles. De toute évidence, cet homme devait posséder une résistance physique exceptionnelle.

Pour rompre un silence devenu gênant, Tsiao Taï désigna du doigt une suite de signes bizarres formant une bande horizontale vers le haut du mur.

— Que représentent ces tortillons? demanda-t-il.

— C'est de l'écriture arabe, se hâta d'expliquer Monsieur Yao. Il s'agit d'un texte sacré.

— Combien avez-vous de caractères? poursuivit Tsiao Taï en s'adressant à Mansour.

— Vingt-huit.

— Auguste Ciel! Seulement vingt-huit? Nous autres Chinois en avons plus de vingt mille!

Les lèvres de leur hôte esquissèrent un sourire dédaigneux tandis qu'il se tournait vers la porte en frappant dans ses mains.

— Mais comment peuvent-ils exprimer toutes leurs pensées avec vingt-huit caractères? dit tout bas Tsiao Taï à Monsieur Yao.

— Elles sont sans doute assez peu nombreuses pour n'en pas exiger davantage, chuchota le marchand cantonais. Ah, voici le repas !

Un adolescent venait d'apparaître, porteur d'un grand plateau de cuivre ciselé sur lequel reposaient trois poulets frits et une cruche avec des coupes décorées d'émaux aux teintes vives. Le jeune Arabe versa dans celles-ci une liqueur à peine colorée, puis se retira. Levant sa coupe, Mansour dit d'une voix grave :

— Soyez les bienvenus dans ma demeure.

Tsiao Taï avala une gorgée du liquide à l'anis et lui trouva du corps en même temps qu'un goût agréable. Le poulet était appétissant, mais, privé des baguettes habituelles, il se demanda comment s'y prendre pour le manger. Mansour et Monsieur Yao burent deux ou trois coupes puis, empoignant chacun une volaille, ils la déchirèrent avec leurs doigts. Il fit comme eux et, ayant porté un morceau de viande à sa bouche, la trouva excellente. Au poulet succéda un plat de riz safrané, frit avec des tranches d'agneau, des raisons secs et des amandes. A l'imitation de son hôte il en forma — toujours avec ses doigts — de petites boulettes qui lui parurent délicieuses. S'étant lavé les mains dans un bol d'eau parfumée que lui présenta le jeune Arabe, il s'appuya contre son coussin et, avec un sourire satisfait, dit à Mansour :

— Quel excellent repas ! Savez-vous que nous sommes voisins ? Je loge à l'Auberge des Cinq Immortels et j'ai rencontré aux alentours beaucoup de vos compatriotes.

— La plupart d'entre eux habitent ce quartier, en effet. Nous n'aimons pas nous éloigner des monuments de notre culte. L'heure de la prière est annoncée du haut du minaret, et c'est là aussi que nous allumons un feu pour guider nos navires lorsqu'ils entrent dans l'estuaire. Il y a cinquante ans, un parent de notre Prophète — la paix d'Allah soit sur lui — vint demeurer à Canton et mourut dans un logis situé juste en dehors de la Porte Nord-Est. Plus d'un vrai croyant a établi sa demeure en ce lieu saint pour veiller sur son tombeau. Quant à nos marins, ils vont d'ordinaire dans les six grandes hôtelleries qui se trouvent près de la douane.

— J'ai rencontré dans ce coin un capitaine au long cours de nationalité chinoise qui parle votre langue, dit Tsiao Taï. Un homme appelé Ni.

Mansour l'observa quelques secondes entre ses paupières mi-closes avant de répondre :

— Le père de Ni était Chinois, mais sa mère Persane. Les Persans ne valent rien. Il y a quarante ans, conduits par notre grand Calife, de vaillants guerriers arabes les ont écrasés à la bataille de Nehavent.

Monsieur Yao remplit les coupes et demanda :

— Est-il vrai qu'à l'ouest des terres conquises par votre Calife vivent des hommes à la peau blanche, aux yeux bleus et aux cheveux jaunes ?

— Il ne peut pas exister de semblables créa-

77

tures ! protesta Tsiao Taï. Ce sont des esprits ou des démons !

— Ils existent pourtant, répondit Mansour. Ils savent se battre. Ils sont même capables d'écrire, mais à l'envers… de gauche à droite.

— Voilà bien la preuve que ce sont des esprits, dit Tsiao Taï soulagé. Dans les régions infernales, tout se passe à l'inverse du monde des vivants.

Mansour vida sa coupe.

— Certains ont les cheveux rouges, remarqua-t-il.

Tsiao Taï le regarda fixement. Pour dire de pareilles insanités, leur hôte devait être ivre.

— Aurons-nous le plaisir d'assister à une danse ? demanda Monsieur Yao avec un large sourire. Regardant Tsiao Taï, il ajouta :

— Avez-vous déjà vu des danseuses arabes, colonel ?

— Non. Sont-elles aussi expertes que nos Chinoises ?

Mansour se redressa.

— Par Allah ! s'écria-t-il. Cette question révèle votre ignorance !

Il frappa dans ses mains et cria un ordre.

— Regardez bien le rideau, murmura Monsieur Yao, très surexcité. Si c'est Zoumouroud, le spectacle en vaudra la peine !

La tenture s'écarta pour livrer passage à une femme de taille un peu au-dessus de la moyenne et, à l'exception d'une ceinture à franges, complètement nue. L'étroit ornement descendait si bas sur ses hanches qu'il laissait voir tout le ventre doucement bombé au milieu duquel brillait une grosse émeraude. La minceur de sa taille faisait paraître plus importants ses beaux seins ronds et ses cuisses voluptueuses. Sa peau brun doré était sans défaut mais, quoique expressif, le visage de la jeune femme ne correspondait en rien aux canons de la beauté chinoise. Ses yeux cernés de khôl semblaient trop ouverts, ses lèvres écarlates trop pleines, et sa chevelure noir-bleu était curieusement crépelée. Tout en inspirant à Tsiao Taï une certaine répulsion, ces particularités nouvelles pour lui le fascinaient. Tandis que la danseuse considérait les invités en haussant légèrement les sourcils, ses grands yeux humides rappelèrent brusquement à l'ancien Chevalier des Vertes Forêts ceux d'une biche qu'il avait abattue par méprise, au cours d'une partie de chasse.

La belle créature s'avança dans le tintement des cercles d'or de ses chevilles. Sans paraître embarrassée par l'absence de vêtements elle s'inclina devant Mansour, la main droite sur la poitrine, puis salua Monsieur Yao et Tsiao Taï d'un bref signe de tête. Elle s'agenouilla ensuite aux pieds de leur hôte, les genoux joints, et Tsiao Taï fut surpris de voir que ses paumes et ses ongles étaient fardés de rouge.

Mansour avait noté avec un sourire satisfait l'impression produite par la jeune femme.

— Voici Zoumouroud, la danseuse smaragdine, annonça-t-il. Elle va exécuter une danse de notre pays.

Il frappa de nouveau dans ses mains. Deux

Arabes en vêtements amples sortirent de derrière le rideau et s'accroupirent dans le coin le plus éloigné. Tandis que l'un essayait du bout de son pouce la résonance d'un tambour à caisse de bois, l'autre faisait courir un archet en rotin sur son violon pour l'accorder.

Le regard brûlant de Mansour ne quittait plus la danseuse. Toujours à genoux, elle leva les yeux vers lui, puis, se tournant à demi vers les invités, elle les examina d'un air impudent. Voyant qu'elle allait parler à Monsieur Yao, l'Arabe lança un ordre aux musiciens.

Le violoniste tira aussitôt de son instrument une suite de sons plaintifs. Zoumouroud plaça ses mains derrière sa nuque et renversa peu à peu son torse en arrière. Bientôt sa tête atteignit le sol et se posa sur ses cheveux répandus. Les seins dressés — pointes durcies — elle ferma les paupières, la frange de ses longs cils formant deux barres sombres sur la douceur des joues.

Le rythme de la mélopée s'accéléra, ponctuée de battements sourds. Tsiao Taï s'attendit à voir la jeune femme se mettre enfin à danser, mais elle ne bougeait plus du tout. Soudain, il sursauta : de curieuses saccades agitaient l'émeraude enchâssée dans son nombril et, tandis que le corps arqué conservait une immobilité absolue, l'abdomen amorçait un mouvement circulaire. Le tambour battit plus vite et l'amplitude des cercles décrits par la pierre smaragdine augmenta progressivement. Tsiao Taï ne pouvait plus détacher son regard de la gemme à l'éclat maléfique. Le sang se mit à marteler ses tempes, sa gorge se contracta, des gouttes de sueur perlèrent sur son front sans qu'il se rendît compte de ces divers phénomènes.

L'arrêt brusque du tambour le tira de sa transe. Le violon émit encore quelques notes stridentes, puis, dans le profond silence qui suivit, la danseuse redressa son torse avec une grâce souple et remit de l'ordre dans sa chevelure. Elle était toujours à genoux, la poitrine palpitante, et de son corps moite montait, mêlée à un parfum de musc, la senteur un peu âcre de sa chair brune. Tsiao Taï eut beau se dire que son odorat en était offensé, au plus profond de lui-même s'éveillait une ardeur primitive tandis que l'assaillaient des souvenirs de chasse... l'odeur des forêts... celle des chevaux trempés de sueur... et, au fort de l'action, le sang rouge et chaud qui bouillonne dans les veines.

— Par Allah, tu t'es surpassée ! dit Mansour.

Il tira une pièce d'or de sa ceinture et la posa devant Zoumouroud. Elle la prit et, sans même la regarder, la lança aux musiciens. Se tournant vers Tsiao Taï, elle demanda en un chinois fort correct :

— Le noble étranger vient-il de loin ?

Le colonel de la Garde sentit sa gorge se contracter de nouveau. Il vida sa coupe avant de répondre le plus nonchalamment qu'il put :

— Je viens de la capitale. Mon nom est Tsiao Taï.

Les grands yeux s'attardèrent quelques

secondes sur lui, puis, s'adressant à son voisin, la jeune femme dit avec indifférence :

— Vous avez une mine superbe, Monsieur Yao.

Une expression ravie parut sur le visage du marchand.

— Ma santé est bonne, Allah soit loué ! répondit-il à la mode arabe.

Fixant son regard sur les seins de la danseuse, il ajouta :

— Comme l'a écrit un poète chinois : L'arbre ploie sous l'opulence des fruits ! »

Mansour fronça les sourcils et ne quitta pas Zoumouroud de l'œil pendant qu'elle emplissait de nouveau leurs coupes. Lorsqu'elle se pencha vers Tsiao Taï, celui-ci éprouva une étrange sensation au creux de l'estomac en respirant l'odeur presque animale de la jeune femme. Elle approcha sa tête de la sienne, ses lèvres rouges s'ouvrant en un sourire qui montrait deux rangées de dents parfaites.

— J'habite le premier bateau du quatrième rang, murmura-t-elle.

— Viens ici ! tonna Mansour.

— Je parle à qui me plaît, ô maître de nombreux navires ! répliqua-t-elle d'un air hautain.

Les traits contractés, les yeux lançant des éclairs, l'Arabe hurla :

— Demande immédiatement pardon de tes insultantes paroles, chienne !

Elle cracha sur le sol.

Poussant un juron, Mansour l'empoigna

d'une main par les cheveux et de l'autre arracha l'étroite ceinture à franges qui formait son seul vêtement. D'une voix étranglée, il cria :

— Regardez tous les charmes de cette putain... ils sont à vendre !

Elle tenta de se libérer mais, la tenant ferme, il la fit s'agenouiller de nouveau et donna un ordre au violoniste. Celui-ci se leva vivement et lui tendit son archet de rotin.

Détournant son regard de la jeune femme, Tsiao Taï dit d'un ton froid :

— Vous nous embarrassez, Mansour. Attendez d'être seuls pour régler vos différends.

Se maîtrisant avec effort, l'Arabe lâcha la chevelure brune et s'assit en grommelant des paroles indistinctes.

Zoumouroud bondit sur ses pieds. Les yeux étincelants de colère, elle dit aux invités :

— Vous avez entendu : j'appartiendrai au plus offrant !

Le menton haut, elle disparut derrière la tenture, suivie des musiciens.

— Fougueuse fille ! dit en souriant Monsieur Yao. Elle n'est pas toujours d'humeur facile !

Il emplit les coupes et ajouta en levant la sienne :

— Nous vous sommes fort obligés de votre splendide réception, Seigneur Mansour.

Celui-ci s'inclina sans dire un mot. Tsiao Taï s'apprêtait à le remercier aussi, mais la haine qu'il lut dans son regard lui fit juger plus prudent de se taire.

L'Arabe les reconduisit jusqu'à la porte et les

laissa après avoir murmuré un adieu à peine intelligible.

Les porteurs du palanquin s'avancèrent en les voyant paraître. Tsiao Taï secoua la tête.

— Marchons plutôt, dit-il. L'atmosphère était suffocante dans cette maison, et la liqueur étrangère m'embrume le cerveau.

— Je suis très connu dans la ville, répondit son corpulent compagnon. Une personne de mon rang ne sort pas à pied.

— Un colonel de la Garde non plus. Mais les rues sont désertes et nul ne nous apercevra. Venez !

Ils se mirent en route, suivis à distance par les porteurs.

— Le repas était assez bon, remarqua Tsiao Taï. C'est dommage qu'une scène aussi désagréable ait terminé la soirée.

— Qu'attendre d'autre de ces barbares ? répliqua Monsieur Yao en haussant les épaules. Pourtant, vous avez eu tort de l'arrêter. Zoumouroud prend de grands airs, maintenant, et quelques bons coups de rotin sur le postérieur la ramèneraient au sens des réalités. Elle n'est pas de pure race blanche. Sa mère appartenait à la tribu tanka — les bateliers de la rivière des Perles — ce qui fait d'elle deux fois une sauvage. De toute façon, Mansour n'aurait pas osé la fouetter comme il faut ni lui donner une de ces vraies corrections qui font couler le sang et laissent de grandes cicatrices.

Il se passa le bout de la langue sur les lèvres. Tsiao Taï lui jeta un regard désapprobateur et revint sur la bonne opinion qu'il s'était formée de lui. D'un ton froid, il dit :

— L'Arabe semblait d'humeur brutale. Pourquoi craindrait-il de la marquer ?

La question parut embarrasser Monsieur Yao. Il hésita quelque peu avant de répondre :

— Elle ne lui appartient pas réellement... du moins je ne le crois pas. J'imagine qu'elle a un protecteur puissant... un homme qui lui permet de paraître à certaines réceptions pour se faire de l'argent, mais n'aimerait pas la voir revenir avec le derrière en mauvais état.

— Mais Mansour a dit qu'elle était à vendre.

— Seulement pour l'humilier. Ne vous emballez pas, colonel ! D'ailleurs, je ne vous recommande pas ces moricaudes, elles manquent de raffinement. A présent, je vais vous laisser. Je suis attendu dans une petite maison qui me sert de... hum... de résidence secondaire !

— Ne vous mettez pas en retard. Je saurai trouver mon chemin tout seul, répondit sèchement Tsiao Taï.

Monsieur Yao remarqua le changement d'attitude de son compagnon. Il posa des doigts grassouillets sur sa manche et dit avec un sourire engageant :

— Je vous y conduirai un jour, colonel ! La personne qui la dirige pour moi est très discrète, et l'on peut s'y délasser de façon... hum... particulière. Je m'y rends de temps à autre lorsque j'ai besoin de changement. Oh, j'ai tout ce qu'il me faut chez moi, croyez-le bien. Le contraire serait malheureux, avec l'argent que me coûtent mes épouses et mes concubines ! La petite maison dont je vous parle n'est pas très loin de ma demeure principale. C'est bien commode ! Pour être précis : elle fait le coin de la seconde rue qui se trouve au sud du Temple de Kouangsiao. Je vous y emmènerais bien maintenant, mais la dame que je dois y rencontrer est plutôt timide, vous comprenez ? La convaincre de venir n'a pas été facile. Cependant nous avons un passe-temps commun, et j'espère que cela aidera, mais si elle me voyait arriver avec un inconnu...

— Bien sûr, bien sûr..., coupa Tsiao Taï. Dépêchez-vous de peur qu'elle ne change d'avis.

S'éloignant, il ajouta in petto.

— Ce serait pourtant le mieux qui puisse lui arriver !

Quelques pas plus loin, il héla une litière.

— Au Palais ! commanda-t-il.

Tandis que les porteurs démarraient au petit trot, il se renversa sur les coussins et essaya de dormir. Mais dès qu'il fermait les yeux, la silhouette sinueuse de Zoumouroud lui apparaissait et il lui semblait respirer encore sa sensuelle odeur.

VII

Une prostituée raconte ses malheurs au juge Ti;
un père abbé lui explique
la provenance d'un cadavre.

Le juge Ti et Tao Gan sortirent du palais par une petite porte. Les voyant descendre la Grand-Rue, on les aurait pris pour deux lettrés en promenade. Le juge avait endossé une robe de coton bleu foncé à ceinture noire et mis une calotte de soie. Tao Gan portait une robe brune et son inséparable bonnet de velours râpé.

Les bâtiments administratifs dépassés, ils entrèrent dans un restaurant de modeste apparence. Le juge choisit une table tout au fond de la salle afin d'avoir sa clientèle variée sous les yeux.

— Commande toi-même, dit-il à son compagnon, tu connais la langue d'ici (1). Pour moi, ce sera un bol de potage avec des boulettes de pâte ; il paraît qu'elles sont très bonnes à

_____

(1) La langue écrite est la même dans toute la Chine, mais les caractères qui représentent les mots (un seul caractère pour chaque mot) se prononcent de façons différentes selon les provinces. C'est pourquoi, malgré sa grande culture, un lettré venu du Nord comme le juge Ti ne comprend pas la langue parlée à Canton, ville qui se trouve dans le sud de l'Empire. (*N. du T.*).

Canton. Et ensuite une omelette aux crabes, autre spécialité locale !

— On pourrait tâter aussi de leur vin ?

— Qu'est devenue ta sobriété d'autrefois, Tao Gan ? demanda le juge en souriant. Tsiao Taï exerce une mauvaise influence sur toi !

— Tsiao Taï et moi sortons souvent ensemble, c'est vrai, reconnut Tao Gan. Son frère de sang Ma Jong est devenu tellement casanier !

— C'est pourquoi je ne l'ai pas pris avec nous. Je suis heureux qu'il se soit acheté une conduite, et ne désire pas l'entraîner dans des aventures qui le feraient retomber dans ses anciennes habitudes. Nous trouverons bien le censeur impérial à nous trois !

— A-t-il des signes particuliers ou quelque tic personnel, Noble Juge ? Ces détails pourraient nous être utiles quand nous questionnerons les moines.

Le juge caressa ses favoris d'un air songeur.

— Ma foi, c'est un bel homme, et sa démarche est celle du haut fonctionnaire habitué à se mouvoir dans l'entourage de l'Empereur. Son langage nous aidera aussi, car il s'exprime dans le jargon de la Cour et emploie les toutes dernières expressions. Ah, ah... ce potage sent vraiment bon !

Saisissant une boule de pâte avec ses baguettes, il ajouta :

— Courage, mon cher, nous sommes venus à bout de problèmes plus difficiles !

Tao Gan sourit et s'attaqua au contenu de son bol. Ils terminèrent leur simple mais substantiel repas avec une tasse du thé fort qu'on récolte dans le Fou-kien, payèrent le garçon et sortirent.

Les rues voisines étaient presque désertes, à présent, car les gens prenaient leur riz du soir, mais dans le quartier ouest les passants commençaient à être plus nombreux et, en approchant du Temple de la Pagode Fleurie, ils se trouvèrent au milieu d'une foule bruyante. Voyant tous ces gens vêtus de leurs meilleurs habits marcher dans la même direction, le juge compta sur ses doigts et dit :

— C'est aujourd'hui la fête de Kouan-Yin, la Déesse de la Miséricorde. Le temple sera rempli de visiteurs.

Dès qu'ils eurent franchi la première porte, ils virent en effet que la cour principale ressemblait à un champ de foire. Des guirlandes de lampions multicolores reliaient les poteaux plantés pour la circonstance le long de l'allée centrale. Les éventaires forains qui la bordaient de chaque côté offraient à la vue leurs articles variés allant des livres pieux aux jouets pour les enfants, des rosaires aux confiseries de toutes sortes. Les vendeurs de gâteaux à l'huile se faufilaient dans la cohue, annonçant leur marchandise d'une voix stridente.

Le juge Ti considéra ce concours de monde avec agacement.

— Pas de chance ! dit-il à Tao Gan. Comment repérer notre homme là-dedans ! Et où donc est cette fameuse pagode ?

Tao Gan désigna le ciel. Au-delà d'un grand

bâtiment apparaissaient les huit étages de la Pagode Fleurie, haute de presque trois cents pieds. Le globe doré qui surmontait sa flèche luisait doucement au clair de lune et, en prêtant l'oreille, on entendait tinter les clochettes d'argent suspendues aux toits recourbés de ses divers étages.

— Belle architecture, constata le juge Ti avec satisfaction.

Continuant d'avancer, il aperçut le Pavillon du Thé qui s'élevait à droite, au milieu d'un bosquet de bambous. La légère construction était vide, les visiteurs étant trop pris par toutes les curiosités avoisinantes pour venir savourer une tasse de l'agréable breuvage dans sa calme atmosphère. Deux prostituées en costumes voyants se tenaient près de l'entrée, sous l'œil vigilant d'une vieille sorcière appuyée au chambranle de la porte. Le juge Ti s'arrêta.

— Poursuis ton chemin, dit-il à Tao Gan. Je te rejoindrai dans un instant.

Tandis que son compagnon continuait sa route, il s'approcha du pavillon. La plus petite des deux filles était jeune et pas trop laide, mais l'autre avait bien la trentaine et l'épaisse couche de poudre et de rouge qui couvrait son visage n'arrivait pas à masquer les fâcheux effets de sa profession. La vieille poussa les jeunes femmes de côté et, minaudant d'une façon qu'elle croyait engageante, interpella le juge en cantonais.

Celui-ci se hâta d'interrompre l'inintelligible harangue.

— Ces demoiselles comprennent-elles la langue parlée dans le nord de l'Empire ? demanda-t-il. J'aimerais bavarder avec elles.

— Bavarder ? Vous voulez rire... c'est coucher ou rien ! répliqua la vieille en écorchant de façon atroce le dialecte du nord. Soixante sapèques la passe... notre maison se trouve derrière le temple.

D'abord apathique, la plus âgée des deux filles sourit soudain au juge.

— Choisissez-moi, Noble Seigneur ! s'écria-t-elle avec l'accent de Tch'ang-ngan.

— Cette grande bique-là, vous pouvez l'avoir pour trente sapèques ! dit dédaigneusement la maquerelle. Mais pourquoi ne pas aller jusqu'à soixante et vous amuser avec la gentille petite poulette ?

Le juge sortit une poignée de pièces de sa manche et les tendit à la vieille.

— Je prends la grande, dit-il, mais je veux lui parler d'abord. J'ai l'habitude de mettre un peu d'urbanité dans mes rapports avec autrui.

— Urbanité ? répéta la vieille d'un air perplexe. Je ne connais pas ce vice-là, mais pour la somme que vous m'avez donnée, vous pouvez vous offrir tous les genres de rapports que vous voudrez avec elle. Cette créature en arrive à me coûter plus cher qu'elle ne gagne !

Le juge Ti fit signe à la fille de le suivre dans le pavillon. La faisant asseoir à une petite table, il se plaça en face d'elle et commanda au garçon ricanant un pot de thé, une assiette de graines de melon séchées, et diverses sucreries.

— Tout ça pour en arriver à quoi ? demanda-t-elle, soupçonneuse.

— J'avais envie d'entendre parler un peu la langue du nord. Comment êtes-vous descendue si loin dans le sud ?

— Mon histoire ne vous intéresserait pas.

— Laissez-moi juge de cela, dit-il en versant le thé.

Elle but avidement, goûta aux sucreries, puis commença d'un ton morne :

— J'ai fait une bêtise, et par-dessus le marché je n'ai pas eu de chance. Il y a dix ans, je suis tombée amoureuse d'un marchand de soie du Kiang-sou qui venait manger dans la gargote de mon père. Je partis avec lui et, pendant deux ans, les choses ont bien marché. J'aime les voyages et il me traitait bien. Mais alors que nous étions à Canton je mis au monde une fille. Naturellement il fut très en colère que ce ne soit pas un garçon et la noya. Puis, quelqu'un d'autre lui ayant plu, il essaya de me vendre. Mais ce n'est pas facile de placer ici une femme du nord dépourvue de talents particuliers. Les grands bateaux-de-fleurs préfèrent employer des Cantonaises ou des femmes capables de chanter ou de danser. Il finit donc par me vendre aux Tankas.

— Qui sont ces gens-là ?

Elle mit un énorme fruit confit dans sa bouche et expliqua tout en le mâchonnant :

— On les appelle aussi « les gens de la rivière ». Les Cantonais n'ont que mépris pour eux. Ils descendent des sauvages qui vivaient ici il y a plus de mille ans... avant l'arrivée des Chinois. Ils n'ont pas le droit de quitter leurs sampans amarrés près de la douane. C'est là qu'ils naissent, s'accouplent et meurent. Il ne leur est pas permis de s'installer à terre ni de prendre des Chinoises pour femmes.

Le juge Ti hocha la tête. Il se souvenait à présent que cette peuplade formait une classe de parias soumise à des lois spéciales.

Tout à fait à l'aise maintenant, la fille continua :

— Je dus travailler sur un de leurs bordels flottants. Ces phénomènes-là ont un langage à eux. Il faut les entendre parler ensemble... on croirait des singes qui se disputent ! Et leurs femmes sont toujours en train de fabriquer des drogues ou des poisons. Ils se sont vengés sur moi du mépris qu'ils inspirent : pour nourriture, j'avais leurs restes, pour vêtements des lambeaux d'étoffes crasseux. Les clients étaient en général des matelots étrangers car aucune maison de joie ne veut les recevoir à Canton. Alors, vous imaginez un peu le genre de vie que j'ai menée !

Elle renifla bruyamment et mit une autre friandise dans sa bouche.

— Les Tankas ont peur de leurs propres femmes parce que la moitié d'entre elles pratiquent la sorcellerie, mais moi, ils me traitaient comme la plus vile des esclaves. Lorsqu'ils se réunissaient pour boire, il me fallait exécuter des danses obscènes, toute nue, pendant des heures, et recevant des coups de pagaie sur le derrière quand je faisais mine de m'arrêter. Leurs épouses m'injuriaient sans cesse, prétendant que nous autres Chinoises étions toutes des souillons et que nos maris préféraient coucher avec elles. A les en croire — et le ciel sait si elles répétaient souvent cette histoire — il y a seize lustres un noble Chinois aurait épousé secrètement une Tanka, et leur fils, devenu un guerrier fameux, appelait l'Empereur « Oncle ». Non mais, vous imaginez ça ? Quel soupir de soulagement j'ai poussé le jour où ils m'ont vendue à un bordel de Canton ! Pas une maison de joie de première classe, évidemment, mais enfin un bordel chinois. C'est là que je travaille depuis cinq ans. Je ne me plains pas, remarquez-le bien. J'ai eu trois années de bonheur dans ma vie... peu de femmes peuvent en dire autant !

La voilà en confiance, pensa le juge Ti, venons-en au sujet qui m'intéresse.

— Écoutez, dit-il, je suis dans une situation embarrassante. Avant-hier, je devais rencontrer ici un ami du nord, mais j'ai été retenu en route et j'arrive seulement cet après-midi. J'ignore où il loge... pas loin probablement car c'est lui qui a fixé le rendez-vous dans ce temple. S'il n'est pas reparti, il se trouve donc dans les environs. Puisque votre profession vous oblige à observer les hommes qui passent, peut-être l'avez-vous remarqué ? Assez grand, la trentaine, beau garçon, l'air un peu hautain. Ni barbe, ni favoris, juste une petite moustache.

— Vous arrivez un jour trop tard ! Il est venu hier soir, à peu près à cette heure-ci. Il semblait chercher quelqu'un.

— Lui avez-vous parlé ?

— Pour sûr ! Je guette toujours les gens du nord. Et il était beau, comme vous l'avez dit, quoique pauvrement vêtu. Ça ne m'a pas empêchée de lui faire ma petite proposition. Avec lui, j'aurais marché à demi-tarif ! Mais ouiche... il ne m'a pas seulement regardée, ce prétentieux-là. Vous êtes tout à fait différent, vous... j'ai tout de suite pensé que vous étiez gentil, et...

— L'avez-vous revu aujourd'hui ?

— Non, vous arrivez trop tard, je vous dis ! Mais moi, je suis là, mon chéri : viens-tu ? Je peux te montrer des danses tankas, si tu aimes ce genre de choses.

— Pas maintenant. Je vais voir d'abord si je ne trouve pas mon ami dans le temple. Donnez-moi votre nom et votre adresse, je vous rendrai peut-être une visite une autre fois. Et tenez... je paie d'avance !

Tout sourire, elle fournit les renseignements demandés. Le juge emprunta au garçon un pinceau et les inscrivit sur un morceau de papier, puis il régla leur dépense et prit congé de la fille.

Arrivé devant la Grande Salle, il aperçut Tao Gan qui en descendait les marches.

— J'ai cherché partout, Noble Juge, expliqua son lieutenant d'un ton découragé. Je n'ai vu personne répondant à la description que vous m'avez faite du censeur.

— Il est venu hier soir. Déguisé, apparemment, comme le jour où l'agent des services spéciaux l'a rencontré en compagnie du docteur Sou. Viens avec moi, nous allons chercher de nouveau.

Le regard du juge se posa sur un grand palanquin arrêté près des marches avec sa demi-douzaine de porteurs accroupis à côté.

— Un important personnage visite donc le temple aujourd'hui ? demanda-t-il à Tao Gan.

— C'est le palanquin de Monsieur Liang Fou. Un moine m'a dit qu'il vient régulièrement jouer aux échecs avec le père abbé. L'apercevant dans un couloir, je voulus m'esquiver, mais cet homme-là possède de bons yeux, Noble Juge ! Il me reconnut aussitôt et voulut savoir pourquoi je me trouvais là. Je lui répondis que je me promenais tout simplement.

— Parfait. Il nous faut faire très attention : de toute évidence le censeur enquête ici secrètement, et nous ne devons pas trahir sa présence en demandant si on l'a vu !

Il fit part à son lieutenant des propos de la fille et conclut :

— Tâchons donc de retrouver Liou sans poser de questions.

Tâche plus difficile qu'ils ne l'imaginaient, ils s'en rendirent compte bientôt. Le temple se composait de nombreuses chapelles et salles diverses reliées par d'étroits couloirs ; moines et novices y coudoyaient la foule campagnarde en

96

admiration devant les peintures murales et les grandes statues dorées, mais ils ne rencontrèrent personne qui ressemblât au censeur Liou.

Après avoir contemplé l'immense statue de la Déesse de la Miséricorde trônant dans la salle principale, ils décidèrent de visiter les bâtiments du fond et finirent par échouer dans un grand hall où l'on célébrait un service commémoratif. Six religieux assis sur des coussins psalmodiaient leurs prières devant l'autel chargé d'offrandes. A l'entrée se tenait un petit groupe en deuil, sans doute la famille du défunt ; un moine âgé surveillait le déroulement de la cérémonie avec l'air de beaucoup s'ennuyer. Revenant sur sa résolution première, le juge décida de l'interroger. Ils avaient maintenant exploré tous les recoins du temple et il ne leur restait pas d'autre ressource.

— Non, je n'ai pas vu la personne dont vous parlez, répondit le religieux. Et je suis certain qu'aucun homme correspondant à votre description n'a paru ce soir car, avant de venir ici, je me tenais à la grande porte, et si un tel personnage l'avait franchie, je l'aurais certainement remarqué. A présent, je vous prie de m'excuser, mais il faut que je m'occupe du service. L'argent que nous rapportent les cérémonies de ce genre sert à payer l'incinération des personnes mortes dans la misère. Et c'est là l'une seulement des nombreuses besognes charitables dont se charge le temple. Tiens, cela me rappelle une chose... hier soir nous avons reçu le cadavre d'un vagabond qui ressemblait à votre ami. Ce n'était pas lui, à en juger par l'état misérable de sa garde-robe !

Le juge Ti sursauta. D'un ton autoritaire, il dit au moine :

— Je suis un officier du tribunal, et l'homme que je devais rencontrer est un agent spécial qui peut s'être costumé en mendiant. Menez-moi tout de suite auprès du corps.

Tout tremblant, le religieux bredouilla :

— Il est dans la salle mortuaire, Noble Seigneur. On doit l'incinérer demain... un jour faste comme aujourd'hui ne pouvant être profané par une opération de ce genre.

Appelant un novice, il lui dit :

— Mène ces deux messieurs à la salle des morts.

L'adolescent conduisit le juge et son lieutenant dans une petite cour déserte au fond de laquelle une bâtisse noirâtre s'adossait à la muraille d'enceinte. Il ouvrit sa porte massive et alluma une bougie. Deux formes humaines recouvertes par des draps reposaient sur une table grossière.

Le novice renifla.

— Heureusement qu'ils seront bientôt brûlés, murmura-t-il. Avec cette chaleur...

Le juge n'entendit pas. Il venait de soulever l'un des draps, découvrant un visage vultueux et barbu. Il laissa vite retomber l'étoffe et leva l'autre drap. Voyant le geste du magistrat se figer, Tao Gan prit la bougie des mains de l'adolescent et en dirigea la lumière sur le cadavre. Des mèches de cheveux humides pendaient du chignon dénoué, mais le pâle visage conservait dans la mort une expression de calme hautain. Le juge Ti se tourna vers le novice.

— Va chercher le père abbé et le prieur ! commanda-t-il. Tu leur remettras ceci.

Fouillant dans sa manche, il donna au moinillon interloqué l'une de ses grandes cartes de visite rouges portant son nom et l'énoncé de tous ses titres. L'adolescent partit aussitôt à toutes jambes. Le juge palpa le crâne du mort.

— Ni blessure ni contusion, dit-il. Donnemoi la bougie et regarde toi-même le torse et les membres.

Tao Gan dépouilla le cadavre de sa veste en loques et du pantalon rapiécé. Il n'y avait pas de linge dessous. Le juge éclaira son lieutenant sans mot dire pendant qu'il examinait attentivement le corps aux proportions harmonieuses.

— Non, dit-il enfin. Pas le moindre signe de violence, pas de décoloration cutanée, pas même une éraflure. Voyons un peu ses vêtements.

Il recouvrit le cadavre et inspecta la veste.

— Qu'avons-nous là ? s'écria-t-il soudain, sortant de l'une des manches une petite cage en fils d'argent à demi écrasée.

— Elle servait de logement au grillon du censeur, dit le juge d'une voix étranglée. Y a-til autre chose ?

— Non, rièn d'autre.

On entendit des voix au-dehors. Un moine poussa la porte et s'effaça respectueusement pour laisser passer un gros homme en longue robe jaune, les épaules recouvertes d'une étole pourpre. L'imposant personnage s'inclina très bas devant le juge, la lumière de la bougie faisant luire son crâne rasé. C'était évidemment le père abbé ; son prieur le suivait et vint s'agenouiller à côté de lui.

D'autres religieux se pressaient dans l'encadrement de la porte, essayant de voir ce qui se passait à l'intérieur.

— J'ai dit vous et votre prieur ! tonna le juge en regardant le gros moine d'un air sévère.

Tremblant de tous ses membres, le père abbé ouvrit la bouche mais ne réussit à émettre que des sons incohérents. Son second donna l'ordre aux religieux de se retirer.

— Maintenant, qu'on ferme la porte, ordonna le juge. Et ne tremblez pas comme ça ! Comment est mort cet homme ?

Le père abbé se ressaisit un peu et répondit d'une voix chevrotante :

— Nous l'ignorons absolument, Votre Excellence. Ces pauvres gens ne sont plus de ce monde quand on nous les amène, et c'est par charité toute pure que nous...

— Vous êtes censé connaître la loi, l'interrompit le juge. Elle précise qu'on ne doit pas incinérer un cadavre — gratis ou autrement — sans avoir vu le certificat de décès et prévenu le Tribunal.

— Mais c'est le Tribunal qui nous l'a envoyé, Votre Excellence, intervint le prieur. Deux sbires l'ont apporté hier soir sur une civière. Ils ont dit que c'était un vagabond inconnu. J'ai signé moi-même la formule de réception.

— C'est différent, alors, admit le magistrat. Vous pouvez vous retirer, mais ne quittez pas le temple, je puis avoir besoin de vous interroger de nouveau tout à l'heure.

Dès qu'ils furent sortis, le juge dit à Tao Gan :

— Il faut demander aux sbires où ils l'ont découvert. C'est étrange qu'ils aient laissé la cage d'argent dans sa manche, cette pièce antique a une certaine valeur. Rends-toi tout de suite au Tribunal et interroge-les. Je veux voir aussi le rapport du contrôleur des décès. Ensuite, tu feras transporter le corps au Palais. Dis au préfet que c'est celui d'un agent secret de la capitale envoyé ici sur mon ordre. Moi, je fais encore un petit tour dans le temple et je te rejoins là-bas.

VIII

Tao Gan rentre bredouille d'une mission,
le juge Ti assure l'avenir
d'une demoiselle de petite vertu.

Il n'était pas loin de onze heures quand la
litière de Tsiao Taï s'arrêta devant le Palais. Sur
sa demande, les porteurs avaient pris le chemin
le plus long, mais l'espoir que l'air nocturne
calmerait son cerveau enfiévré se révéla vain.

Le juge était seul. Assis derrière son bureau,
il étudiait un plan de la ville, le menton dans ses
mains. Quand Tsiao Taï l'eut salué, il répondit
d'une voix lasse :

— Assieds-toi. Nous avons découvert le censeur. Assassiné !

Il lui rapporta la conversation de Tao Gan
avec la jeune aveugle, expliquant de quelle
façon l'indice de la Clochette d'Or les avait
conduits au Temple de la Pagode Fleurie où se
trouvait le cadavre de Liou. Sans répondre aux
questions qui jaillirent des lèvres de son lieutenant, il poursuivit :

— J'ai fait transporter le corps ici, et le
médecin du gouverneur a procédé à l'autopsie.
La mort est due à un poison insidieux qui n'est
pas mentionné dans nos livres de médecine. Les
Tankas, ou « gens de la rivière », sont seuls

capables de le préparer. En larges doses, il provoque immédiatement la mort ; administré par doses plus faibles, il produit une sorte de fatigue générale suivie, au bout de deux semaines, du décès de la victime. Un examen approfondi de la gorge est l'unique moyen de déceler son emploi. Si le médecin n'avait eu récemment l'occasion d'observer un tel cas d'empoisonnement chez les Tankas, il aurait attribué la mort du censeur à une défaillance cardiaque.

— C'est ce qu'a dû diagnostiquer le contrôleur des décès, remarqua Tsiao Taï.

— Le contrôleur des décès n'a pas vu le corps. Tao Gan est revenu il y a une heure avec le préfet. Ils ont questionné ensemble tout le personnel du Tribunal. Nul n'a entendu parler d'un cadavre de vagabond envoyé hier soir au temple.

— Auguste Ciel ! s'écria Tsiao Taï. Les deux sbires étaient donc des imposteurs !

— Oui. J'ai fait venir aussitôt le prieur, mais il a été incapable de m'en fournir une bonne description. Ils étaient vêtus de l'uniforme réglementaire : veste de cuir et casque laqué noir. Tout lui parut en ordre et il n'avait aucune raison de les examiner particulièrement.

Le juge poussa un soupir et continua :

— Le fait que le censeur ait été vu au temple le jour de sa mort et l'indice du grillon suggèrent que l'assassinat a eu lieu dans ces parages. Les faux sbires ont dû se procurer à l'avance leurs uniformes, par conséquent il s'agit d'un meurtre prémédité. L'absence de contusions et le calme du visage montrent que la victime fut attirée dans un piège par une ou plusieurs personnes de sa connaissance. Ces diverses indications doivent servir de base à notre enquête.

— L'aveugle en sait plus long qu'elle ne l'a dit, Noble Juge! s'écria Tsiao Taï. D'après son propre aveu, elle est restée un certain temps près du mur avant d'attraper le grillon. Elle a sûrement entendu quelque chose: l'ouïe des aveugles est très développée.

— J'ai en effet différentes questions à lui poser, dit le magistrat. J'ai examiné le mur contre lequel est bâtie la salle mortuaire. Il a été réparé récemment et il n'y a pas le moindre interstice entre ses briques. Oui, je ne serais pas fâché de voir cette fille! Tao Gan est parti la chercher; ils ne tarderont pas, je pense. Et toi, mon cher, as-tu fait un bon dîner chez les Arabes?

— La nourriture et les rafraîchissements pouvaient aller, Noble Juge, mais je n'aime pas beaucoup ce Mansour. Il est orgueilleux en diable, et pas très bien disposé envers nous. Lorsque la boisson l'eut rendu plus loquace, je l'ai interrogé selon vos ordres sur la colonie arabe de Canton.

Se levant, il vint se pencher sur la grande carte et y indiqua à mesure les endroits qu'il citait:

— Voici la mosquée; Mansour et la plupart de ses coreligionnaires logent dans ses environs.

L'auberge où je suis descendu se trouve tout près. Juste en dehors de la Porte Nord-Est, une colonie moins importante s'est établie autour de la tombe d'un de leurs saints. Tous ceux que je viens d'énumérer habitent Canton depuis un certain temps. Les matelots qui y séjournent en attendant la mousson vivent dans les hôtelleries que vous apercevez là, sur le quai de la rivière des Perles.

Quand Tsiao Taï se tut, le juge dit d'un ton contrarié :

— Je n'aime pas du tout ça ! Comment avoir l'œil sur ces étrangers dans des conditions pareilles ? J'en parlerai au gouverneur. Il faut mettre tous les Arabes et les Persans dans le même quartier, et le clore d'une haute muraille percée d'une seule porte qu'on fermera la nuit. On chargera l'un des leurs de faire respecter l'ordre dans cette enceinte. Ainsi, tout en étant administrés par nous, ils pourront suivre leurs coutumes barbares sans offenser la population chinoise.

Tao Gan parut à ce moment et vint s'asseoir devant le bureau, l'air soucieux.

— Et l'aveugle ? Ne l'as-tu pas amenée ? demanda le juge.

— Le Ciel seul sait ce qui se passe, Votre Excellence ! Elle a disparu avec ses grillons !

— Bois une tasse de thé, dit le juge en gardant son calme. Ensuite, tu me raconteras tout depuis le début. J'aimerais savoir dans quelles circonstances tu l'as connue.

Tao Gan vida la tasse que Tsiao Taï s'était empressé de lui servir et expliqua :

— Deux ruffians voulaient lui faire subir d'odieuses violences dans une rue déserte, Noble Juge. Quand je les eus mis en fuite, je m'aperçus qu'elle était aveugle et la reconduisis chez elle. La chambre qu'elle habite seule fait partie d'une maison de rapport située derrière le marché. Je bus une tasse de thé pendant que Lan-li — c'est son nom — me racontait comment la Clochette d'Or était venue entre ses mains. Tout à l'heure, en fouillant sa chambre, je constatai que la douzaine de petites cages contenant ses bestioles étaient absentes, ainsi que les grillons de combat et la corbeille à thé. Je passai derrière le paravent qui partage la pièce en deux : il ne restait que les planches du lit sans rien dessus !

Il avala une nouvelle gorgée de thé et poursuivit :

— Je demandai à son voisin de palier s'il pouvait me renseigner sur la jeune femme. Il l'avait aperçue à plusieurs reprises, me répondit-il, mais sans jamais lui adresser la parole. Je me rendis alors au marché et priai le surveillant de me montrer son registre. Les noms de différents vendeurs de grillons y figuraient, mais pas celui de Lan-li. Cet homme m'ayant appris que de pauvres gens recevaient parfois la permission d'occuper gratis certains emplacements secondaires, j'interrogeai l'un de ces habitués. Il avait bien entendu dire qu'une aveugle venait de temps à autre vendre des grillons mais ne se rappelait pas l'avoir jamais vue. C'est tout, Noble Juge.

— Tu as été victime d'une machination, frère Tao. Cette fille t'a monté le coup, déclara Tsiao Taï.

— Impossible ! répliqua Tao Gan. On ne peut pas avoir arrangé une fausse agression d'avance. Comment aurait-on su que je passerais à cet endroit précis, puisque je marchais au hasard ?

— On t'a repéré quand tu l'as reconduite chez elle, dit le magistrat. Vous deviez être plutôt voyants, tous les deux.

— C'est sûrement cela, Noble Juge ! Pendant que nous bavardions ensemble, les marches ont craqué. Quelqu'un devait écouter notre conversation, et quand on l'a entendue me dire où elle avait trouvé la Clochette d'Or, la décision d'enlever Lan-li fut prise sur-le-champ.

— A moins qu'elle n'ait disparu volontairement, dit le juge. Je ne crois pas un mot de ce qu'elle t'a raconté au sujet de la capture de l'insecte. Elle s'en est tout bonnement emparée pendant qu'on assassinait le censeur. D'un autre côté, elle t'a fourni la piste du temple, et cela semble la ranger dans le groupe en lutte contre les assassins, comme l'inconnu qui a fait son affaire à l'Arabe embusqué pour occire Tsiao Taï. Cela ne nous empêche pas d'être dans une situation ridicule : certains individus connaissent apparemment nos intentions les plus secrètes alors que nous n'avons pas la moindre notion de leur indentité ni du dessein qu'ils poursuivent !

Il tirailla sa barbe avec colère avant de reprendre sur un ton plus calme :

— La prostituée qui a vu Liou dans le temple m'a dit que les sampans des Tankas sont amarrés près de la douane. En passant par la Porte Kouei-te, ils se trouvent à deux pas de la mosquée. Par conséquent, si le censeur a été vu dans ce coin, cela ne signifie nullement qu'il surveillait les Arabes. Il travaillait peut-être à démasquer quelque scélérat ayant son quartier général sur les bordels flottants. Et les deux prétendus sbires qui ont transporté le cadavre de Liou étaient Chinois. Conclusion : ne nous laissons pas aveugler par l'aspect arabe du problème.

— C'est pourtant un homme de cette race qui a tué le docteur Sou, Votre Excellence, fit remarquer Tsiao Taï.

— La clientèle des putains tankas est surtout composée d'Arabes, répliqua le juge. Rien n'empêche donc celui-là d'avoir été recruté lors de son passage sur un de leurs bateaux-de-fleurs. J'aimerais en apprendre davantage sur ces curieuses créatures.

— Le souper chez Mansour a été suivi d'une danse arabe, s'empressa de dire Tsiao Taï. La danseuse avait du sang tanka dans les veines et habite l'un de ces bateaux-de-fleurs. Ne pourrais-je lui rendre visite demain et la faire parler des « gens de la rivière », Votre Excellence ?

Le juge posa sur lui son regard aigu.

— Bonne idée, dit-il. Cet entretien a toutes chances d'être plus fructueux que celui projeté avec ton capitaine au long cours.

— Je ferais bien de le voir aussi, Noble Juge, à moins que vous n'ayez une autre tâche à me confier. J'ai l'impression que Mansour le hait. Cela vaudrait donc la peine d'entendre les confidences du capitaine à son sujet.

— Peut-être. Ces visites terminées, viens me rendre compte de ce que tu auras appris. Toi, Tao Gan, sois ici aussitôt après le petit déjeuner. Nous rédigerons ensemble le rapport préliminaire sur le meurtre du censeur Liou. Il partira pour Tch'ang-ngan par courrier spécial, car les membres du Grand Conseil doivent être informés le plus rapidement possible de la mort du censeur. Je les engagerai à tenir la nouvelle secrète un jour ou deux, pour éviter le déclenchement des hostilités entre les factions de la Cour avant que je n'aie découvert les mobiles de ce meurtre abominable.

— Quelle fut la réaction du gouverneur en apprenant qu'un second assassinat avait eu lieu sur son domaine, Votre Excellence ? demanda Tao Gan.

— Je l'ignore, répondit le juge avec un petit sourire. J'ai dit à son médecin que le cadavre de Liou était celui d'un de mes hommes, tué à la suite d'une aventure avec une femme tanka. J'ai fait mettre le corps en bière tout de suite afin de pouvoir l'envoyer dans la capitale à la première occasion, en même temps que celui du docteur Sou. Mais méfions-nous du médecin, il sait se servir de ses yeux : après l'autopsie, il m'a confié que le visage du mort lui semblait familier ! Heureusement, le censeur portait son grand costume de cérémonie quand il l'a vu lors de son premier voyage à Canton. Quand nous aurons terminé le rapport, Tao Gan, nous irons voir Monsieur Liang Fou. Il se rend souvent au Temple de la Pagode Fleurie pour faire une partie d'échecs avec le père abbé, et quelques renseignements supplémentaires sur cette grande bâtisse seraient les bienvenus. Je voudrais aussi savoir s'il pense que les Arabes peuvent fomenter des troubles dans Canton. Ils sont une poignée, en comparaison de la population chinoise, mais Tsiao Taï m'a montré sur le plan les positions stratégiques occupées par eux. Ils pourraient facilement nous créer des ennuis. La chose serait peu grave en soi, mais dangereuse si elle couvrait une diablerie plus importante ici ou ailleurs. Quelle confiance pouvons-nous accorder à l'autre expert sur la question arabe, ce Monsieur Yao Tai-kai ?

Tsiao Taï fronça les sourcils.

— Sa jovialité est feinte, Noble Juge. Ce n'est pas une nature bien sympathique. Mais quant à tremper dans un crime ou un complot politique... non, ce n'est pas son genre.

— Je vois. Reste donc cette énigmatique aveugle. Il faut la retrouver le plus vite possible sans que les autorités locales soient mises au courant de nos opérations. Demain matin, Tao Gan, passe au Tribunal avant de venir ici. Tu donneras une pièce d'argent au chef des sbires

en lui demandant comme une faveur personnelle de la faire rechercher par ses hommes. Dis
que c'est une nièce à toi qui a fait des bêtises et
prie-le de te prévenir directement lorsqu'ils
auront mis la main sur elle. Cette façon de
procéder limitera les dangers qu'elle pourrait
courir.

Il se leva et conclut en défripant sa robe :

— A présent, bonne nuit ! Je vous conseille
de verrouiller vos portes car les assassins semblent avoir l'œil sur vous. Ah... une chose
encore. Quand tu en auras fini avec les sbires,
demain matin, va trouver le préfet et remets-lui
ce papier. J'ai inscrit dessus le nom et l'adresse
de la prostituée avec laquelle j'ai parlé dans la
cour du Temple. Donne l'ordre à Pao de la
racheter à la tenancière de sa maison de joie et
de la renvoyer chez elle avec le premier convoi
militaire en partance pour le nord. Dis-lui de
remettre à cette fille un demi-lingot d'or pour
qu'elle se trouve un mari en arrivant dans son
village. Tout cela à mes frais, précise-le-lui.
L'infortunée créature m'a fourni des renseignements utiles et une récompense lui est bien due.
Bonsoir !

IX

Tsiao Taï fait plus ample connaissance
avec la danseuse smaragdine;
elle lui propose un marché.

Le lendemain, Tsiao Taï s'éveilla bien avant
l'aube. Il se lava rapidement à la lueur de
l'unique bougie de sa chambre et s'habilla. Sur
le point de passer sa cotte de mailles, il eut un
mouvement d'hésitation et finit par la jeter sur
une chaise. A sa place, il enfila une veste garnie
de minces plaques de fer en murmurant :
« Mon préventif contre les douleurs de dos
soudaines ! » Il mit ensuite une robe brune,
noua une ceinture autour de sa taille, et,
prenant sa calotte noire, il descendit.

— Si une litière vient me chercher, dit-il au
gérant qui bâillait à se décrocher la mâchoire,
priez les porteurs de m'attendre.

Dans la rue encore obscure, il avisa un
marchand de gâteaux à l'huile en train d'attiser
les braises de son fourneau portatif. Il lui acheta
quatre pâtisseries toutes chaudes et, les
mâchonnant avec satisfaction, il franchit la
Porte Kouei-te. L'aurore commençait à rosir la
mâture des bateaux amarrés le long du quai,
mais la felouque de Mansour avait disparu.

Des marchands de légumes le dépassèrent,

portant sur l'épaule une perche à chaque extrémité de laquelle était suspendu un panier de choux. Tsiao Taï accosta le dernier de la file. Après un long marchandage par signes, il se trouva propriétaire de son chargement, perche comprise. L'homme repartit en chantonnant, heureux de s'éviter le trajet jusqu'aux bateaux tout en filoutant par surcroît un citoyen du nord !

Sa perche sur l'épaule, Tsiao Taï se dirigea vers le quai et monta dans le premier sampan. De là, il gagna le second, puis le troisième. Il lui fallait avancer avec précaution, la brume ayant rendu fort glissantes les planches qui reliaient entre elles les embarcations, et de plus les bateliers semblaient considérer ces étroites passerelles comme le lieu le plus propice au nettoyage du poisson. Quelques femmes vidaient dans l'eau boueuse leurs seaux pleins des ordures de la nuit, et la puanteur de l'atmosphère lui arracha une série de jurons. Un cuisinier le héla, mais il ne répondit pas, soucieux de trouver d'abord Zoumouroud ; à la pensée de la danseuse sa gorge se contracta comme la veille.

Sa charge était légère et la température encore fraîche, mais, peu accoutumé à ce genre de travail, il ne tarda pas à transpirer. Il fit halte et regarda autour de lui. Les murailles de la ville disparaissaient derrière une multitude de mâts et de perches supportant les filets de pêche ou du linge en train de sécher. Les habitants des bateaux semblaient vraiment appartenir à une autre race. Les hommes avaient le teint basané, de hautes pommettes saillantes et des nez camards aux narines très ouvertes ; ils se déplaçaient avec rapidité sur leurs petites jambes courtes en balançant de longs bras musculeux. Les yeux des femmes brillaient dans des visages tout ronds, et les plus jeunes ne manquaient pas d'un certain charme malgré leurs traits grossiers. Accroupies sur les planches, elles faisaient la lessive et, frappant le linge mouillé avec de gros bâtons arrondis, elles jacassaient dans un langage guttural dont il ne saisissait pas un mot.

Tous ces gens feignaient de ne pas le voir, et pourtant il éprouvait la désagréable sensation d'être constamment épié. « Peu de Chinois viennent ici », pensa-t-il, « alors ces vilains nabots doivent me suivre du regard dès que je suis passé ! » Il aperçut enfin une file de jonques aux couleurs vives. De larges passerelles les reliaient à une seconde rangée de bâtiments semblables, puis à une troisième et à une quatrième, cette dernière presque au milieu du fleuve. Tsiao Taï grimpa lestement sur l'arrière de la jonque la plus proche et put contempler la rivière des Perles, si large qu'il distinguait à peine son autre rive. Un coup d'œil circulaire lui montra qu'il était sur le troisième bateau de la quatrième rangée. Celui de tête était aussi vaste qu'une jonque de guerre. Des oriflammes de soie décoraient ses mâts et, tout le long des cabines, des guirlandes de lampions multicolores se balançaient doucement dans la brise matinale. Tsiao Taï traversa le bâtiment qui l'en séparait, sa perche toujours en équilibre sur l'épaule.

Avisant un panneau ouvert, il s'engagea dans le couloir sombre qui s'offrait à lui. Des portes maculées de taches le bordaient à droite et à gauche, et une écœurante odeur de friture bon marché imprégnait l'air. Ne se voyant observé de personne, il posa ses paniers avant de poursuivre son chemin.

Sur le banc du pont arrière, une fille à peine jolie se coupait les ongles des orteils, sa jupe sale haut troussée. Elle lui jeta un regard indifférent sans se donner la peine de la rabattre. Jusqu'ici, l'atmosphère semblait peu engageante, mais vers le milieu du bâtiment le moral de Tsiao Taï devint meilleur. Le pont était à présent bien briqué et la porte donnant accès aux cabines avait ses deux battants laqués de vermillon. Un gros homme en robe de chambre se gargarisait bruyamment près du bastingage ; à côté de lui une jeune femme tenait son bol de thé d'un air maussade. Soudain l'homme eut un haut-le-cœur et vomit par-dessus bord, éclaboussant au passage le vêtement de sa compagne.

— Ne fais pas cette tête-là, mignonne ! lui cria Tsiao Taï. Songe plutôt à la grasse commission que tu vas toucher sur la note de vin !

Sans écouter la repartie furibonde de la belle, il s'engagea dans le couloir. Des lampions de soie blanche l'éclairaient et permirent à Tsiao Taï de lire l'inscription peinte sur chaque porte : « Rêve-de-Printemps », « Branche-de-Saule », « Fleur-de-Jade »... C'étaient là les noms des courtisanes de ce bateau-de-fleurs, mais nulle part il ne vit la transcription chinoise de « Zoumouroud ». Aucune indication ne figurait sur la dernière porte, décorée de charmantes peintures de fleurs et d'oiseaux. Tournant la poignée, il entra.

La pièce à demi obscure était plus vaste qu'une cabine ordinaire et très confortablement meublée. Une odeur de musc arriva jusqu'à ses narines.

— Puisque vous voilà, pourquoi ne pas venir plus près ? dit une voix que Tsiao Taï reconnut pour être celle de la danseuse.

Ses yeux s'accoutumant à la pénombre, il distingua un lit surélevé qu'encadraient des tentures cramoisies. Zoumouroud y était allongée, nue, la tête reposant sur un coussin de brocart. Elle n'était pas fardée et portait comme seul bijou un collier de pierres bleues montées sur filigrane d'or.

Tsiao Taï s'avança vers elle. Le souffle coupé par la perfection de son corps, il put seulement balbutier :

— Où est l'émeraude ?

— Je ne la mets que pour danser, grosse bête ! Je viens de prendre un bain... faites-en donc autant, vous êtes tout en sueur. Passez derrière le rideau, là-bas.

Il se faufila entre les sièges et les guéridons disposés sur l'épaisse moquette et trouva la salle de bains, exiguë, mais élégante. En un clin d'œil il se débarrassa de ses vêtements et, accroupi près du paquet d'eau chaude, s'arrosa copieusement à l'aide d'un petit seau de bois. En se séchant avec la doublure de sa robe, il avisa une boîte contenant de la réglisse posée sur la table de toilette. Il en prit un bâtonnet, mâchonna son extrémité pour lui donner la forme voulue, et s'en servit pour se nettoyer les dents. Lorsqu'il eut terminé, il accrocha robe et veste au porte-habits en bambou et, vêtu simplement de son ample pantalon, il retourna dans la cabine. Tirant un siège près du lit, il remarqua d'un ton bourru :

— Comme vous le voyez, j'ai accepté votre invitation d'hier soir.

— Sans perdre de temps ! Mais vous avez bien fait de choisir une heure aussi matinale : c'est l'unique moment de la journée où je puisse recevoir des visiteurs.

— Pourquoi cela ?

— Parce que je ne suis pas une courtisane, mon cher. Quoi qu'ait pu dire ce chien de Mansour, je ne suis pas à vendre. J'appartiens à un homme riche, comme le montre tout ceci.

La jeune femme indiqua de son bras rond le décor de la pièce et ajouta :

— Il n'aimerait pas beaucoup se découvrir un rival.

— Je suis ici en mission officielle, dit Tsiao Taï avec raideur. Qui parle de rival ?

— Moi !

Elle s'étira, bâilla, puis, après lui avoir lancé une œillade langoureuse, reprit avec humeur :

— Eh bien... qu'attendez-vous, colonel ? Seriez-vous de ces hommes impossibles qui doivent d'abord consulter l'almanach pour savoir si le jour et l'heure sont propices ?

Sans se faire prier plus longtemps, Tsiao Taï étreignit le corps souple qui s'offrait à lui. Au cours d'une carrière amoureuse déjà longue il avait connu bien des extases, mais tout aujourd'hui lui semblait à la fois différent et définitif. Zoumouroud répondait à un besoin particulier de son être, satisfaisait une aspiration dont il n'avait pas eu pleinement conscience jusqu'ici et qui, pourtant, formait le principe même de sa nature. Il savait à présent qu'il ne pourrait plus vivre sans cette femme... et cela lui paraissait tout naturel.

Les amants passèrent ensuite dans la salle de bains, puis, ayant revêtu une transparente robe de gaze bleue, la danseuse aida son partenaire à se rhabiller. Elle haussa les sourcils en découvrant les plaques de métal qui garnissaient sa veste mais ne dit rien. De retour dans la cabine, elle le fit asseoir près d'une petite table à thé en bois de rose et déclara :

— Maintenant que nous en avons fini avec ça, j'aimerais t'entendre parler un peu de toi. Nous ne disposons pas de beaucoup de temps, ma femme de chambre sera bientôt là, et elle m'espionne pour le compte de mon protecteur officiel.

— C'est plutôt moi qui voudrais en savoir davantage à ton sujet ! J'ignore à peu près tout de ce peuple arabe auquel tu appartiens, et...

— Je ne suis pas arabe, l'interrompit-elle. Mon père, oui... mais ma mère était une pauvre petite putain tanka. Je te choque ?

— Moi ? Penses-tu ! Être pensionnaire de bordel est une façon comme une autre de gagner son riz, et je n'attache aucune importance à la couleur des gens. Que leur peau soit brune, bleue ou noire, tous les habitants de la terre sont destinés à devenir Chinois un jour ! Qu'un homme sache se battre et qu'une femme fasse bien l'amour, cela seul importe.

— C'est l'essentiel, en effet. Mon père était un matelot arabe. Quand il abandonna ma mère pour retourner dans son pays, elle était enceinte. De moi.

Zoumouroud servit le thé, puis continua :

— J'entrai dans la profession à quinze ans. J'étais déjà jolie, aussi ma mère put-elle me vendre au patron d'un grand bateau-de-fleurs. Je recevais les clients et je servais de femme de chambre aux courtisanes en titre. Des Chinoises qui me maltraitaient pour s'amuser, les sales chiennes !

— Elles n'ont pas dû être bien méchantes, je ne vois pas trace de cicatrice sur ton corps charmant.

— Oh, elles n'utilisaient ni le rotin ni le fouet ! Comptant tirer pas mal d'argent de moi, le tenancier leur avait interdit de m'abîmer. Les salopes se contentaient de me pendre par les cheveux et de m'enfoncer dans la peau des aiguilles rougies pour passer le temps, les soirs où la clientèle était rare. Quand elles s'en-

120

nuyaient vraiment, elles m'attachaient après avoir fourré un gros mille-pattes dans mon pantalon. Ses piqûres ne laissent pas de traces... et l'on se demande avec angoisse à quel endroit de votre corps il va s'attaquer. Les garces ne manquaient pas d'imagination !

Zoumouroud haussa les épaules.

— Mais tout ça c'est du passé, maintenant. Un riche client m'a rachetée pour me mettre dans ce joli cadre. Mon seul travail consiste à danser à des réceptions, et l'argent que je gagne ainsi est pour moi. Mansour m'a offert de m'emmener dans son pays au titre de Première Épouse, mais il ne me plaît pas... non plus que le pays de mon cher père. Tu me vois, assise du matin au soir dans une tente plantée au milieu du désert brûlant, avec des ânes et des chameaux pour toute compagnie ? Très peu pour moi, mon cher !

— Ton protecteur t'inspire-t-il un sentiment quelconque ?

— Lui ? Ah non, alors ! Mais il est riche et généreux... quoique salaud comme pas un, à l'occasion.

Elle se tut un instant pour gratter le lobe de son oreille d'un air songeur.

— Un seul homme m'a vraiment plu, reprit-elle, et il était fou de moi. Hélas, j'ai fait l'idiote et ai tout gâché.

Tsiao Taï la prit par la taille.

— Tu viens pourtant d'être très... très gentille avec moi, dit-il plein d'espoir.

Elle le repoussa d'un geste impatient.

— Laisse-moi tranquille, voyons! Tu as eu ce que tu voulais. Je me suis tortillée comme une anguille et j'ai gémi au bon moment, n'est-ce pas? C'était de l'article soigné, avec tous les suppléments du catalogue, alors n'attends pas de mamours supplémentaires. D'ailleurs, tu n'es pas mon type. J'aime les gens raffinés, les grandes brutes dans ton genre ne m'intéressent pas.

Un peu déconcerté, Tsiao Taï bredouilla :

— J'ai peut-être l'air d'une brute, mais...

— Économise ta salive! Les blablas me laissent complètement froide. Si tu tiens à faire part à quelqu'un des beautés de ton âme, loue plutôt les services d'une bonne nounou, elle saura mieux que moi t'écouter. Maintenant, venons-en aux choses sérieuses. Je t'ai accordé mes faveurs parce que tu es colonel de la Garde et, si j'en crois Mansour, le bras droit du président de la Cour Métropolitaine de Justice. Je suppose qu'un homme placé comme tu l'es peut me faire accorder facilement la nationalité chinoise. Pour l'instant, aux yeux de la loi, je suis une misérable paria. Une femme tanka ne peut épouser un Chinois; elle n'a même pas le droit de résider sur le sol de ton pays.

— Et c'est pourquoi ton protecteur t'a installée ici!

— Tu as l'esprit vif, mon chéri! En effet, il n'a pas de position officielle et, malgré sa fortune, il lui est impossible de m'offrir une maison sur la terre ferme. Mais toi, tu es de la capitale, et ton chef est l'un des hommes les plus importants de l'Empire. Emmène-moi à Tch'ang-ngan, obtiens-moi la nationalité chinoise, et présente-moi à quelqu'un de vraiment haut placé : je me charge du reste !

Les yeux mi-clos, elle continua d'un ton ravi :

— Être une citoyenne de l'Empire du Milieu... porter des vêtements de brocart... avoir des femmes de chambre chinoises... mon propre jardin...

Reprenant sa voix normale, elle ajouta :

— Comme récompense anticipée, je te servirai de mon mieux en attendant. Et après notre petite partie de gymnastique sur le lit, reconnais que je ne m'y prends pas trop mal ! Alors... marché conclu ?

— Marché conclu ! répliqua Tsiao Taï, piqué au vif par la froide franchise de la jeune femme. Intérieurement, il se dit qu'il arriverait bien à se faire aimer d'elle. Il le fallait !

— Alors, c'est entendu, déclara Zoumouroud. Nous nous retrouverons bientôt pour arranger les détails. Quand mon protecteur est trop occupé pour venir ici, je le rejoins dans sa petite maison du Quartier Ouest, au sud du temple de Kouang-siao. Je t'enverrai un message lorsque la voie sera libre. Il ne faut pas que tu le rencontres maintenant, il ne me laisserait pas partir : il a barre sur moi et pourrait causer ma perte s'il le voulait. Mais quand tu m'auras enlevée et que nous serons à Tch'ang-ngan, je te dirai son nom. Tu pourras lui faire tenir l'argent qu'il a payé pour m'avoir... si ta conscience crie trop fort !

— Tu n'as pas commis de crime, au moins ? demanda anxieusement Tsiao Taï.

— Un jour j'ai fait une grosse bêtise.

Elle se leva, serrant sa robe transparente sur les courbes voluptueuses de son corps.

— A présent, file, sans quoi nous risquons d'avoir des ennuis. Où puis-je t'écrire ?

Il lui donna le nom de son auberge, l'embrassa et sortit.

Sur le pont, il vit que la poupe du bateau voisin était assez proche. D'un bond il fut à son bord et, de jonque en sampan, regagna le quai.

Il fit son entrée dans la ville par la Porte Kouei-te et rejoignit l'auberge des Cinq Immortels sans se presser. Une petite litière se trouvait devant la porte. Il demanda aux porteurs s'ils étaient envoyés par le capitaine Ni. Sur leur réponse affirmative il s'y installa, et les deux hommes se mirent aussitôt en marche.

X

Le juge avait passé une mauvaise nuit. Longtemps il s'était retourné sur sa couche avant de
s'endormir et, à présent qu'il ouvrait les yeux
après quelques heures d'un sommeil agité, une
atroce migraine lui taraudait le crâne. Le jour
ne paraîtrait pas avant une bonne heure, mais
incapable de fermer l'œil de nouveau il décida
de se lever. Vêtu de sa seule robe de chambre, il
alla se planter devant la fenêtre, contemplant
les toits du palais dont la silhouette sombre se
détachait sur le gris du ciel. Il aspira une
bouffée d'air pur, et l'envie de faire une promenade dans la fraîcheur matinale le prit soudain.

Il enfila une robe en cotonnade grise, posa
une calotte sur sa tête, et sortit. Dans l'antichambre, le majordome distribuait les ordres de
la journée à une demi-douzaine de serviteurs
encore engourdis de sommeil. Le juge lui
demanda de le conduire dans le parc.

Ils suivirent plusieurs couloirs aux lampes à
peine éteintes et débouchèrent sur une large
terrasse de marbre. A leurs pieds s'étendait un
jardin paysager fort agréablement conçu avec

ses allées qui serpentaient autour d'arbrisseaux en fleurs.

— Inutile de m'attendre, dit le magistrat, je saurai retrouver mon chemin tout seul.

Il descendit les marches humides de rosée et se dirigea vers un étang couvert de lotus. Admirant au passage les gracieuses fleurs dont les pétales rouges et roses commençaient à s'ouvrir, il contourna la pièce d'eau pour atteindre un petit pavillon qui s'élevait dans la brume légère de l'autre rive.

A travers l'une des fenêtres, il aperçut la haute silhouette d'un homme penché sur une table. « Ces épaules arrondies ne me sont pas inconnues », pensa-t-il en gravissant les degrés menant à sa porte. L'homme avait dû l'entendre.

— Enfin vous voilà ! s'écria-t-il sans lever les yeux du pot de porcelaine verte qu'il regardait avec attention. Venez voir le beau spécimen que j'ai ici !

— Bonjour, Monsieur Weng, dit le juge.

Le gouverneur sursauta.

— Que Votre Excellence daigne m'excuser, balbutia-t-il en reconnaissant le visiteur. Je ne m'attendais pas...

— L'heure est trop matinale pour les cérémonies, coupa le juge. Ayant assez mal dormi, j'ai pensé qu'une promenade au grand air me ferait du bien.

Il prit un siège et ajouta :

— Asseyez-vous aussi, et dites-moi ce que vous avez dans ce pot.

— Mon meilleur grillon de combat, Votre Excellence ! Voyez ces pattes robustes... n'est-il pas merveilleux ?

Le juge Ti se pencha vers la merveille. Il trouva que l'insecte ressemblait à une araignée noire particulièrement déplaisante mais déclara :

— Une beauté ! Je dois admettre pourtant que je manque de compétence. Le censeur impérial venu à Canton il y a quelques semaines... voilà un vrai connaisseur !

— J'ai eu l'honneur de lui montrer ma collection, dit fièrement le gouverneur.

Il se rembrunit soudain et, l'air embarrassé, poursuivit :

— Je ne sais si Votre Excellence est au courant, mais Monsieur Liou est revenu ici incognito. Dès que le fait parvint à mes oreilles, je m'empressai d'aviser la capitale de sa présence et reçus l'ordre de me mettre en rapport avec lui. Je lançai aussitôt mes hommes à sa recherche, mais les hautes autorités me dirent alors de ne plus m'occuper de cette affaire.

Il se tut, tiraillant sa moustache avec nervosité.

— Bien entendu, je ne me permettrais pour rien au monde de critiquer le Gouvernement Central, mais Canton est mon domaine, et quelques mots d'explication...

Il ne termina pas sa phrase, regardant le magistrat d'un air interrogateur.

— En effet, le censeur n'assistait pas à la dernière réunion du Grand Conseil, se contenta de répondre le juge Ti. Bah... puisque vous avez reçu l'ordre de cesser vos recherches, c'est sans doute que Liou a regagné la capitale.

Caressant sa longue barbe, il se renversa sur son siège. Le gouverneur fixa un couvercle de bambou tressé sur le pot de porcelaine et dit avec un sourire penaud :

— Mon médecin m'a informé que vous aviez découvert un autre assassinat. Et la victime était l'un de vos hommes, par-dessus le marché ! J'espère que le préfet Pao ne se fait pas trop vieux. Canton est une grande ville, et...

— Non, non, c'est moi qui devrais vous présenter mes excuses, protesta le juge. Les deux affaires ont commencé dans la capitale et mes hommes ont commis des erreurs impardonnables.

— Je remercie Votre Excellence de se montrer si indulgente. L'enquête sur le commerce extérieur marche-t-elle à votre gré ?

— Oui, mais la question est fort complexe. Je crois qu'il faut améliorer le système de contrôle : réunir tous les étrangers d'une même nation dans un seul quartier, par exemple. Je vous ferai part de mon projet plus tard ; pour l'instant, je m'occupe des Arabes, ensuite je passerai aux Persans, et...

— C'est tout à fait inutile ! s'écria le gouverneur.

Se mordant les lèvres, il ajouta vite :

— Que Votre Excellence m'excuse, je voulais dire que nous avons ici une douzaine ou deux de Persans, tout au plus. Ce sont des gens cultivés qui ne donnent jamais d'ennuis.

Il était devenu très pâle... ou bien fallait-il attribuer son teint livide à la lumière encore incertaine de l'aube? Le juge dit doucement :

— J'ai besoin de me faire une idée complète de la situation.

— Mon plus grand désir est d'apporter à Votre Excellence toute l'aide dont je suis capable, déclara le gouverneur. Ah, voici Monsieur Pao !

Le Préfet arrivait au pied des marches. Il s'inclina très bas et, dès qu'il les eut gravies, il s'inclina une nouvelle fois plus profondément encore. L'air désolé, il dit à Monsieur Weng :

— Je suis confus, Noble Seigneur, cette femme ne s'est pas présentée. Son impertinence passe les bornes. Je me demande...

— Et moi, l'interrompit sèchement le gouverneur, je me demande pourquoi vous ne vous assurez pas qu'on peut compter sur les gens avant d'obtenir la permission de me les présenter. Pour l'instant, je suis occupé avec Son Excellence, et...

— Je suis au désespoir de ce contretemps, insista le préfet, désireux de se justifier. Je connais le grand intérêt que Votre Seigneurie porte aux grillons, et comme mon épouse m'a vanté la compétence de cette jeune femme...

Voyant que le gouverneur allait renvoyer le pauvre homme, le juge se hâta de dire :

— J'ignorais que des femmes fussent expertes en cette matière. La personne dont

129

vous parlez vend de ces petits insectes, sans doute ?

— Oui, Votre Excellence, répondit Monsieur Pao, heureux de la diversion. Ma femme m'a dit que cette fille voit tout de suite si un grillon vaut quelque chose. Le mot « voit » est peut-être mal choisi en l'occurrence car il s'agit d'une aveugle !

Se tournant vers son chef, il ajouta :

— Comme je vous en informai hier, Seigneur, mon épouse lui avait commandé d'être ici avant votre audience du matin pour économiser votre temps si précieux, et...

— Donnez-moi donc son adresse, Monsieur Pao, coupa le juge. J'aimerais emporter quelques-unes de ces bestioles comme souvenir de Canton.

Le trouble du préfet parut croître encore.

— J'ai... j'ai demandé à mon épouse où habitait cette fille, Votre Excellence, bredouilla-t-il, mais la stupide créature m'a répondu qu'elle l'ignorait. Elle l'a rencontrée une seule fois, au marché, et l'aveugle avait l'air de si bien aimer les grillons qu'elle...

Le visage du gouverneur virait au pourpre. Pour épargner au malheureux préfet une nouvelle réprimande, le juge s'empressa de dire :

— Cela n'a pas d'importance, Monsieur Pao. A présent, je vais regagner mes appartements.

Il se leva, et comme le gouverneur l'imitait précipitamment, il le fit rasseoir en disant :

— Non, ne vous donnez pas la peine... Monsieur Pao va me montrer le chemin.

Lorsqu'ils arrivèrent sur la terrasse, le juge dit en souriant à son compagnon :

— Ne prenez pas trop à cœur le mouvement d'impatience de votre chef, Monsieur Pao. Moi-même je suis souvent irritable lorsque je traite des affaires à une heure si matinale !

Notant l'expression reconnaissante du préfet, il poursuivit :

— Le gouverneur me paraît remplir ses devoirs avec diligence. Il se promène parfois incognito dans Canton pour mieux connaître l'humeur de ses administrés, je suppose ?

— Jamais, Votre Excellence ! C'est un homme hautain qui considérerait une telle action indigne de sa grandeur ! Il n'est pas facile à contenter. Je suis son aîné et possède une expérience supérieure à la sienne, aussi trouvé-je assez pénible de travailler sous ses ordres. J'occupe ce poste de préfet depuis cinq années. Auparavant j'étais magistrat de district dans le Chantoung, ma province natale. Mon zèle y fut remarqué... d'où ma promotion. Ici, je me suis donné la peine d'apprendre le cantonais, et je puis dire que je connais les affaires locales sur le bout du doigt. Le gouverneur devrait me consulter avant de prendre ses décisions, mais il est bouffi d'orgueil et...

— Critiquer ses supérieurs derrière leur dos est considéré comme une grave incorrection chez un fonctionnaire, l'interrompit sèchement le juge. Si vous avez des critiques à formuler, adressez-vous à la Direction Générale en suivant la voie hiérarchique. Je vais me rendre dans une heure chez Monsieur Liang Fou, avec qui je veux m'entretenir. Tenez-vous prêt à m'accompagner.

Monsieur Pao le guida sans mot dire jusqu'à ses appartements, puis prit congé de lui en s'inclinant très bas.

Le juge se fit servir un petit déjeuner frugal qu'il termina par une tasse de thé bue lentement. Sa migraine avait disparu, mais il éprouvait encore de la peine à concentrer son esprit. Posant un regard absent sur la lueur rose qui colorait à présent le papier des fenêtres, il se demanda quel rôle jouait l'aveugle dans cette mystérieuse affaire. Le gouverneur ne la connaissait-il vraiment pas ?

Avec un soupir, il posa sa tasse sur la table et gagna sa chambre pour y revêtir une robe d'apparat. Il compléta sa tenue offficielle par un bonnet de gaze à grandes ailes et passa dans le hall. En s'asseyant derrière son bureau, il aperçut une enveloppe d'aspect administratif. Il l'ouvrit rapidement et lut le bref message qu'elle contenait. Poussant un nouveau soupir, il prit un rouleau de papier blanc, humecta son pinceau et se mit à écrire.

Il était encore occupé de la sorte quand Tao Gan arriva. Après l'avoir salué, son lieutenant s'assit et expliqua :

— Je viens du Tribunal, Votre Excellence. Le préfet n'était pas encore là. J'en profitai pour dire au chef des sbires ce que nous avions convenu. Mais c'est un petit futé. Lorsque je lui eus transmis vos instructions pour le rachat de la prostituée et en arrivai à la jeune aveugle, il me coula un regard entendu et ne cessa ensuite d'employer avec moi un ton beaucoup trop familier.

— Parfait ! s'écria le juge. S'il t'a pris pour un vieux polisson il ne mettra pas le préfet au courant de ta démarche. Et il est essentiel que ni celui-ci ni le gouverneur ne soupçonnent l'intérêt que nous portons à l'aveugle.

Il raconta sa dernière conversation avec Weng et Pao et conclut :

— J'ai l'impression que le gouverneur a déjà rencontré cette fille mais désire que le préfet l'ignore. Nous savons pourquoi elle a manqué son rendez-vous avec eux, mais il ne peut s'agir d'un enlèvement puisqu'elle a emporté ses grillons et ses effets personnels. Je crois plutôt que sa disparition est volontaire. Espérons que le chef des sbires est aussi malin que tu l'imagines et la découvrira vite. Je suis en train de terminer mon rapport préliminaire : attends un instant, nous le relirons ensemble.

Son pinceau courut de nouveau sur la feuille, la couvrant de sa belle calligraphie. Au bout d'un moment, il s'arrêta et lut tout haut ce qu'il venait d'écrire. Tao Gan écouta l'énoncé concis des événements survenus depuis leur arrivée à Canton et hocha la tête. Le juge signa le rapport et y ajouta l'empreinte de son sceau puis, tapotant l'enveloppe posée sur son bureau, il dit :

— Cette lettre vient d'arriver de la capitale par courrier ordinaire. Elle m'annonce qu'une missive confidentielle du Grand Conseil va m'être remise par un messager spécial voyageant sous escorte militaire. Il sera ici ce soir. Auraient-ils enfin découvert pourquoi le censeur est venu à Canton ? Je le souhaite car je ne comprends rien à ce qui se passe !

Le majordome vint annoncer au juge que son palanquin l'attendait dans la grande cour.

Le préfet Pao y était aussi. Il s'inclina très bas, tandis que douze gardes à cheval présentaient les armes. Vingt porteurs en uniformes chamarrés étaient au garde-à-vous près de l'énorme caisse recouverte d'un dais cramoisi surmonté de trois étages d'ornements dorés.

— Ce monument passera-t-il sous le portail de Monsieur Liang ? s'enquit le juge d'un ton acide.

— Mais certainement, Votre Excellence ! répondit le préfet. La résidence du défunt amiral est un véritable palais construit dans l'ancien style.

Le juge Ti poussa un grognement et monta dans le palanquin, suivi par le préfet et par Tao Gan. Dès qu'ils furent installés, le cortège se mit en marche, précédé des gardes à cheval.

XI

*Deux jeunes vierges évoquent
leurs expériences amoureuses ;
le capitaine Ni parle des fredaines de Monsieur Yao.*

Le choc de la litière posée sur le sol tira Tsiao
Taï de ses pensées confuses. Il mit pied à terre
dans une rue tranquille, habitée selon toute
vraisemblance par de petits commerçants reti-
rés des affaires. Ayant donné la pièce aux
porteurs, il frappa vigoureusement à une porte
dépourvue d'ornements.

Une vieille femme lui ouvrit, découvrant ses
gencives édentées dans un sourire de bienvenue. Il traversa derrière elle le jardinet fleuri
qui le séparait d'une maison d'un étage aux
murs blanchis à la chaux puis, toujours à sa
suite, gravit un étroit escalier de bois. Hale-
tante, la vieille s'effaça pour lui permettre
d'entrer dans une vaste pièce peu chinoise
d'aspect.

Une tenture semblable à celle qu'il avait vue
chez Mansour occupait toute la partie gauche
de la salle, flanquée à chaque bout par un vase
en albâtre reposant sur un socle d'ébène.
Accroché au mur de droite, un râtelier supportait une douzaine de sabres étrangers. Au fond,
quatre ouvertures en forme d'arcades laissaient

apercevoir les maisons de la rue voisine, leur large rebord servant de présentoir à une magnifique collection d'orchidées en pots. Une épaisse natte de jonc d'une propreté parfaite recouvrait le plancher. Deux fauteuils en bois de rose et une table basse pour le thé formaient tout le mobilier.

Au moment où Tsiao Taï s'approchait des armes pour les examiner, la tenture s'écarta, livrant passage à deux jeunes personnes d'environ seize ans qui se ressemblaient de façon extraordinaire. Elles avaient la même expression mutine sur un visage tout rond encadré par de longs pendants d'oreille en or et la même chevelure ondoyante coiffée selon une mode étrangère. La complète nudité de leur buste révélait une peau d'un brun très clair et des seins menus d'une charmante arrogance. Leur seul vêtement était un pantalon de mousseline à fleurs serré aux chevilles, et leurs cous s'ornaient d'identiques colliers de pierres bleues terminés par des pendeloques en filigrane d'or.

L'une d'elles s'avança vers Tsiao Taï, le regarda gravement, et dit en excellent chinois :

— Soyez le bienvenu dans la demeure du capitaine Ni. Le maître va vous recevoir.

— Mais vous deux... qui êtes-vous ? demanda le lieutenant du juge Ti au comble de la surprise.

— Je suis Donyazade, et ma sœur jumelle se nomme Dananir. Nous appartenons au capitaine.

— Ah, je comprends !

136

— Vous ne comprenez rien du tout, répliqua la jeune fille. Nous servons le capitaine, mais il ne satisfait pas ses appétits charnels avec nous.

D'un ton digne, elle précisa :

— Nous sommes vierges.

— Pas possible ? Et votre maître un vieux loup de mer !

— Il a donné sa foi à une autre personne, expliqua Dananir. Et comme c'est un homme loyal et délicat, il ne semble même pas s'apercevoir de notre présence. Ce qui est bien dommage.

— Pour lui comme pour nous, compléta Donyazade. Nous nous sentons de remarquables aptitudes dans ce domaine.

— Vous êtes d'ignorantes petites effrontées, un point c'est tout ! trancha Tsiao Taï.

— Les différents aspects pratiques de la sexualité n'ont pas de secrets pour nous, riposta Donyazade. Il y a quatre ans, lorsque le capitaine nous acheta au marchand Fang, nous servions la Troisième Épouse de celui-ci en qualité de femmes de chambre et assistions régulièrement à leurs joutes amoureuses.

— D'un caractère plutôt élémentaire, admit Dananir. Du moins à en juger d'après les plaintes continues de Madame Troisième au sujet du manque de variété dans la technique érotique de son époux.

— Mais qui vous a appris ce vocabulaire ? s'écria Tsiao Taï horrifié.

— Moi, dit le capitaine en faisant son apparition. Je vous prie d'excuser ces quelques minutes d'attente, mais vous êtes en retard, mon cher !

Le capitaine Ni était vêtu d'une légère robe de laine blanche avec parements rouges et portait sur la tête une sorte de bonnet en soie de couleurs vives.

Il s'assit dans l'un des fauteuils. Donyazade vint se placer près de lui. Sa sœur s'agenouilla sur le sol et sourit de façon provocante à Tsiao Taï. Croisant les bras, celui-ci la foudroya du regard.

— Asseyez-vous donc aussi ! lui dit le capitaine. Quant à vous, mesdemoiselles, vous oubliez vos devoirs : courez vite nous préparer une tasse de thé à la menthe.

Lorsque les deux sœurs furent sorties, il expliqua :

— Elles sont fort intelligentes. Elles connaissent le chinois, le persan et l'arabe. Le soir, je m'amuse à lire avec elles toutes sortes de textes chinois ou étrangers, et elles sont toujours à fureter dans ma bibliothèque. Mais je suis heureux de vous voir sain et sauf : vous n'avez pas eu d'ennuis hier soir, apparemment.

— Et pourquoi en aurais-je eu ? demanda Tsiao Taï avec circonspection.

— Je sais encore me servir de mes yeux, mon cher ! Un Arabe de mauvaise mine et un étranger tanka vous surveillaient dans le débit de vin. Ils s'étaient postés auprès de la porte, point stratégique entre tous !

— Je les ai remarqués aussi, mais ils ne

138

s'occupaient pas de moi. Pourquoi se sont-ils querellés avec le garçon ?

— Parce qu'il a refusé de servir le Tanka. Les membres de cette peuplade passent pour contaminer ce qu'ils touchent. C'est pourquoi le garçon a brisé sa tasse. Mais ils n'étaient pas les seuls à vous avoir à l'œil, un barbu d'un aspect guère plus engageant que le leur vous observait également. Lorsqu'il vous a emboîté le pas, je me suis dit : Hé, hé, le colonel pourrait bien avoir des ennuis !

— Pourquoi cette promotion soudaine au grade de colonel ?

— Parce que j'ai aperçu votre insigne hier soir. Le barbu aussi, d'ailleurs. Et j'avais entendu dire que le célèbre juge Ti venait d'arriver à Canton avec deux de ses hommes. Rencontrant ensuite deux hauts personnages du nord déguisés en minables petits commis, comment voulez-vous que je ne me sois pas mis à réfléchir ?

Tsiao Taï garda le silence et le capitaine poursuivit :

— Hier soir, le bruit courait dans les maisons de thé que le juge Ti avait tenu chez le gouverneur une conférence sur notre commerce avec l'étranger. Je réfléchis de nouveau, car le juge Ti est fameux comme chasseur de criminels, et il est difficile de ranger les commerçants arabes dans cette catégorie... même s'ils nous vendent leurs marchandises à des prix exorbitants ! Rapprochant ceci de la présence sur le quai de deux lieutenants dudit juge en costumes de fantaisie, j'ai tout de suite pensé : Tiens, tiens... se passerait-il quelque chose de louche à Canton ?

— Bien déduit, déclara Tsiao Taï en souriant. Il est exact que nous sommes ici pour éplucher les échanges commerciaux avec l'extérieur. Quand on importe des produits coûteux et que les droits de douane sont élevés...

Il n'acheva pas sa phrase.

— C'est donc une histoire de contrebande ! s'écria le capitaine Ni en caressant sa moustache. Oui, je comprends... ces filous d'Arabes sont capables de tout.

— Peut-on en dire autant des négociants chinois qui traitent avec eux ? Monsieur Yao Tai-kai, par exemple. Le connaissez-vous ?

— A peine. C'est un homme d'affaires accompli. Il a fait ses débuts tout au bas de l'échelle, et est à présent l'un des plus riches marchands de la ville. Mais c'est un paillard... et la débauche revient cher. Il a un troupeau d'épouses, de concubines et de maîtresses variées qu'il entretient luxueusement. Ne me demandez pas ce qu'il exige d'elles en échange ! Oui... il a peut-être besoin d'augmenter ses revenus de façon ou d'autre. Je dois dire, pourtant, que je n'ai jamais entendu la moindre rumeur à ce sujet... et je connais pratiquement tout ce qui compte dans le monde maritime.

— Et cet autre expert en matière arabe, Monsieur Liang Fou ?

— Là, vous êtes dans l'erreur, colonel ! Yao et lui font deux. Monsieur Liang est un gentilhomme de bonne race. Sa fortune est immense et simples ses habitudes. Monsieur Liang contrebandier ? Impossible.

Les jumelles reparurent, portant un plateau de cuivre. Pendant qu'elles servaient le thé, le capitaine dit avec un sourire d'excuse :

— Je suis désolé de ne pas mieux vous recevoir, colonel ! Pour faire face à de lourdes obligations financières, j'ai dû vendre il y a deux ans une belle demeure que je possédais dans le sud de la ville. Mais je commence à aimer la vie paisible qu'on mène à terre et j'y resterai aussi longtemps que dureront mes économies. En mer, on réfléchit à bien des choses et j'ai fini par m'intéresser aux spéculations des mystiques. Ici, ma principale occupation est la lecture d'ouvrages traitant ce sujet. Pour me délasser, je fréquente des clubs d'escrime ou de boxe.

Il se leva et conclut :

— A présent, venez voir ma collection de sabres.

Ils s'approchèrent des râteliers d'armes. Le capitaine expliqua les mérites particuliers de chaque sabre, décrivant en détail les différentes façons de forger les lames. Il termina par des histoires curieuses sur les prouesses de certains bretteurs cantonais. Les jumelles écoutaient avec beaucoup d'attention, leurs yeux cernés de khôl ouverts très grands.

La vieille domestique apparut soudain et remit une enveloppe au capitaine Ni. « Veuillez m'excuser », dit-il en lisant la note qu'elle contenait. Il la fourra ensuite dans sa manche et, après avoir renvoyé la vieille, proposa de boire une nouvelle tasse de thé.

— La menthe lui donne un goût agréable, dit Tsiao Taï. Hier soir, j'ai bu une liqueur anisée chez Mansour ; ce n'était pas mauvais non plus. Vous connaissez sans doute cet Arabe ?

S'adressant aux jumelles, Ni commanda :

— Allez arroser les fleurs, vous deux ; il commence à faire chaud !

Elles sortirent sans cacher leur indignation d'être traitées de la sorte, et le capitaine reprit :

— Ainsi vous cherchez des renseignements sur Mansour ? Eh bien je vais vous raconter une petite histoire qui vous édifiera. Elle remonte à quatre ans et se place au moment de son arrivée dans notre ville. Une certaine jeune personne avait perdu ses parents. Son frère aîné était par conséquent devenu le chef de la famille. Une famille riche et distinguée. La fille était amoureuse d'un garçon d'ici, mais ils se querellèrent et il quitta Canton. Le frère la donna alors en mariage à un fonctionnaire qui avait le double de son âge. Peu de temps après son union avec cet austère rabat-joie, elle rencontra Mansour dont elle s'éprit follement. Une de ces passions-éclair aussi violentes que brèves. Vite repentante, elle voulut rompre avec l'Arabe. Savez-vous quelle fut la réponse de celui-ci ? Qu'il était d'accord, mais que sa partenaire devait lui payer une somme rondelette pour *services rendus...* sa propre expression !

— L'ignoble salaud ! Est-il compromis maintenant dans quelque entreprise douteuse ? Mon plus grand plaisir serait de lui mettre la main au collet !

Le capitaine réfléchit un instant, puis répondit :

— Je ne suis au courant de rien. C'est dommage, car je ne porte pas les Arabes dans mon cœur. Ils ont ravagé le pays de ma mère, et j'avais la plus tendre affection pour cette dernière. Elle était Persane et s'appelait Nizami. J'ai pris le nom de Ni comme tribut à sa mémoire.

Il resta un moment silencieux et reprit :

— Canton est une grande ville. Toutes sortes de rumeurs y circulent, mais je me refuse par principe à répéter ce genre de bruits... de pures calomnies la plupart du temps.

— Je vois. A propos, j'ai rencontré chez lui une danseuse arabe nommée Zoumouroud. L'avez-vous déjà vue ?

— Non. Mais j'ai entendu quelqu'un la décrire comme une femme très belle et experte en son art.

— Savez-vous qui est son protecteur ?

— Non. Un homme fort riche sans doute car elle passe pour être singulièrement exigeante.

Tsiao Taï hocha la tête. Après avoir vidé sa tasse, il reprit :

— A propos de beauté, les deux jumelles que je viens de voir ici ne sont pas mal non plus ! Elles ne paraissent pas très satisfaites de votre détachement à leur égard.

Un sourire s'ébaucha sur les lèvres du capitaine.

— Cela fait quatre ans que je m'occupe d'elles. Voir ces enfants devenir peu à peu des femmes a développé en moi une sorte de sentiment tout paternel.

— Elles semblent avoir leur petit caractère ! Où les avez-vous achetées ?

Le capitaine Ni regarda un moment son visiteur avant de répondre. A la fin, il expliqua :

— Ce sont les enfants illégitimes d'une très brave fille — vaguement cousine de ma mère — qui fut séduite par un fonctionnaire chinois. La pauvre les remit à un marchand de sa connaissance de peur d'être abandonnée par son amant. Il la laissa tout de même tomber et elle se suicida. L'affaire fit quelque bruit à l'époque, mais le responsable s'arrangea pour que son nom ne soit pas prononcé, de sorte que sa carrière n'en souffrit pas.

— Charmant garçon ! Le connaissez-vous ?

— De nom seulement... je n'ai jamais éprouvé l'envie de le rencontrer. En revanche, je n'ai pas perdu les jumelles de vue. Le marchand les traitait bien, mais un beau jour il fit faillite et je les rachetai à la vente de ses biens. Je les ai élevées de mon mieux. A présent, il ne me reste plus qu'à leur trouver des maris convenables.

— A votre place, je ne tarderais pas trop. Maintenant, il faut que je parte.

— Revenez un de ces jours pour un petit

assaut de boxe, dit le capitaine en le reconduisant jusqu'au bas de l'escalier. Votre poids est supérieur au mien, mais je suis plus jeune que vous.

— Rien ne me ferait autant plaisir. J'ai besoin d'exercice. Je m'entraînais régulièrement avec mon frère de sang Ma, mais il s'est marié et commence à prendre du ventre !

Dans le jardinet, Donyazade et Dananir versaient sur les fleurs l'eau de tout petits arrosoirs.

— Au revoir les enfants ! leur cria-t-il.

Très dignes, elles feignirent de ne rien entendre.

— Elles nous en veulent de les avoir renvoyées, dit le capitaine en souriant. Elles sont curieuses comme des chattes. Et elles détestent qu'on les appelle : *les enfants !*

— Je me sens devenir paternel aussi, répliqua Tsiao Taï en clignant de l'œil. Merci de m'avoir montré votre collection de sabres.

Dehors, les gens se hâtaient vers leurs logis après avoir fait les emplettes du matin. En jouant des coudes pour avancer, il heurta une jeune femme et voulut s'excuser, mais déjà elle s'éloignait. Il vit son dos l'espace d'une seconde, puis elle disparut dans la foule.

XII

Le juge Ti visite la bibliothèque d'un amiral défunt;
d'inquiétantes rumeurs parviennent à ses oreilles.

Arrivés dans l'avant-cour, le préfet et Tao
Gan aidèrent le juge à descendre du palanquin.
Le magistrat vit qu'en effet la demeure de Liang
Fou avait les proportions d'un palais. Des dalles
de marbre pavaient le sol, et les grandes marches qui menaient à l'immense portail clouté de
fer étaient taillées dans le même coûteux maté-
riau. A la vue de ses visiteurs, Monsieur Liang
descendit précipitamment les degrés, suivi par
son vieux majordome.

Il s'inclina très bas devant le juge en lui
souhaitant la bienvenue, puis se lança dans un
long discours, expliquant à quel point il était
indigne de recevoir sous son toit un personnage
de la capitale aussi éminent accompagné du
propre préfet de la ville. Le juge Ti le laissa
parler quelque temps, puis interrompit sa
harangue.

— Les fonctionnaires de mon rang n'ont pas
coutume de faire de telles visites, dit-il, mais
j'avais grande envie d'admirer la demeure du
héros national que fut votre père. Et puis j'aime
voir les gens dans leur décor familier... habi-

tude prise lorsque j'étais simple magistrat de district. Montrez-moi le chemin !

Monsieur Liang s'inclina de nouveau jusqu'à terre.

— Que Votre Excellence me permette de la conduire jusqu'à la bibliothèque. Cette pièce est restée exactement dans l'état où elle était du temps de mon défunt père.

Ils gravirent les degrés de marbre et, après être passés par une salle à colonnades, débouchèrent dans un jardin fleuri au fond duquel s'élevait un second bâtiment plus vaste encore que le premier. Les meubles massifs en ébène polie étaient certainement des pièces antiques de grande valeur. Des peintures représentant des batailles navales ornaient les murs. A l'exception d'une vieille servante qui s'éclipsa en les apercevant, on ne voyait nulle part de domestiques.

— Un nombreux personnel n'est-il pas indispensable pour l'entretien d'un tel palais ? demanda le juge Ti en traversant une nouvelle cour.

— Non, Votre Excellence, car je n'utilise qu'une aile, et seulement la nuit. Dans la journée, je ne quitte pas mon bureau de la ville basse.

Après une petite pause, il ajouta :

— Jusqu'ici les affaires m'ont tellement occupé que j'ai remis sans cesse de prendre femme. Mais j'aurai trente-cinq ans l'année prochaine, ce sera le moment de fonder une famille. Nous arrivons dans la partie de cette demeure où je me tiens habituellement. La bibliothèque de mon père se trouve tout au fond.

Le vieux majordome les précéda dans un large couloir. Liang Fou le suivait avec le juge et le préfet, Tao Gan fermant la marche. De hautes fenêtres leur permirent d'apercevoir à gauche un bosquet de bambous qui donnait une ombre fraîche, puis un peu plus loin un jardin de rocailles. A droite, une balustrade laquée de noir courait le long de pièces closes par des cadres coulissants sur lesquels était tendu un papier blanc très net.

Soudain, Tao Gan tira la manche du juge. Celui-ci s'arrêta, et son lieutenant lui dit à l'oreille :

— Je viens de voir l'aveugle dans la seconde chambre, Votre Excellence. Elle est en train de lire !

— Va la chercher, commanda le magistrat. Tao Gan retourna sur ses pas tandis que le juge expliquait à Monsieur Liang :

— Mon lieutenant vient de me faire souvenir que j'ai oublié mon éventail. Arrêtons-nous un instant. Quels jolis rochers vous avez là !

Derrière eux, une voix féminine poussa brusquement des cris indignés.

— Que se passe-t-il ? s'écria Monsieur Liang en courant vers l'endroit d'où ils venaient. Le juge et le préfet le suivirent, et les trois hommes eurent bientôt rejoint Tao Gan qui, agrippé à la balustrade, considérait avec stupéfaction une fort jolie femme debout dans une petite pièce élégamment meublée.

— Qui donc est cet effronté ? demanda-t-elle à Monsieur Liang. Je venais juste de faire glisser le panneau pour voir plus clair quand cet individu se dressa devant moi en criant que je l'avais trompé !

— C'est une méprise, dit Tao Gan au juge. Tout bas, il ajouta :

— Elle lui ressemble énormément mais ce n'est pas elle.

— Qui est cette dame, Monsieur Liang ? demanda le juge Ti.

— Ma sœur, Votre Excellence. L'épouse de notre préfet.

— Quand elle sut que j'allais venir ici avec Votre Excellence, expliqua Monsieur Pao, ma femme décida de m'accompagner pour revoir ses anciens appartements.

— Je vois, dit le juge.

Se tournant vers Madame Pao, il ajouta :

— Pardonnez-nous, Madame. Mon assistant vous a prise pour une autre personne. Vous lisiez un livre de poèmes, semble-t-il. C'est une excellente lecture et le meilleur moyen de cultiver son esprit.

— Des vers ? dit Pao, jetant un regard curieux à sa femme.

Elle ferma vite le volume en disant :

— J'avais pris ce livre au hasard.

Elle est vraiment belle, pensa le juge. Dans son joli visage aux traits délicats on retrouve cet arc allongé des sourcils qui donne à son frère une expression légèrement féminine.

Levant timidement les yeux, la jeune femme murmura :

— C'est un grand honneur pour moi d'être présentée à Votre Excellence. Je voudrais...

— Votre époux m'a dit que vous connaissiez une marchande de grillons, l'interrompit le magistrat. J'aimerais la voir.

— Je l'en informerai à notre prochaine rencontre. Mon mari m'a grondée de ne pas m'être enquise de son adresse, mais on trouve cette personne au marché à peu près chaque jour, alors...

— Merci, Madame. Au revoir.

Reprenant le chemin de la bibliothèque, le juge demanda :

— Avez-vous d'autres frères ou sœurs, Monsieur Liang ?

— Non, Votre Excellence. Je suis l'unique garçon de la famille. Mes parents ont eu deux filles, mais l'aînée est morte il y a quelques années.

— L'accident se produisit peu après notre mariage, précisa Monsieur Pao de sa voix sèche. Ce fut un grand choc pour ma jeune épouse. Pour moi aussi, bien entendu.

— Quel genre d'accident ? demanda le juge Ti.

— Pendant son sommeil le vent poussa le rideau du lit contre une lampe, et sa chambre brûla entièrement. On ne retrouva que les restes calcinés de son corps.

151

Le juge présenta ses condoléances aux deux hommes tandis que la petite troupe continuait son chemin. Arrivé devant une porte massive, Monsieur Liang l'ouvrit et tous entrèrent dans une salle haute de plafond et agréablement fraîche. Sur un signe de son maître, le major-dome remonta les stores de bambou. De nombreux rayons couvraient les murs, chargés de livres et de rouleaux. Au centre d'une moquette bleue se trouvait un bureau monumental sur lequel était disposé tout ce qu'il fallait pour écrire. Monsieur Liang se dirigea vers une table plus petite et fit asseoir le juge dans le grand fauteuil placé derrière. Il montra ensuite des chaises au préfet et à Tao Gan, s'assit sur un siège moins élevé, et ordonna au majordome de servir le thé.

Caressant sa longue barbe, le juge dit avec satisfaction :

— Cette atmosphère de discrète élégance est celle qu'on pouvait s'attendre à rencontrer dans le cabinet de travail d'un homme pour qui les arts pacifiques étaient aussi familiers que l'art de la guerre.

La conversation roula quelque temps sur les campagnes du « Victorieux Héros des Mers du Sud », puis Monsieur Liang alla chercher une collection de cartes anciennes de la ville. Le juge posa soudain le doigt sur un point et s'écria :

— Voici l'emplacement du Temple de la Pagode Fleurie ! J'ai eu l'occasion de la visiter hier soir.

— C'est l'une des curiosités touristiques de Canton, Votre Excellence, dit son hôte. Je m'y rends une fois par semaine pour ma partie d'échecs avec le père abbé. C'est un joueur de première classe ! Et aussi un véritable lettré : il travaille en ce moment à un ouvrage sur la transmission des textes sacrés.

— S'il consacre son temps à l'étude, j'imagine qu'il laisse au prieur le soin d'administrer le temple ?

— Oh non, Votre Excellence ! Le père abbé prend les devoirs de sa charge très au sérieux. C'est nécessaire, car un temple de cette importance exige la surveillance la plus stricte. Toutes sortes de personnages douteux s'y donnent rendez-vous pour essayer de tondre les innocents visiteurs : filous, escrocs, voleurs à la tire...

— Vous pouvez ajouter « assassins » à la liste, dit le juge. « Au cours de ma visite, j'y ai découvert le cadavre d'un de nos agents spéciaux.

— Voilà donc ce qui occupait les moines ! On vint quérir le supérieur pendant notre partie d'échecs ; au bout d'un certain temps, ne le voyant pas revenir, j'interrogeai les moines, qui parlèrent vaguement d'un meurtre. Connaît-on l'assassin, Votre Excellence ?

Le juge Ti haussa les épaules.

— Non. Un malandrin quelconque, sans doute. »

Monsieur Liang secoua tristement la tête. Il

but une gorgée de thé, poussa un soupir, et remarqua :

— C'est le revers de la médaille, Votre Excellence. Là où se trouvent de grandes fortunes, on rencontre forcément de grandes misères. L'observateur superficiel voit seulement la vie facile et brillante que mènent nos riches citoyens ; il ne se doute pas que grouille dans les bas-fonds une racaille composée de ruffians d'outre-mer et de truands de chez nous.

— Racaille sur laquelle nous exerçons la plus stricte surveillance, intervint le préfet d'un ton sec. Et permettez-moi de souligner le fait que leur activité criminelle s'exerce uniquement dans leur propre milieu... et que cette pègre existe dans toutes les villes d'une certaine importance.

— Je le reconnais, dit le juge.

Il vida sa tasse et ajouta en se tournant vers Monsieur Liang :

— Vous parlez de ruffians d'outre-mer. J'ai entendu des choses désobligeantes sur le compte de Mansour. A votre avis, serait-il capable d'employer ce genre d'hommes pour l'exécution de desseins criminels ?

Monsieur Liang tiraillia pensivement sa barbiche avant de répondre :

— Je n'ai jamais rencontré Mansour, Votre Excellence, mais mon collègue et ami Monsieur Yao m'a souvent parlé de lui. D'une part, Mansour est un marin courageux et expérimenté en même temps qu'un commerçant habile. D'autre part, c'est un Arabe ambitieux, fanatiquement dévoué à ses coreligionnaires et à leurs croyances. Petit-neveu du Calife — sous les ordres duquel il a brillamment combattu les autres barbares de l'ouest — il occupe un rang élevé dans son pays et aurait dû être nommé gouverneur militaire d'une des régions conquises. Mais une remarque tombée de ses lèvres offensa le Calife, qui le bannit de sa Cour. Il choisit alors la carrière aventureuse de marin, sans abandonner l'espoir de rentrer en grâce quelque jour, et il ne reculera devant rien pour y parvenir.

Monsieur Liang s'arrêta, réfléchit de nouveau, et reprit en pesant ses mots :

— Ce que je viens de dire à Votre Excellence est chose avérée. Certains ajoutent que Mansour songerait à déclencher des troubles pour piller la ville à la faveur du désordre et s'enfuir avec un riche butin. Il espérerait retrouver la faveur du Calife par ce fait d'armes spectaculaire et reprendre sa position première à la Cour. Mais ceci n'est qu'un on-dit, Noble Juge, et, en le répétant, je cause peut-être un tort injustifié à Mansour.

Le juge Ti fronça les sourcils.

— Que pourrait une poignée d'Arabes contre notre garnison ? demanda-t-il. Nous avons ici un millier de soldats aguerris et bien armés... pour ne rien dire de la police et des gardes !

— Mansour a pris une part active au siège de maintes cités barbares, Votre Excellence. Il ne manque pas d'expérience et doit avoir observé

155

qu'à Canton les maisons de bois abondent. Si, par temps sec et grand vent, on mettait le feu en quelques points bien choisis le résultat serait désastreux. Dans la confusion qui suivrait, de petites bandes d'hommes prêts à tout pourraient s'emparer d'un butin considérable.

— Auguste Ciel, c'est la pure vérité ! gémit le préfet.

— De plus, continua Monsieur Liang, des fauteurs de troubles trouveraient ici des auxiliaires empressés. Je parle des milliers de Tankas qui vivent sur la rivière des Perles. Depuis des siècles ils éprouvent pour nous une haine profonde.

— En partie justifiée, dit le juge avec un soupir.

Mais que pourraient faire les « gens de la rivière » ? Ils n'ont ni armes ni chefs.

— Ils possèdent une sorte d'organisation, Noble Juge, et obéissent à leurs sorciers. Et s'ils manquent d'armes lourdes, ils seraient néanmoins très dangereux dans les combats de rues car ils savent jouer du couteau et s'y entendent pour étrangler les gens avec leurs écharpes de soie. Ils n'accordent pas facilement leur confiance à des étrangers, c'est vrai, mais comme la clientèle de leurs femmes est presque uniquement composée de matelots arabes, Mansour pourrait établir des relations cordiales avec eux par cette voie.

Le juge Ti ne répondit pas, réfléchissant à ce qu'il venait d'apprendre. Tao Gan dit alors à Monsieur Liang :

— Les étrangleurs tankas laissent toujours dans leur écharpe la pièce d'argent qui sert à la lester. Cette pièce a une certaine valeur. Pourquoi ne la reprennent-ils pas une fois le meurtre commis, ou pourquoi n'emploient-ils pas plutôt un morceau de plomb ?

— Ils sont très superstitieux. Ils la considèrent comme une offrande à l'esprit de leur victime et croient qu'ainsi son fantôme ne pourra venir les hanter.

Le juge sortit de son silence.

— Montrez-moi de nouveau le plan de Canton, dit-il.

Quand Monsieur Liang eut déroulé la grande carte sur la table, le juge demanda au préfet de lui désigner les divers points où se trouvaient les maisons de bois. Il constata que les quartiers à rues étroites où vivaient les classes laborieuses en étaient presque uniquement composés.

— Oui, dit-il d'un ton grave, un incendie détruirait la plus grande partie de la ville. Les pertes matérielles et en vies humaines seraient telles qu'il ne nous est pas permis de négliger ces rumeurs. Il faut organiser immédiatement un système d'alarme. Une conférence secrète se tiendra cet après-midi dans le Palais du gouverneur. En plus de nous y assisteront aussi Monsieur Yao Tai-kai, le commandant de la garnison et le capitaine du port. Nous déciderons ensemble des meilleures mesures à prendre et nous verrons quelle conduite tenir avec Mansour.

— Il est de mon devoir de répéter à Votre

Excellence que rien n'est peut-être vrai dans toutes ces rumeurs, dit Monsieur Liang d'un air contrarié. Mansour est un commerçant habile, et sa concurrence gêne terriblement les gros bonnets d'ici. Certains d'entre eux ne reculeraient devant rien pour éliminer un rival trop heureux. Il est possible que ces racontars soient simplement d'atroces calomnies.

— Souhaitons que ce soit le cas, dit le juge d'un ton froid en se levant.

Monsieur Liang reconduisit ses visiteurs jusqu'à l'avant-cour et prit congé d'eux avec d'innombrables courbettes cérémonieuses.

XIII

La Clochette d'Or se fait de nouveau entendre;
Tao Gan reçoit une mystérieuse enveloppe.

Tsiao Taï arriva au Palais quelques instants après le départ du juge pour la demeure de Monsieur Liang. Le solennel majordome le conduisit dans les appartements réservés au magistrat, l'informant que ce dernier ne serait pas de retour avant la fin de la matinée. Dès qu'il fut seul, Tsiao Taï ôta ses bottes et s'allongea sur la couche en bois de santal avec l'intention de faire un petit somme réparateur.

Si las qu'il fût, il ne parvenait pas à s'endormir, se tournant et se retournant sur les moelleux coussins tandis que son moral baissait de plus en plus. « Tu ne vas pas devenir sentimental à ton âge, vieil idiot, se morigéna-t-il. Tu n'as même pas pincé le derrière des petites jumelles, chez le capitaine Ni; pourtant, elles ne demandaient que ça, j'en jurerais! Mais que se passe-t-il dans mon oreille gauche à présent? »

Il introduisit son auriculaire dans le conduit auditif incriminé et le remua vigoureusement. La stridulation persista. Fronçant les sourcils, il écouta de nouveau et finit par localiser l'origine du son dans le bas de sa manche gauche.

Il sortit des plis de l'étoffe un petit paquet d'environ un pouce carré. Sur le papier rouge qui l'enveloppait il lut, tracé en fins caractères anguleux : « Pour Monsieur Tao. Personnel. »

— Cela vient sûrement de l'aveugle, murmura-t-il. La fille qui m'a bousculé lorsque je suis sorti de chez le capitaine doit être une de ses amies, et elle lui aura confié le soin de glisser ça dans ma manche. Mais comment pouvait-elle connaître ma visite au capitaine Ni ?

Il alla poser le petit objet sur un guéridon placé près de la porte et revint s'allonger sur le divan. Quelques secondes plus tard il dormait profondément.

La matinée tirait à sa fin lorsqu'il se réveilla. Il remit ses bottes et achevait d'étirer voluptueusement ses membres engourdis quand le juge et Tao Gan entrèrent.

Le magistrat se dirigea directement vers son bureau. Pendant que ses lieutenants prenaient leur place habituelle, il sortit du tiroir un plan de la ville. Tout en le déployant devant lui, il dit à Tsiao Taï :

— Nous venons d'avoir un long entretien avec Liang Fou. Ma première impression était juste : le censeur a dû revenir à Canton parce qu'il avait découvert un projet de sédition arabe. Monsieur Liang a confirmé les dires de la prostituée du temple au sujet de la fréquentation des bordels tankas par les matelots arabes.

C'est le lien qui unit ces deux groupes ethniques, et voilà pourquoi Liou a été tué avec un poison fourni par les « gens de la rivière ». Le nain que Tao Gan et toi avez vu dans l'estaminet en compagnie de l'assassin arabe était évidemment un Tanka. L'inconnu qui étrangla le meurtrier du docteur Sou dans le passage aérien s'étant servi de l'écharpe de soie qu'utilisent ceux-ci, il semblerait que les adversaires de la faction arabe emploient aussi des Tankas. On s'y perd... mais je ne veux pas courir le risque de voir les musulmans déclencher des troubles ici. J'ai averti le gouverneur que je tiendrais une réunion dans la Salle du Conseil, à deux heures, pour envisager les mesures à prendre. Et toi, quels renseignements rapportes-tu ?

— J'ai vu la danseuse, Noble Juge. Elle a du sang tanka dans les veines par sa mère. Malheureusement, son protecteur est d'un naturel jaloux, de sorte qu'elle n'a pas osé me retenir trop longtemps sur le bateau-de-fleurs où il l'a installée. Mais cet homme est propriétaire d'une petite maison au sud du Temple Kiang-siao, et elle me fixera un second rendez-vous en ce lieu dès qu'elle le pourra. Elle y vient seulement pour de courtes visites car sa qualité de paria lui interdit de s'établir à demeure sur la terre ferme.

— L'existence d'une classe de parias est la honte d'une grande nation comme la nôtre, dit le juge avec indignation. Notre devoir est d'instruire ces infortunés afin d'en faire des

161

citoyens comme les autres. As-tu rendu visite au capitaine Ni ?

— Oui, Noble Juge. C'est un garçon agréable et au courant de bien des choses. Ainsi que je m'y attendais il m'en a raconté de belles sur Mansour !

Il rapporta tout au long les propos du capitaine. Lorsqu'il eut terminé le récit de la demande d'argent, le juge déclara :

— Je ne crois pas un mot de cette histoire : elle ne correspond pas à ce que Liang Fou m'a dit de lui. Mansour est de race princière et fort riche... alors pourquoi s'abaisserait-il à jouer le rôle de maître-chanteur ? Où Ni a-t-il pêché tout ça ? Et sa raison de rester à terre sonne faux également. Ni est un marin, et jamais les spéculations mystiques n'ont empêché un marin de prendre la mer ! Selon moi, le capitaine est amoureux de la femme qui a été un court moment la maîtresse de Mansour. Les parents de celle-ci l'ont mariée au vieux fonctionnaire pendant l'un des voyages de Ni, et s'il reste à terre c'est dans l'espoir que le mari mourra bientôt, ce qui lui permettra d'épouser la belle à son tour ! Il ne porte pas l'Arabe dans son cœur à cause de l'aventure avec elle, et a inventé cette histoire de chantage par ressentiment. Que penses-tu de mon interprétation des faits ?

— Elle est tout à fait plausible, Noble Juge. Ses petites esclaves m'ont dit qu'il avait donné sa foi à une dame.

— Ses petites esclaves ? Voilà donc pourquoi le préfet nous a parlé de sa vie de débauche !

162

— Non, Noble Juge. Ces filles — ce sont deux jumelles — m'ont assuré qu'il ne prenait jamais la moindre liberté avec elles.

— A quoi lui servent-elles, alors ? A décorer son intérieur ? demanda Tao Gan.

— Il les a rachetées par esprit de famille : leur mère était une de ses parentes éloignées. L'histoire est fort touchante.

Il rapporta en détail le récit du capitaine et conclut avec véhémence :

— Le fonctionnaire qui a séduit cette pauvre fille est un beau salaud. Je ne peux pas souffrir les hommes qui s'imaginent pouvoir traiter une femme ainsi sous prétexte qu'elle n'est pas chinoise !

Le juge Ti posa sur lui son regard pénétrant et demeura pensif un moment.

— Nous avons à nous occuper de choses plus importantes que la vie privée du capitaine, finit-il par dire.

Allez manger votre riz de midi, mais soyez là avant deux heures pour notre conférence.

En approchant de la porte, Tsiao Taï prit le petit paquet posé par lui sur le guéridon et le tendit à son camarade en disant à voix basse :

— Une femme a glissé ceci dans ma manche quand je suis sorti de chez le capitaine. Comme c'est marqué « Personnel », je n'ai pas voulu en parler au juge avant que tu l'aies vu.

Tao Gan déplia le papier rouge. Il renfermait une fort jolie cage à grillon en ivoire de la forme et de la grosseur d'un œuf, enroulée dans ce qui paraissait être une vieille enveloppe blanche.

Tao Gan plaça la cage près de son oreille pour écouter un instant la douce stridulation et murmura :

— C'est bien elle qui l'envoie. Il aperçut alors les caractères imprimés sur le rabat de l'enveloppe. « Sceau privé de Liou, censeur impérial », lut-il à voix haute. Il faut montrer cela tout de suite au juge !

Ils revinrent dans le fond du hall et, lorsque le magistrat leva les yeux du plan qu'il étudiait, Tao Gan lui tendit la petite cage et l'enveloppe tandis que Tsiao Taï expliquait leur provenance. Le juge posa la cage sur son bureau, examina l'empreinte du sceau, puis ouvrit l'enveloppe. Il en sortit une feuille de papier mince couverte de petits caractères hâtivement tracés. Il les considéra attentivement et dit d'un ton grave :

— Ce sont des notes prises par le censeur pour son usage personnel. Elles concernent trois Arabes qui lui ont remis des sommes d'argent en paiement de services rendus. La nature de ceux-ci n'est pas spécifiée. Les noms de ces Arabes sont Ahmed, Aziz... et Mansour !

— Mais alors, le censeur était un traître ? s'écria Tsiao Taï. Ou bien s'agit-il d'un faux ?

— Non, dit le juge. Ce sceau est bien le sien, je l'ai vu des centaines de fois à la Cour Métropolitaine de Justice. Je connais aussi son écriture pour avoir lu les rapports confidentiels qu'il adressait au Grand Conseil, mais cette note est en caractères abrégés et je ne puis être affirmatif à leur sujet. Je dois dire, toutefois, que seule la main d'un lettré de haut rang à pu les tracer.

Il se renversa dans son fauteuil et se mit à réfléchir sous le regard anxieux de ses lieutenants.

— Je crois avoir trouvé une explication ! s'écria-t-il soudain. Quelqu'un connaît le motif réel de notre venue à Canton. Et comme c'est un secret d'État, ce quelqu'un est forcément un très haut fonctionnaire de la capitale au courant des délibérations du Grand Conseil. Il appartient sans doute à une faction politique opposée au censeur, et lui ou ses complices l'ont attiré à Canton pour le compromettre dans le complot de Mansour, l'accuser de haute trahison, et se débarrasser ainsi de sa personne. Cette ruse grossière n'a pu abuser Liou. Il feignit d'être prêt à collaborer avec les Arabes comme le montre cette note, cela pour découvrir le nom des principaux coupables. Hélas, ses ennemis comprirent sa manœuvre et il fut empoisonné. L'envoi de l'enveloppe par l'aveugle prouve qu'elle ne fait pas partie de la conjuration, mais donne à penser qu'elle assistait à la mort du censeur. Les aveugles ne peuvent savoir si un papier qui traîne sur une table ou par terre est important ou non. Elle comprit que celui-ci l'était parce qu'elle l'a découvert en fouillant les manches du mort à l'insu du meurtrier. Elle s'est emparée de la Clochette d'Or au cours de cette opération, et non pas en entendant chanter la bestiole au moment où elle passait le long des murs du temple, comme elle l'a prétendu.

— Je crois que vous avez raison, Noble Juge, dit Tao Gan. Par la suite, elle a dû demander à une personne sûre de regarder l'enveloppe. Quand elle apprit qu'elle portait l'empreinte du sceau de Liou, elle la conserva. Plus tard, la personne qui lui rendit visite après mon départ lui ayant dit que j'enquêtais au sujet de la disparition du censeur, elle m'envoya l'enveloppe, y joignant le grillon pour m'indiquer de quelle part venait celle-ci.

Le juge n'avait pas écouté les paroles de son lieutenant.

— Nos adversaires sont informés de nos moindres gestes ! s'écria-t-il avec colère. C'est intolérable ! Et ton capitaine au long cours a partie liée avec eux, Tsiao Taï. Si l'on a glissé ce petit paquet dans ta manche au moment où tu quittais sa demeure, ce n'est pas simple coïncidence. Retourne chez lui et interroge-le. Procède d'abord avec douceur, mais s'il prétend ne pas connaître l'aveugle, mets-le en état d'arrestation et amène-le ici.

XIV

*Les jumelles font preuve
d'un sens tactique remarquable ;
elles échangent de piquants propos avec le colonel.*

Par précaution, Tsiao Taï fit arrêter sa litière dans la rue voisine de celle où habitait le capitaine Ni. Avant de frapper à sa porte, il regarda autour de lui. Seuls deux vendeurs ambulants étaient visibles, la plupart des citoyens mangeant leur riz de midi ou se préparant à faire la sieste.

La vieille femme qui lui avait ouvert précédemment le fit de nouveau entrer dans le jardinet, débitant une longue histoire dans une langue qu'il prit pour du persan. Il écouta un moment pour montrer que les Chinois connaissaient la politesse, puis la poussa de côté et monta.

Au premier étage, silence complet. Personne dans la salle de réception. Le capitaine et ses charmantes esclaves avaient certainement terminé leur repas et se livraient aux douceurs de la sieste. Séparément, bien entendu, comme Donyazade n'aurait pas manqué de le dire ! Le mieux était d'attendre, dans l'espoir que la vieille édentée aurait assez de bon sens pour réveiller son maître. Si au bout d'un moment nul ne paraissait, peut-être pourrait-il profiter de l'occasion pour explorer le logis.

Il s'approcha du râtelier d'armes afin d'admirer de nouveau les lames exposées. Perdu dans sa contemplation, il n'entendit pas les deux hommes en turban grimper sur le toit voisin et, de là, enjamber sans bruit les pots d'orchidées placés sur le rebord de la fenêtre. Pendant que le plus maigre tirait un coutelas de sa ceinture, le second — petit mais trapu — assura une grosse massue dans sa main et, passant derrière Tsiao Taï, l'abattit violemment sur la tête de ce dernier. Le lieutenant du juge Ti resta immobile un court instant puis s'effondra sur le plancher.

— Les bonnes lames ne manquent pas ici, Aziz, dit l'Arabe maigre à son compagnon en montrant le râtelier d'armes. Le travail dont nous a chargés Mansour sera facile.

Derrière eux, une voix cristalline s'écria en arabe :

— Le saint nom d'Allah soit loué ! Voilà sa servante débarrassée de ce lubrique incroyant !

Les deux hommes firent un rapide demi-tour et ouvrirent de grands yeux à la vue de la jeune fille qui se tenait debout dans l'ouverture du rideau. A part un collier de pierres bleues et de mignons souliers de satin blanc elle était complètement nue.

— Une houri descendue tout droit du paradis de Mahomet ! murmura l'Arabe courtaud d'un ton plein de révérence.

— Je ne demande qu'à être la récompense de vrais croyants, répondit Dananir.

Désignant le corps inerte de Tsiao Taï, elle ajouta :

— Cet homme se préparait à me violer. Alors qu'il allait chercher un sabre pour me forcer à subir ses odieuses caresses je courus me cacher derrière la tenture. Sa mère fut saillie par un âne !

Enthousiasmé, le grand maigre répondit :

— Accordez-nous une minute ou deux pour en finir avec lui et nous jouirons de votre compagnie en toute quiétude. Mon ami s'appelle Aziz et moi Ahmed.

— Ahmed... ou bien Aziz ? Voilà le problème pour moi, déclara Dananir avec un sourire provocant. Vous êtes tous les deux de jeunes et beaux guerriers. Laissez-moi mieux comparer.

Elle prit chacun d'eux par une manche et les plaça côte à côte, le dos contre le rideau.

— Par Allah, s'écria le courtaud, perdant un peu patience, ne vous mettez pas martel en tête. Commencez d'abord...

Sa voix s'étrangla dans sa gorge. Les mains crispées sur sa poitrine, il s'affaissa, un filet de sang au coin des lèvres.

— Qu'Allah nous protège ! cria Dananir en étreignant le grand maigre avec force.

Un lourd vase d'albâtre descendit sur le crâne de l'homme. Dananir le lâcha et il s'abattit à son tour sur la natte de jonc.

Donyazade écarta la tenture. Encore un peu ébaubie elle contempla les deux corps étendus.

— Tu t'en es très bien tirée, la complimenta Dananir. Mais pourquoi ne pas avoir poignardé aussi le second ? Le capitaine tenait beaucoup à ce vase !

— Sa robe paraissait plus épaisse sur les omoplates, j'ai eu peur qu'il ne portât une cotte de mailles.

La voix de la jeune fille tremblait et elle était fort pâle, le front moite. Brusquement, elle courut vers un coin de la pièce et vomit. Repoussant une mèche humide qui lui tombait sur le visage, elle murmura :

— C'est le poisson que j'ai mangé à midi, j'étais sûre qu'il ne passerait pas. Remets ton pantalon et viens m'aider à réveiller le colonel.

Elle s'agenouilla près de Tsiao Taï pour lui frotter le cou et les épaules. Dananir alla chercher un pot d'eau et lui en versa le contenu sur la tête.

Tsiao Taï reprit lentement connaissance. Il souleva ses paupières et aperçut les deux visages penchés sur lui.

« Les damnées jumelles ! » murmura-t-il en refermant vite les yeux.

Il resta plusieurs secondes sans bouger puis se redressa lentement et tâta la grosse bosse qui déformait son occiput. S'étant recoiffé, il posa sa calotte bien en avant sur son front, et jeta un regard furieux aux jumelles.

— Par le Ciel », grommela-t-il, cette stupide plaisanterie va vous valoir une fessée qui laissera vos petits derrières rouges pendant au moins deux semaines !

— N'accorderez-vous pas un coup d'œil aux deux malandrins qui vous ont attaqué, Monsieur le colonel ? demanda Donyazade très digne. Le grand maigre s'appelle Ahmed et le petit gros Aziz.

Tsiao Taï s'assit complètement. Il contempla les Arabes étendus devant le rideau, le couteau et la massue à leurs pieds.

— Pendant que ma sœur occupait leur attention, j'ai enfoncé un poignard dans le dos du petit, expliqua Donyazade. Je me suis contentée d'assommer l'autre pour que vous puissiez l'interroger si vous le jugiez bon. Il a dit que Mansour les avait envoyés.

Tsiao Taï se mit debout avec précaution. Il se sentait l'estomac barbouillé, mais il réussit à dire en souriant : « Braves petites ! »

— Vous feriez bien de vomir, déclara Dananir pleine de sollicitude. C'est une réaction normale après un coup sur la tête.

— Ai-je l'air d'une femmelette ? demanda Tsiao Taï indigné.

— Pour faciliter l'opération, imaginez-vous avalant un gros bout de graisse d'agneau un peu rance, conseilla Dananir. Voyant son haut-le-cœur, elle ajouta vite :

— Pas sur le tapis. Dans le coin là-bas s'il vous plaît. »

Il courut vers l'endroit indiqué, se mit à vomir, et dut admettre que cela le soulageait considérablement. Il prit ensuite dans sa bouche une gorgée d'eau et, après l'avoir recrachée par la fenêtre, s'approcha des deux Arabes. Il sortit une mince lame du dos où elle était fichée et l'essuya sur la robe du mort.

— Vous avez la main sûre », dit-il à Donyazade d'une voix où malgré lui perçait l'admiration.

Ayant examiné le crâne de l'autre Arabe il ajouta :

— Trop sûre même... il est mort aussi. »

Tandis que la jeune fille retenait un cri d'horreur, il lui dit :

— La cochonnerie noire que vous vous mettez sur les yeux est en train de couler. Ce n'est pas du plus heureux effet. »

Donyazade s'enfuit derrière le rideau.

— Ne faites pas attention, remarqua Dananir, elle est hypersensible.

Tsiao Taï fouilla les vêtements des deux hommes avec soin, mais ne trouva pas le moindre papier sur eux. Il considérait encore les cadavres d'un air songeur quand Donyazade reparut, maquillée de frais.

— Je me demande pourquoi ils ne m'ont pas poignardé en arrivant, dit-il. Leur long couteau aurait parfaitement fait l'affaire.

— Ne t'avais-je pas prévenue ? lança Donyazade à sa sœur. C'est un gentil garçon, mais l'intelligence ne l'étouffe pas.

— Pourquoi cette remarque, impertinente péronnelle ?

— Parce que vous êtes incapable du plus simple raisonnement. Ne comprenez-vous pas

172

que leur intention était de vous tuer avec l'un des sabres du capitaine ? Ainsi on aurait pu l'accuser de votre meurtre. Si vous ne saisissez pas du premier coup, je peux répéter ma phrase en parlant plus lentement.

— Auguste Ciel ! s'écria Tsiao Taï. Vous avez raison ! Où est le capitaine ?

— Il est sorti aussitôt après le déjeuner. Notre vieille servante a tenté de vous l'expliquer, mais vous n'avez rien compris à ses paroles et vous êtes monté tout de même. Nous avons pensé que vous ne manquiez pas de toupet.

— Mais au nom du Ciel pourquoi n'êtes-vous pas venues quand je suis entré ?

— Tous les traités pratiques disent que le meilleur moyen de se faire une opinion sur le caractère d'un homme est de l'observer quand il se croit seul, répondit Donyazade. Comme nous vous portons un certain intérêt, nous nous sommes mises derrière la tenture pour vous observer.

— Ça alors ! Enfin, merci tout de même.

Fixant sur lui un regard décidé, Donyazade demanda :

— Ne croyez-vous pas, colonel, que ce qui vient de se passer vous oblige moralement à nous racheter toutes les deux et à nous prendre pour épouses ?

— Vous n'y pensez pas ! s'écria Tsiao Taï horrifié.

— Oh, mais si ! répliqua-t-elle d'un ton ferme.

Posant ses deux mains sur ses hanches, elle conclut :

— Pour quelle autre raison aurions-nous protégé votre existence ?

Pendant ce court dialogue Dananir avait observé Tsiao Taï avec une grande attention.

— Ne nous hâtons pas trop, sœurette, dit-elle. Nous avons décidé, tu t'en souviens, de découvrir l'extase quasi simultanément. Es-tu sûre que cet homme est d'une complexion assez solide pour accomplir ce double exploit en temps voulu ?

Donyazade mesura des yeux le colonel.

— Ma foi, je me le demande, dit-elle. Il a des fils gris dans sa moustache. Cet homme-là doit bien avoir quarante ans !

— Ce serait fâcheux que l'une de nous fût désappointée, reprit sa sœur. Nous avons toujours voulu que ce tendre moment soit pour nous un souvenir partagé, n'est-ce pas ?

— Espèces de petites dévergondées ! éclata Tsiao Taï. Votre amie, la fille aveugle, est-elle aussi folle que vous ?

Donyazade le regarda sans paraître comprendre.

— Il lui faut une aveugle, maintenant ! dit-elle d'un ton dégoûté. Après tout, c'est probablement le seul genre de fille qui voudra bien de lui.

Tsiao Taï ne se jugea pas de taille à poursuivre l'entretien.

— Dites à la vieille d'aller chercher deux litières, demanda-t-il. Elles serviront à transporter les cadavres au Palais. En attendant qu'elles soient là, je vais vous aider à faire un peu de nettoyage. Mais à une condition : vous garderez vos deux jolies petites bouches bien fermées pendant ce temps-là.

XV

Monsieur Pao apprend une fâcheuse nouvelle ;
Monsieur Yao se montre inquiet.

Après le départ de Tsiao Taï, le juge déjeuna
dans ses appartements avec Tao Gan, puis les
deux hommes prirent le thé sans hâte, en
attendant le retour du colonel. Comme celui-ci
ne paraissait pas et qu'il était maintenant près
de deux heures, le juge dit au majordome de les
mener dans la Salle du Conseil.

Ils trouvèrent le gouverneur Weng et le
préfet Pao à l'entrée, conversant avec un barbu
en armure étincelante.

— Le commandant de la garnison, dit Monsieur Weng. Désignant un homme plus jeune, il
ajouta :

— Et voici le capitaine du port.

Monsieur Liang Fou et Monsieur Yao Taï-
Kai se tenaient un peu à l'écart. Ils s'approchèrent à leur tour pour saluer le magistrat, que le
gouverneur conduisit ensuite à une grande table
dressée au centre de la salle.

L'installation de tant de personnages distin-
gués à la place qui leur revenait prit un certain
temps. Enfin les scribes assis à des tables plus
basses trempèrent leur pinceau dans l'encre

pour noter les débats, et le juge Ti put déclarer la séance ouverte. Il résuma en quelques mots le problème qui les réunissait, puis demanda au commandant de leur fournir un aperçu stratégique de la situation.

Avec une louable économie de paroles, le militaire fit une description précise des différents quartiers de la ville et indiqua la répartition de ses forces. Il terminait son exposé quand un commis vint remettre une lettre au préfet. L'ayant parcourue, Monsieur Pao demanda au juge la permission de quitter un instant la salle.

Au moment où le magistrat allait engager le commandant à dire quelles mesures il préconisait, le gouverneur se leva.

— Je voudrais m'étendre un peu sur quelques particularités administratives de notre cité, commença-t-il pendant que Monsieur Pao revenait s'asseoir parmi eux. Le gouverneur parla une bonne demi-heure, s'éternisant sur des détails oiseux, et le juge retenait à grand-peine son impatience quand un officier du palais vint l'informer à voix basse que le colonel Tsiao Taï désirait le voir. Heureux de cette diversion, le juge décida de faire une entorse au protocole et sortit en priant l'assistance de l'excuser.

Dans l'antichambre, Tsiao Taï lui conta rapidement son aventure.

— Prends nos quatre agents spéciaux avec toi et va tout de suite arrêter Mansour ! ordonna le juge. Voici enfin une preuve formelle de sa culpabilité ; Ahmed et Aziz sont les deux autres Arabes mentionnés dans la note du censeur.

Comme Tsiao Taï s'éloignait, la mine épanouie, le juge ajouta :

— Ramène également le capitaine Ni. S'il n'est pas encore de retour, fais prévenir les surveillants de quartier que nous le recherchons. Je ne serais pas fâché d'avoir un petit entretien avec ce pseudo-mystique !

Lorsque le magistrat eut repris place à la table de conférence, il expliqua d'une voix grave :

— L'un des points que nous avions à examiner concernait les mesures à prendre au sujet de Mansour, le chef de la communauté arabe. Je viens de recevoir certains renseignements qui m'obligent à le faire arrêter.

En prononçant ces paroles il scruta le visage de ceux qui l'entouraient.

Tous inclinèrent la tête en signe d'approbation, sauf Monsieur Yao, qui parut perplexe.

— Moi aussi j'ai entendu parler de la menace de sédition arabe, dit-il. Mais je n'y ai ajouté foi, persuadé que ces rumeurs sont sans fondement. Quant à Mansour, je le connais bien. C'est un homme hautain, emporté, mais je suis sûr qu'il ne lui viendrait pas à l'esprit de se lancer dans une entreprise aussi déloyale.

— J'admets n'avoir aucune preuve concrète, dit le juge avec calme. Du moins, pas encore. Mais puisqu'il est le chef de leur communauté, je le considère comme responsable de tous les actes de ses compatriotes. S'il est innocent, il pourra le prouver. Pourtant ce n'est peut-être pas lui le chef des factieux et son arrestation imminente ne doit pas nous empêcher de prendre les mesures de précautions voulues. C'est au commandant de les définir. Nous l'écoutons.

Quand celui-ci eut obéi avec sa concision habituelle, le capitaine du port ajouta quelques suggestions destinées à restreindre le mouvement des vaisseaux arabes. Lorsque tous se furent mis d'accord sur ces différents points, le juge demanda à Monsieur Pao de rédiger les ordres et de composer le texte des proclamations. Cela prit pas mal de temps, mais le magistrat finit tout de même par apposer sa signature et l'empreinte de son sceau sur le dernier papier. Au moment où il se préparait à déclarer close la réunion, le gouverneur tira de sa robe une liasse de feuillets qu'il déposa sur la table. Toussant d'abord pour s'éclaircir la voix, il expliqua d'un ton important :

— Je regrette que le problème surgi ce matin ait absorbé tant des précieuses minutes de Votre Excellence. Mais comme je n'ai garde d'oublier que le but de sa visite est d'examiner la situation de notre commerce extérieur, j'ai ordonné aux autorités portuaires de m'envoyer un rapport sur les importations et exportations des principaux produits. Si Votre Excellence le permet, je vais lui décrire notre position générale à partir de ces documents.

Le juge fut à deux doigts de répondre qu'il avait mieux à faire, mais il se retint. Ne fallait-il pas sauver les apparences ? Et, après tout, le gouverneur montrait un zèle digne d'éloges. Il acquiesça donc et, résigné, se renversa dans son fauteuil.

Sans prêter attention à la voix monotone, il réfléchit aux nouvelles apportées par Tsiao Taï. Si Mansour avait voulu faire accuser le capitaine Ni du meurtre de son lieutenant, cela prouvait que le marin ne trempait pas dans sa conspiration. Mais travaillait-il avec l'aveugle ? Pendant la première visite de Tsiao Taï, le capitaine avait reçu une lettre, et à la sortie de son lieutenant le petit paquet envoyé par Lan-li était glissé dans sa manche. A ce moment de ses réflexions, le juge voulut murmurer quelque chose à l'oreille de Tao Gan, mais il s'aperçut que celui-ci écoutait avec grande attention le discours du gouverneur. Le juge Ti soupira. Tao Gan avait toujours manifesté beaucoup d'intérêt pour les problèmes financiers !

Monsieur Weng parla pendant plus d'une heure. Lorsqu'il se tut enfin, les serviteurs vinrent allumer les candélabres d'argent. Liang Fou en profita pour se lever et entama une discussion avec le gouverneur à propos des chiffres cités, aussi le juge fut-il heureux de voir la silhouette de l'officier du palais s'encadrer dans la porte. Le chambellan accourut vers lui et dit d'un air consterné :

— Le surveillant du quartier Nord-Ouest est là, Votre Excellence. Il est porteur d'un message important pour le préfet.

Monsieur Pao interrogea le juge du regard et, recevant son assentiment, se hâta de suivre l'officier.

A peine le magistrat commençait-il à compli-
menter le gouverneur et Monsieur Liang Fou
sur leurs exposés savants que le préfet reparut,
le visage défait.

— Ma femme vient d'être assassinée !
annonça-t-il d'une voix étouffée. Je dois...

Il n'alla pas plus loin en voyant entrer Tsiao
Taï qui s'approcha de son chef et dit d'un ton
contrit :

— Mansour a disparu, Noble Juge. Le capitaine aussi. Du diable si je comprends ce
qu'ils...

Le juge Ti lui imposa silence d'un geste de la
main. Se tournant vers le gouverneur, il
commanda :

— Dites à vos forces de police de rechercher
immédiatement Mansour et le capitaine Ni. Il
présenta ensuite ses condoléances au préfet Pao
et ajouta :

— Je vous accommpagne chez vous avec mes
deux lieutenants. Ce nouvel attentat...

— Elle n'a pas été tuée dans ma demeure,
Votre Excellence, l'interrompit le préfet. Le
crime a eu lieu dans une maison située près du
Temple de Kiang-siao, au coin de la deuxième
rue. Jamais je ne l'ai entendue parler de cette
adresse !

Monsieur Yao laissa échapper un cri, ses gros
yeux arrondis par la frayeur fixés sur le préfet.

— Vous connaissez cette maison ? lui
demanda le juge d'un ton brusque.

— Oui, Votre Excellence. Elle... elle m'ap-

182

partient. J'y offre de petites fêtes à mes collègues.

— Je vous ordonne de m'expliquer... commença le préfet.

— Monsieur Yao va nous accompagner, coupa le juge Ti. Il nous donnera ses explications là-bas.

Après avoir recommandé au gouverneur de faire exécuter sans délai toutes les mesures décidées au cours de la réunion, il sortit, accompagné de ses lieutenants, du préfet Pao et de Monsieur Yao Tai-kai. Dans l'avant-cour, les gardes commençaient à allumer leurs lanternes. En attendant l'arrivée de son palanquin, le juge demanda au préfet :

— Comment Madame Pao est-elle morte ?

— On l'a étranglée par-derrière à l'aide d'une écharpe de soie, Votre Excellence.

Le juge Ti jeta un bref regard à ses assistants mais ne fit aucun commentaire. Pendant qu'un garde abaissait le marchepied du palanquin, il dit au préfet :

— Montez avec moi, Monsieur Pao, la place ne manque pas. Monsieur Yao voyagera avec le surveillant de quartier.

Il fit asseoir le préfet à côté de lui, tandis que Tsiao Taï et Tao Gan s'installaient en face d'eux. Au moment où les porteurs hissaient les brancards sur leurs épaules, Tsiao Taï remarqua :

— Monsieur Yao m'a parlé de cette maison hier soir, Noble Juge ! Je crois qu'il y loge de jolies filles. Une gouvernante s'en occupe et...

— Je devine pourquoi mon indigne épouse se rendait là, dit le préfet. Elle y rencontrait ce vil débauché de capitaine Ni ! Elle a été sa maîtresse avant que le vieil imbécile que je suis ne l'ait épousée. Ainsi, ils continuaient leurs coupables relations derrière mon dos... et Yao tenait la chandelle ! Ah, Votre Excellence, faites-les arrêter ! Je...

— Calmez-vous, Monsieur Pao. Quand bien même votre épouse se serait rendue là-bas pour y rencontrer le capitaine, cela ne prouve nullement que ce soit lui l'assassin.

— Oh, je puis dire à Votre Excellence comment les choses se sont passées ! Me sachant retenu au palais tout l'après-midi, ma femme a donné rendez-vous à son amant chez Yao. Mais si elle est frivole et se conduit parfois comme une petite sotte, au fond elle est honnête... Oui, Votre Excellence, c'est moi qui suis à blâmer dans cette affaire. J'ai trop négligé mon épouse, mais avec tout le travail dont me charge le gouverneur...

Sa voix mourut. Il se passa la main sur le visage et fit effort pour se ressaisir. D'un ton presque normal, il reprit comme s'il se parlait à lui-même :

— Cette fois, ma femme a dit au capitaine qu'elle en avait assez de ces honteuses rencontres et ne reviendrait plus. Fou de rage, le misérable l'a tuée. Oui, Votre Excellence, voilà sûrement ce qui s'est passé !

Le juge lui jeta un regard de compassion et répondit :

— En se cachant, Ni peut donner à croire qu'il est coupable, mais gardons-nous de tirer de ce fait des conclusions trop hâtives, Monsieur Pao.

XVI

Un nid d'amour reçoit des visiteurs imprévus ;
un capitaine au long cours arrive trop tard
à son rendez-vous.

Quatre sbires étaient postés devant la petite maison d'un étage. Deux d'entre eux tenaient des lampions sur lesquels s'inscrivaient en gros caractères rouges les mots : TRIBUNAL DE CANTON. Ils les agitèrent à la vue du palanquin et tous quatre se mirent au garde-à-vous. Le juge descendit le premier, suivi de ses lieutenants et de Monsieur Pao. Il attendit que les passagers de la litière soient descendus aussi et demanda au surveillant de quartier :

— Où le meurtre a-t-il été commis ?

— Dans la salle du thé, Votre Excellence. Permettez-moi de vous y conduire.

Il les précéda vers le grand hall d'entrée qu'éclairaient des lanternes de soie blanche. Un sbire montait la garde devant la porte de gauche. Sur la droite se trouvaient un guéridon et un vaste fauteuil. Au fond, un rideau de perles bleues cachait à demi l'ouverture ronde d'une porte-lune. A leur arrivée une main féminine le ferma dans un tintement de verroterie.

Le juge Ti montra le fauteuil à Monsieur Yao.

— Asseyez-vous là et ne bougez plus, commanda-t-il. S'adressant au surveillant de quartier, il demanda :

— Vous n'avez touché à rien, j'espère ?

— Non, Votre Excellence. J'ai seulement mis deux bougies sur la table et je me suis assuré que la victime était bien morte. La femme de charge la connaissait sous le nom de Mademoiselle Wang, mais j'ai trouvé dans sa manche un étui de brocart contenant des cartes de visite qui révélaient sa véritable identité. J'ai tout laissé exactement comme je l'avais trouvé, Votre Excellence.

Le sbire ouvrit la porte. Au milieu de la petite pièce le juge vit une table en bois de rose et trois chaises. A gauche, des pivoines commençaient à se flétrir dans un vase posé sur une tablette murale. Des peintures sur soie représentant des fleurs et des oiseaux ornaient les murs d'un blanc immaculé. Près de la fenêtre gisait, face contre le sol, une femme vêtue d'une robe brune très simple. Une quatrième chaise était renversée non loin d'elle.

Prenant l'une des bougies, le juge fit un signe à Tao Gan. Celui-ci s'agenouilla pour mettre le corps sur le dos. Une horrible grimace déformait le visage de la jeune femme dont la langue gonflée pendait au milieu du sang qui maculait sa bouche. Monsieur Pao détourna vite son regard. Tsiao Taï vit son mouvement et vint se placer entre le cadavre et lui. Tao Gan dut faire effort pour enlever l'écharpe de soie sauvagement serrée autour du cou de la malheureuse. Sans rien dire, il montra la pièce d'argent nouée dans un coin de l'étoffe.

Pendant que Tsiao Taï dissimulait le visage de la morte sous un mouchoir, le juge demanda au surveillant de quartier :

— Comment le crime fut-il découvert ?

— Une demi-heure après l'arrivée de Madame Pao, la soubrette pensa que son partenaire habituel l'avait rejointe et vint servir le thé. Elle aperçut le cadavre et poussa des cris aigus. La fenêtre était ouverte comme à présent. Elle donne sur une venelle, et deux hommes qui passaient entendirent les hurlements de la petite. Ils s'empressèrent de m'avertir et j'accourus aussitôt.

— Parfait, dit le juge. Tsiao Taï et toi, Tao Gan, vous allez fouiller cette pièce pour voir si le meurtrier n'aurait pas laissé quelque indice révélateur. Ensuite, vous ferez transporter le corps au tribunal. Moi, je vais interroger la femme de charge en compagnie de Monsieur Pao. Où sont les habitants de cette demeure, surveillant ?

— J'ai placé la femme de charge — en réalité une sorte de gouvernante — dans la salle d'accueil qui se trouve derrière le hall. Aux quatre filles qui vivent ici j'ai donné l'ordre de rester dans leurs chambres du premier étage, et aux servantes celui de ne pas quitter la cuisine.

— Très bien. Venez, Monsieur Pao.

Lorsqu'ils traversèrent le hall, Monsieur Yao

se leva précipitamment, mais le juge n'eut pas l'air de voir son geste. Le préfet jeta au négociant un tel regard que le gros homme se laissa retomber piteusement sur son siège.

Le mobilier de la salle d'accueil se composait d'une table à thé en ébène, de deux chaises assorties et d'une grande armoire. Une femme d'âge moyen vêtue de façon discrète s'inclina profondément à l'entrée du juge. Le magistrat s'assit près de la table à thé et montra l'autre chaise à Monsieur Pao. Le surveillant fit s'agenouiller la femme, puis se plaça en arrière, les bras croisés.

Le juge Ti commença l'interrogatoire en demandant à la gouvernante son nom et son âge. Elle parlait assez mal la langue du nord, mais en variant adroitement ses questions le juge finit par apprendre que Monsieur Yao s'était rendu acquéreur de la maison quatre années auparavant et lui avait donné la haute main sur quatre filles. Deux d'entre elles étaient d'ex-courtisanes rachetées par lui aux tenanciers de leurs maisons de joie, les deux autres d'anciennes actrices. Monsieur Yao venait environ deux fois par semaine, seul ou avec des amis, et toutes recevaient une généreuse rémunération pour leurs services.

— Comment avez-vous fait la connaissance de Madame Pao ? demanda le magistrat.

— J'ignorais absolument qu'elle fût l'épouse de Son Excellence Monsieur le Préfet, je le jure ! Si je l'avais su je n'aurais jamais accordé au capitaine Ni la permission de l'amener sous ce toit !

— Ne vous l'avais-je pas dit ? s'écria Monsieur Pao.

Cet ignoble débauché...

— Laissez-moi conduire l'interrogatoire, coupa le juge. Et vous, continuez !

— Le capitaine est venu ici il y a deux ans et me l'a présentée sous le nom de Mademoiselle Wang. Il m'a demandé s'il pouvait avoir une chambre de temps en temps l'après-midi pour bavarder avec elle. Le capitaine est un homme connu, Seigneur Juge, et comme il était très généreux pour le thé et les gâteaux...

— Monsieur Yao était-il au courant ?

Cramoisie, la gouvernante bredouilla :

— Je ne... je n'ai pas pensé qu'il fût nécessaire de le consulter, puisque le capitaine venait seulement l'après-midi, et juste pour boire une tasse de thé. Alors...

— Alors vous avez gardé l'argent sans rien dire, termina le juge d'un ton glacial. Vous saviez parfaitement qu'il couchait avec cette femme. Vous serez fouettée pour avoir tenu une maison de prostitution sans licence régulière.

La gouvernante heurta le sol de son front à plusieurs reprises en criant :

— Je jure que le capitaine ne lui a même pas touché la main, Seigneur Juge ! D'ailleurs, il n'y a pas de lit dans la pièce. Demandez aux servantes ! Elles entraient et sortaient constamment pour apporter les gâteaux ou le thé. Elles vous diront qu'ils restaient assis devant la table et parlaient tout le temps. Parfois ils faisaient une partie d'échecs, c'est tout.

Elle se mit à sangloter.

— Cessez vos reniflements et levez-vous ! Surveillant, vérifiez ses déclarations auprès des servantes.

Reprenant son interrogatoire, il demanda :

— Le capitaine vous avertissait-il à l'avance de sa venue ?

— Non, Seigneur Juge. Pourquoi l'aurait-il fait ? Il savait bien que Monsieur Yao ne se montrait pas l'après-midi. Le capitaine et Mademoiselle Wang — je veux dire Madame Pao — venaient toujours séparément. Parfois il arrivait d'abord... un autre jour, c'était elle. Aujourd'hui elle s'est présentée la première. La servante la mena dans la pièce où ils se tenaient d'habitude, pensant que le capitaine ne tarderait pas à paraître. Mais il n'est pas venu.

— Et moi je prétends le contraire ! affirma le préfet.

Seulement vous ne l'avez pas vu, stupide créature ! Il est entré par la fenêtre, et...

Le juge lui imposa silence d'un geste de la main.

— D'autres visiteurs sont-ils venus, avant ou après l'arrivée de Madame Pao ? reprit-il.

— Non, Seigneur Juge. Enfin... si : il y a cette pauvre fille qui s'est présentée juste avant. Mais elle est aveugle, alors...

— Aveugle, dites-vous ?

— Oui, Seigneur Juge. Elle avait une robe

brune toute simple mais s'exprimait comme une personne bien élevée. Elle s'est excusée de ne pas avoir tenu parole l'autre soir. Je lui ai demandé si c'était elle la personne qui devait apporter des grillons à Monsieur Yao et elle m'a répondu oui.

La gouvernante s'arrêta pour jeter un regard craintif vers la porte-lune.

— Continuez, ordonna le juge. Racontez-moi tout ce que vous savez sur cette fille.

— Eh bien, je me suis rappelé qu'en effet le maître l'avait attendue, un soir. Lorsqu'elle trouve un beau grillon, me dit-il, elle a l'habitude de le porter à ma demeure principale, mais dorénavant elle viendra ici. Il me commanda même de préparer une chambre. Bien qu'elle soit aveugle elle est plutôt jolie, Seigneur Juge, et comme le maître aime la variété...

Elle haussa les épaules.

— De toute façon, elle ne vint pas et le maître passa la nuit avec l'une de ses pensionnaires.

— Je vois. L'aveugle s'en est-elle allée tout de suite après avoir appris que Monsieur Yao n'était pas là ?

— Non, Seigneur Juge. Nous sommes restées à bavarder quelques minutes devant la porte. Elle me raconta qu'elle était à la recherche d'une amie entrée depuis peu dans un établissement privé. Un établissement situé près de la Pagode Fleurie, pensait-elle. Vous faites erreur, répondis-je, il n'y a pas de maison de ce genre dans les environs. Adressez-vous

193

plutôt au lupanar qui est derrière notre maison, c'est là que vous la trouverez ! Voyez-vous, Seigneur Juge, les filles qui entrent dans la profession disent souvent à leurs amies qu'elles vont dans un établissement privé, ça sonne mieux ! Je l'ai donc conduite à notre porte du fond et lui ai indiqué le chemin à suivre pour arriver au lupanar.

A ce moment, le rideau de perles s'écarta et le surveillant de quartier parut avec le capitaine Ni qu'encadraient deux sbires. Monsieur Pao voulut se lever. L'obligeant à se rasseoir, le juge demanda :

— Où avez-vous arrêté le capitaine ?

— Il vient d'arriver en litière avec deux amis, Votre Excellence ! Il est entré tout tranquillement, sans paraître se douter qu'un mandat d'arrêt a été lancé contre lui !

— Que venez-vous faire dans cette maison, Monsieur Ni ? demanda le juge.

— J'ai rendez-vous avec une personne de ma connaissance, Votre Excellence. Il y a longtemps que je devrais être là, mais je me suis attardé chez un ami où se trouvait un autre marin que j'ai rencontré autrefois. Nous bûmes quelques coupes de vin en parlant du bon vieux temps, et les minutes ont passé sans que je m'en aperçoive. En sortant je pris une litière pour venir ici. Mes amis m'ont accompagné dans l'espoir que la promenade dégagerait leurs cerveaux des brumes de l'alcool. J'ai aperçu deux sbires à la porte : y aurait-il eu un accident, Votre Excellence ?

194

Avant de lui répondre, le juge dit au surveillant de quartier :

— Vérifiez sa déclaration auprès des deux autres. Se tournant vers le capitaine, il demanda :

— Comment s'appelle la personne que vous deviez voir ici ?

— Je préférerais taire son nom, Votre Excellence. C'est une fille appartenant au sérail de Yao ; je l'ai connue bien avant lui, et...

— Votre mensonge est inutile, capitaine. Votre amie vient d'être assassinée dans la pièce où vous aviez coutume de vous réunir.

Monsieur Ni devint très pâle. Il voulut parler, mais la présence du préfet l'arrêta. Il y eut un silence embarrassé. Monsieur Pao regardait le capitaine avec une fureur contenue et allait visiblement éclater quand le surveillant de quartier reparut.

— Les amis du capitaine ont confirmé ses dires, déclara-t-il. Et les servantes assurent que la femme de charge n'a pas menti.

— Très bien. Conduisez Monsieur Ni auprès du colonel Tsiao, qui lui expliquera les choses. Je n'ai plus besoin des sbires ici.

Le préfet frappa violemment la table en prononçant des paroles incohérentes. Le juge soupira.

— Votre épouse a été tuée par erreur, dit-il.

— Par erreur ?

— Oui. Juste avant son arrivée, la gouvernante a reçu la visite de l'aveugle. Des hommes suivaient celle-ci pour l'assassiner. Pendant qu'ils cherchaient un moyen de s'introduire dans la maison sans être vus, l'aveugle est sortie par la porte de derrière et la servante a fait entrer Madame Pao dans la salle du thé. Les deux femmes portaient le même genre de costume : quand les meurtriers ont regardé par la fenêtre et ont vu votre épouse de dos, ils l'ont prise pour l'aveugle et l'ont étranglée.

D'abord incrédule, le préfet finit par hocher doucement la tête. Soudain il s'écria :

— Ma femme avait déjà rencontré cette vendeuse de grillons ! C'est une complice, et sa conversation avec la gouvernante avait pour but de détourner l'attention de celle-ci pendant que les assassins préparaient leur coup !

— J'examinai aussi cette hypothèse, dit le juge.

A présent, vous feriez bien de rentrer chez vous, Monsieur Pao. Votre femme vous a toujours été fidèle. Elle a manqué de sagesse en continuant à voir le capitaine — un ami de jeunesse — mais il n'y a rien dans tout cela qui puisse déshonorer votre maison. Au revoir !

— Elle est morte, la pauvre petite…, murmura le préfet. Elle était encore si jeune… Sa voix s'étrangla dans sa gorge tandis qu'il gagnait la porte.

En regardant disparaître sa silhouette cassée, le juge décida de taire au vieil homme la brève aventure de son épouse avec Mansour. Songeant à cette affaire, il se demanda comment une Chinoise bien née avait pu devenir amoureuse d'un Arabe. La vue de la gouvernante demeurée dans la pièce le tira de ces pensées.

— D'autres femmes venaient ici, dit-il d'un ton sévère. Des musulmanes, peut-être ? Donnez-moi tout de suite leurs noms !

— Votre Excellence fait erreur. Nous ne recevions pas de femmes du dehors, je le jure ! Monsieur Yao modifiait de temps à autre la composition de son personnel, mais...

— Bien. Je vérifierai cela avec lui. Parmi les hommes qu'il amenait ici, avez-vous jamais vu un citoyen du nord, un grand bel homme ?

Il fit le portrait du censeur Liou, mais elle secoua la tête et répondit que tous les amis de son maître étaient des habitants de Canton.

Le juge se leva. Lorsque Monsieur Yao le vit sortir de la porte-lune, il bondit sur ses pieds.

— Allez m'attendre dans le palanquin, dit le magistrat sans s'arrêter.

Dans la salle du thé, le capitaine écoutait gravement Tsiao Taï. Le cadavre n'était plus là.

— L'assassin est venu par le toit, Noble Juge ! dit Tao Gan. Près de la fenêtre un arbre s'élève jusqu'au premier étage. Plusieurs de ses branches sont fraîchement brisées.

— Cela confirme nos suppositions, déclara le juge.

Madame Pao a été tuée par des voleurs, capitaine. Vos relations avec elle se terminent de façon tragique. Elles ne pouvaient finir bien, il n'est pas sage d'entretenir un commerce amical avec une femme mariée.

— Notre cas était particulier, Votre Excellence. Son mari la négligeait, elle n'avait ni enfants ni personne à qui se confier.

— Sauf son amie aveugle.

Le capitaine Ni regarda le juge d'un air interrogateur, puis, secouant la tête, il répondit :

— Non, Votre Excellence, elle n'a jamais parlé d'une telle amie. Mais vous avez raison : je suis responsable de tout ceci. Il y a quelques années je pris le large à la suite d'une querelle stupide. Je pensais m'absenter un mois ou deux, hélas mon bateau coula au cours d'une tempête et je passai un an sur une île des mers du Sud avant de regagner Canton. N'espérant plus me revoir, elle avait épousé Pao. Peu après ce mariage sa sœur mourut. Le chagrin qu'elle éprouva vint s'ajouter au dégoût inspiré par son union malheureuse et elle devint une proie facile pour Mansour. S'apercevant vite de son erreur, elle voulut me consulter. Je lui indiquai cette maison comme lieu de rencontre discret. Elle m'avoua que Mansour la faisait chanter, alors...

— Pourquoi un homme aussi riche se serait-il fait maître-chanteur ? l'interrompit le juge.

— En ce temps-là il était dans la gêne, le Calife ayant confisqué tous ses biens. Lorsqu'il découvrit que l'argent versé par son ex-maîtresse venait de moi, il se fit plus exigeant encore. Il sait que ma mère était persane et déteste tous ceux de cette nation.

— A propos de Persanes, qui est le père de vos jeunes esclaves ?

Ni regarda un instant le juge, puis il répondit en haussant les épaules :

— Je n'en sais rien, Votre Excellence. Au début, j'aurais pu le découvrir, mais cela n'aurait pas rappelé la mère à la vie ni donné un père digne de ce nom aux jumelles.

Il fixa pensivement l'endroit du sol où avait reposé le corps de Madame Pao et reprit :

— Quelle femme étrange c'était, Noble Juge, si nerveuse, si sensible. Je sentais que nos longues conversations lui faisaient du bien...

Il s'arrêta brusquement, incapable de continuer.

Le juge se retourna vers ses lieutenants.

— Je rentre au palais, dit-il. J'aurai un petit entretien avec Monsieur Yao là-bas, puis je dînerai. Quand vous aurez mangé votre riz du soir, venez me rejoindre. Nous avons beaucoup de choses à mettre au point.

Tsiao Taï et Tao Gan l'escortèrent jusqu'à son palanquin puis revinrent dans la salle du thé.

— J'ai déjeuné de gâteaux à l'huile au lever du jour et comme riz du midi j'ai reçu un coup de matraque sur la tête, dit Tsiao Taï. Aussi ce qu'il me faut maintenant c'est un repas solide qu'accompagnera une cruche de liquide approprié. Je vous invite à partager ce festin, capitaine, à condition que vous me meniez au restaurant le plus proche par les voies les plus rapides !

Souriant malgré lui, le capitaine acquiesça.

XVII

Monsieur Yao se montre peu loquace ;
Tao Gan parle de façon inaccoutumée.

Le juge demeura perdu dans ses pensées pendant tout le trajet du retour. Son silence augmenta encore l'embarras de Monsieur Yao, qui jetait de temps à autre un regard furtif dans sa direction sans trouver le courage de lui adresser la parole.

Au palais, le juge l'emmena directement dans son bureau. Les dimensions imposantes de la pièce l'impressionnèrent visiblement. Le magistrat prit place derrière sa table et le fit asseoir en face de lui. Le majordome solennel vint servir le thé, puis disparut. Le juge vida sa tasse sans se presser, son œil sévère ne quittant pas le visage du négociant. Quand la tasse fut vide, il la posa d'un geste sec et demanda :

— Où avez-vous connu l'aveugle ?

Monsieur Yao ouvrit de grands yeux.

— Mais... au marché, Votre Excellence ! Je m'intéresse aux combats de grillons et j'ai tout de suite compris qu'elle en savait long sur ces petites bêtes. Chaque fois qu'elle dénichait un insecte particulièrement doué pour la lutte, elle l'apportait à ma résidence. Il y a quelques jours, j'ai pensé que si elle venait dans ma petite maison, ce serait plus… hum… commode.

— Je vois… Où habite-t-elle ?

— Je ne l'ai pas demandé. A quoi cela m'aurait-il servi ? Comme je l'ai dit à Votre Excellence, quand elle trouve un grillon…

— Oui, j'ai bien entendu. Comment s'appelle-t-elle ?

— Son nom personnel est Lan-li. J'ignore son nom de famille.

— Voulez-vous me faire croire que leur nom personnel est tout ce que vous savez de vos maîtresses ?

— Mais elle n'est pas ma maîtresse, Votre Excellence ! protesta Monsieur Yao.

Il réfléchit une seconde et ajouta :

— Évidemment, j'ai pensé une fois ou deux à coucher avec elle. Sa culture est remarquable et elle possède un joli minois. Et puis son infirmité la rend différente des autres, alors…

— Inutile de me faire un dessin, dit sèchement le juge. Seulement il se trouve qu'elle a joué un rôle dans un meurtre commis récemment, et à présent la voilà mêlée à l'assassinat de Madame Pao. Dès qu'elle sera sous les verrous je vérifierai vos déclarations. Maintenant vous allez m'écrire le nom des filles qui logent dans votre petite maison avec, en regard, tous les détails les concernant. Vous les connaissez autrement que sous leurs noms personnels, celles-là ?

— Oui, Votre Excellence, répondit humblement le négociant replet en choisissant un pinceau.

— Parfait. Je reviens tout de suite.

Le juge sortit. Dans l'antichambre il s'approcha du majordome et commanda :

— Dites aux agents spéciaux de filer Monsieur Yao lorsqu'il partira. S'il se rend dans une maison discrète située près de la Pagode Fleurie, je désire être averti immédiatement. S'il rencontre une aveugle, qu'on les arrête tous les deux. Consigne générale : ne pas le quitter de l'œil et me tenir au courant de toutes ses allées et venues.

Il regagna le grand hall et, après un bref examen du feuillet noirci par le négociant, il lui donna l'autorisation de se retirer. Monsieur Yao s'inclina, visiblement soulagé.

Une fois seul, le juge appela le majordome et se fit servir le riz du soir.

Quand ses lieutenants parurent, il prenait l'air devant une grande fenêtre. Retournant à son bureau, il leur fit part de ce qu'il venait d'apprendre dans le nid d'amour de Monsieur Yao.

— Comme je l'ai dit au préfet, expliqua-t-il, sa femme a été tuée par erreur. Son assassin a cru étrangler l'aveugle.

Sans prêter attention au cri étouffé de Tao Gan il poursuivit :

— Cette fille m'a tout l'air de procéder à une petite enquête personnelle. Lorsque le censeur est mort elle était certainement présente mais, chose curieuse, elle ne semble pas connaître le lieu exact du crime. Elle se demande s'il ne s'agirait pas d'une maison de rendez-vous voisine de la Pagode Fleurie, d'où les questions posées par elle à la gouvernante. Pour une raison ou pour une autre, ses compagnons ont décidé sa mort. L'assassin choisi par eux était un Tanka, puisqu'il a employé l'écharpe de soie lestée d'une pièce d'argent. Quant à Monsieur Yao, nous saurons bientôt s'il m'a dit la vérité sur ses relations avec elle car je le fais suivre. Il est très malin, mais je lui ai flanqué une telle frousse qu'il va sûrement se mettre en rapport avec ses complices. Il sait que nous faisons tous nos efforts pour retrouver Lan-li ; par conséquent, s'il figure parmi les coupables, il va tenter encore une fois de la faire disparaître. Elle essaie de nous aider, je m'en rends compte, mais l'enjeu de la partie est trop important pour que le souci de la protéger fasse obstacle à notre enquête.

Il s'arrêta, caressant ses favoris d'un air songeur.

— En ce qui concerne l'attaque dont Tsiao Taï a été l'objet, reprit-il, je n'arrive pas à comprendre comment nos adversaires ont pu savoir qu'il retournerait chez Ni. Ma décision de l'y envoyer a été prise de façon soudaine. En admettant que ces deux Arabes l'aient suivi lorsqu'il m'a quitté, ils n'auraient pas eu le temps d'aller avertir Mansour, de recevoir mes instructions, et de rejoindre Tsiao Taï chez le capitaine. Et pour quelle raison le tuer ? Je crains que cette affaire ne soit encore plus compliquée que nous ne l'imaginions.

Il regarda un instant son lieutenant et conclut :

— Les jumelles ont montré un grand courage. Puisque tu leur dois la vie, une visite de remerciement s'impose avec un petit cadeau.

Très gêné, Tsiao Taï murmura qu'il en parlerait d'abord au capitaine et ajouta vite :

— Si Votre Excellence n'a pas d'autre travail pour nous ce soir, Tao Gan et moi pourrions essayer de mettre la main sur Mansour. J'ai une bosse de la grosseur d'un œuf sur le crâne et je ne serais pas fâché de dire deux mots à ce salaud-là ! Nous tâcherons en même temps de repérer la cachette de l'aveugle. Les sbires s'en occupent, bien sûr, mais j'ai une raison personnelle de retrouver Mansour, et frère Tao a l'avantage de connaître déjà Lan-li.

— Entendu. Mais que votre entreprise soit couronnée ou non de succès, revenez ici. J'espère toujours que le message secret du Grand Conseil me parviendra ce soir, et son contenu peut nous obliger à prendre des mesures immédiates.

Dans la rue, Tsiao Taï dit à son compagnon :

— Dénicher Mansour est affaire de chance. Inutile de courir au quartier arabe. Primo : ces gens-là me connaissent ; secundo : nous ne comprenons pas leur satané langage ; tertio : ce n'est évidemment pas là qu'il irait se cacher. En revanche, il serait peut-être bon d'explorer leurs bateaux. Pour Lan-li, as-tu une idée ?

— Elle doit fuir non seulement les policiers, mais aussi ses anciens compagnons qui cherchent à la tuer. Auberges et garnis sont donc exclus. Je la verrais plutôt dans une maison abandonnée. Comme elle connaît bien les alentours du marché, nous pourrions débuter par là. Et même limiter encore nos recherches en nous faisant indiquer les coins où l'on rencontre des grillons, puisque ces endroits-là lui sont les plus familiers.

— Cela me semble juste. En route pour le marché, alors ! Il héla une litière qui passait, mais elle était déjà occupée. Tortillant sa petite moustache, il reprit :

— Tu as eu l'occasion de bavarder avec elle, frère Tao. Bien que tu ne connaisses pas grand-chose aux femmes, tu peux tout de même me dire quelle sorte de fille elle est ?

— La sorte de fille qui crée des ennuis à tout le monde en commençant par elle-même, répliqua Tao Gan avec humeur. On ne devrait pas lui permettre de sortir seule ! Elle s'imagine que les gens sont bons et animés de sentiments altruistes... Le Ciel me préserve de ce genre de bonnes âmes ! Regarde dans quel pétrin elle s'est fourrée en s'acoquinant avec les assassins du censeur. Elle doit croire qu'ils ont empoisonné Liou par pure bonté... pour qu'il n'ait plus jamais la migraine, peut-être ! Et pourquoi m'envoyer un méchant petit grillon au lieu de venir elle-même me dire de quoi il s'agit ? Si nous la retrouvons, je la mettrai sous les verrous de mes propres mains pour l'empêcher de faire d'autres sottises !

— C'est un vrai discours que tu viens de faire là, frère Tao, dit son compagnon avec un demi-sourire.

Ah, voici enfin une litière vide !

XVIII

Tsiao Taï et Tao Gan se rendent dans le Pavillon
des Examens Littéraires ;
ils y rencontrent diverses personnes
n'appartenant pas au monde estudiantin.

Tsiao Taï et Tao Gan firent arrêter leur litière devant la Porte Ouest du marché. Une foule dense grouillait encore à l'intérieur et toutes ses galeries étaient brillamment éclairées par des lampes à huile ou des lampions de couleurs.

Par-dessus les têtes, Tsiao Taï aperçut une longue perche à laquelle étaient accrochées des cages minuscules.

— Il y a un marchand de grillons là-bas, dit-il. Demandons-lui où l'on peut en attraper.

— Crois-tu qu'il va te raconter ses petits secrets ? répliqua Tao Gan. Il prétendra qu'on les trouve dans la montagne, à trente milles d'ici, et seulement le troisième jour après la nouvelle lune ! Le mieux est de nous rendre dans le coin où l'on démolit les vieilles maisons, c'est là que j'ai rencontré Lan-li.

En passant devant l'éventaire aux grillons, ils entendirent des jurons accompagnés de cris de douleur. Se frayant un passage avec leurs coudes, ils virent que le marchand tirait les oreilles de son commis, gamin d'une quinzaine d'années. Le bonhomme termina sa manifestation de mauvaise humeur par une bonne paire de claques et cria :

— Maintenant va chercher les cages que tu as oubliées, espèce de fainéant ! tandis que la semelle de son soulier entrait brutalement en contact avec le postérieur du coupable pour lui faire prendre la bonne direction.

— Suivons le gosse ! souffla Tao Gan.

Ils le rattrapèrent dans la galerie suivante. Le lieutenant du juge Ti posa la main sur l'épaule du jeune garçon encore en train de frotter ses oreilles meurtries.

— Ton patron est un fieffé voleur, dit-il. La semaine dernière il m'a refait d'une pièce d'argent.

Le gamin le regarda en essuyant les larmes qui mouillaient son visage, et Tao Gan continua :

— Mon ami et moi voudrions attraper quelques beaux grillons de combat. Toi qui es expert en la matière, peux-tu nous indiquer de bons endroits pour ça ?

— Seuls les professionnels les connaissent, déclara le gosse tout gonflé de son importance. Ces bêtes-là changent de place pour un oui ou pour un non. Il y a deux jours on en trouvait des quantités près du Temple du Dieu de la Guerre. Beaucoup de gens y vont encore mais reviennent bredouilles ! Nous autres du métier, on sait qu'à présent il faut aller dans le Pavillon des Examens Littéraires.

— Merci, mon vieux ! Fourre donc un mille-pattes dans le soulier de ton patron demain matin, ça lui fera une surprise agréable.

Entraînant son camarade vers la Porte Est du marché, il dit tout confus :

— J'aurais dû y penser moi-même ! Le Pavillon des Examens Littéraires est situé deux rues plus loin et se compose de plusieurs corps de bâtiment. Il comprend des centaines de cellules, car les étudiants viennent de tous les coins de la province pour se présenter aux examens d'automne. A notre époque de l'année l'édifice est complètement désert, c'est donc un lieu idéal pour se cacher... tout en attrapant quelques jolis petits grillons !

— N'y a-t-il pas de gardien ?

— Bien sûr, mais il se la coule douce : aucun mendiant ou vagabond n'oserait venir là. Ne sais-tu pas que ces endroits sont hantés ?

— Bonté divine, c'est vrai !

Tsiao Taï pensa immédiatement aux nombreux étudiants pauvres qui se suicidaient chaque année pendant les Examens Littéraires.

Les futurs candidats passent leurs jours et leurs nuits à étudier les classiques, obligés souvent de mettre en gage leurs effets ou d'emprunter de l'argent à des taux usuraires afin de poursuivre leurs études. La réussite à l'examen leur procure sur-le-champ un poste officiel, et leurs ennuis sont alors terminés. Un insuccès, en revanche, les contraint à une nouvelle année de travail, à moins que la misère ne les oblige à rentrer chez eux en perdant la face. Aussi, le jour fatidique, si l'étudiant trouve trop ardu le sujet à traiter, il arrive fréquemment que le désespoir lui fasse mettre fin à ses jours dans la cellule même où on l'a enfermé pour l'examen. Tsiao Taï ralentit inconsciemment sa marche. Avisant un étalage d'articles ménagers, il acheta une petite lanterne en murmurant : « Il fera noir comme dans un four, là-bas. »

Ils sortirent du marché par la Porte de l'Est et quelques minutes plus tard arrivaient devant le Pavillon des Examens Littéraires.

Son mur plein se prolongeait dans toute la longueur de la rue, coupé seulement d'un grand portail vermillon. Les deux battants étaient clos, mais un portillon laissé entrouvert leur permit de se glisser à l'intérieur. Une lueur brillait derrière la fenêtre de la loge, aussi avancèrent-ils avec précaution jusqu'à l'allée qui traversait le terrain du nord au sud.

Blanche sous la clarté de la lune, la longue voie rectiligne s'étendait à perte de vue, bordée à droite et à gauche de cellules identiques.

Le matin de l'examen, chaque étudiant entre avec un panier contenant son repas dans l'une de ces pièces exiguës où se trouvent seulement un pupitre et une chaise. Après s'être assuré que le candidat ne dissimule ni dictionnaire miniature ni aide-mémoire d'aucune sorte dans ses vêtements, on lui remet les sujets à traiter, puis on l'enferme jusqu'au soir. Quand tombe la nuit on ouvre de nouveau la porte et toutes les copies sont ramassées. A l'automne, pendant les examens, le pavillon ressemble à une ruche bourdonnante d'activité, mais pour l'instant c'était le silence absolu.

— Combien de ces fichues cellules va-t-il falloir explorer? demanda Tsiao Taï, que l'étrange atmosphère impressionnait désagréablement.

— Deux cents, peut-être, répondit Tao Gan. Mais rendons-nous compte d'abord de la topographie générale.

Ils déambulèrent le long de l'allée, lisant au passage les numéros tracés sur la porte des cellules. Bientôt le hall des examinateurs se dressa devant eux. Faisant halte, Tao Gan désigna du doigt le vaste bâtiment d'un étage.

— Voilà un endroit préférable aux petites cellules pour se cacher, déclara-t-il. A l'intérieur, chaises, tables et divans ne doivent pas manquer.

Tsiao Taï ne répondit pas, ses yeux rivés sur la saillie d'un balcon, à droite du premier étage.

— Parle bas, dit-il à mi-voix. J'ai vu quelque chose remuer là-haut.

Les deux hommes fouillèrent du regard le treillis de bois au dessin compliqué derrière lequel on devinait une fenêtre, mais rien ne bougea.

Ils coururent sans bruit se plaquer contre la porte, rendus invisibles par l'avant-toit. Tao Gan sentit que le battant cédait sous sa poussée. Il entra.

— Je vais allumer ma lanterne, murmura Tsiao Taï en le suivant. L'aveugle ne verra pas sa lumière, mais souvenons-nous qu'elle a l'oreille fine.

Le grand hall était de forme octogonale. Une estrade se dressait contre le mur du fond : c'est là que se tenait le président pour proclamer le résultat des examens. Sur un panneau de laque rouge accroché au-dessus on pouvait lire : « En dépit du courant, la Porte de Jade est atteinte. » Cela signifiait que pour réussir l'étudiant devait rivaliser de force et de persévérance avec la carpe remontant chaque année le cours du fleuve. De part et d'autre de l'estrade s'amorçait une volée de marches. Les lieutenants du juge Ti gravirent celles de droite, calculant qu'elles les mèneraient au balcon, mais le premier étage ne correspondait pas au dessin du rez-de-chaussée et la salle dans laquelle ils arrivèrent était percée de huit portes.

Tao Gan s'orienta, puis, tirant son camarade par la manche, il franchit la seconde sur sa droite. Un petit couloir les conduisit dans une pièce poussiéreuse. Rebroussant chemin, ils essayèrent la porte suivante et débouchèrent sur une plate-forme ouverte des trois côtés. A environ quinze pieds sur la droite, Tao Gan vit le balcon, objet de leurs recherches. Installée devant une table, une jeune femme dont il distingua vaguement la silhouette semblait lire.

— C'est elle, murmura-t-il dans l'oreille de son compagnon. Je reconnais son profil.

Tsiao Taï lui désigna la rangée de cellules au-dessous d'eux en disant d'une voix rauque :

— Une petite forme noire vient de passer à

gauche. Elle n'avait pas de jambes, seulement de longs bras semblables à des pattes d'araignée. Tiens... en voilà une autre. Là... elle disparaît dans l'ombre. Ce ne sont pas des êtres humains, je t'assure !

— C'est un tour que nous joue la lune, répliqua Tao Gan. Occupons-nous de la jeune femme, elle appartient bien à l'humanité, elle !

Tandis qu'il reprenait sa marche un craquement déchira le silence : sa robe venait de s'accrocher aux branches épineuses d'un rosier en pot.

Sans perdre de temps, il se dégagea et suivit son camarade. De retour dans la pièce circulaire ils prêtèrent un instant l'oreille. Ne percevant aucun bruit, ils coururent vers la porte suivante. Elle desservait une petite salle remplie de livres. Jurant tant et plus, ils passèrent par la cinquième porte et atteignirent enfin le balcon. La jeune femme n'était plus là.

Tsiao Taï se précipita vers l'escalier, qu'il descendit quatre à quatre dans l'espoir de rattraper la fugitive. Tao Gan examina l'endroit où il se trouvait. Il vit une couchette de bambou avec sa couverture soigneusement pliée et, sur la table, une minuscule cage en filigrane d'argent. Dès qu'il la prit dans sa main un grillon se mit à chanter. Il la reposa et deux grandes feuilles de papier attirèrent son attention. Les emportant près de la fenêtre, il reconnut les plans de deux sections de la ville. L'un représentait l'estuaire de la rivière des Perles, l'autre le quartier arabe. Sur ce dernier l'Auberge des

Cinq Immortels où logeait Tsiao Taï était marquée d'une croix rouge.

Il fourra ces documents dans sa manche avec la cage et se dirigea vers la salle circulaire. Haletant, son camarade arrivait en haut des marches.

— Elle nous a échappé, murmura-t-il. Une petite porte est entrouverte au fond du terrain. Comment une aveugle a-t-elle pu fuir si rapidement ?

— Comment une aveugle peut-elle déchiffrer des plans ? répliqua Tao Gan en lui montrant les deux cartes.

— S'il est trop tard pour mettre la main sur Lan-li, faisons du moins le tour des bâtiments, dit Tsiao Taï. J'aimerais en avoir le cœur net au sujet des curieuses créatures de tout à l'heure... ne serait-ce que pour savoir si ce ne sont pas mes yeux à moi qui auraient besoin d'être soignés !

Ils redescendirent et longèrent les cellules de droite, ouvrant de temps à autre une porte sans trouver autre chose que la chaise et le pupitre réglementaires. Soudain, un cri étouffé parvint à leurs oreilles.

— Cela vient de l'autre rangée, s'écria Tsiao Taï. Suivi de son camarade, il courut vers une porte entrebâillée. Au moment où il la poussait, une écharpe de soie s'enroula autour de son cou.

D'instinct, il pressa le menton contre sa poitrine, durcissant les muscles du cou, tandis qu'il se jetait en avant sur les mains pour un

216

saut périlleux. Cette classique riposte à la tentative d'étranglement le fit retomber sur son agresseur qui n'avait pas eu le temps de le lâcher. Les os de l'homme craquèrent sous son poids... le nœud de soie mollit autour de sa gorge et il put respirer librement.

Vite relevé, il arracha le morceau d'étoffe. A ce moment un autre petit homme bondit hors de la cellule située derrière lui. N'ayant pas réussi à le retenir, Tsiao Taï s'apprêtait à le poursuivre quand une brusque secousse l'arrêta net. Pendant qu'il dégageait son bras du fil poissé qui l'enserrait, la silhouette sombre disparut.

— Excuse-moi, dit Tao Gan confus de sa maladresse. Je voulais lui lancer mon nœud coulant autour du cou !

— Tu manques d'entraînement, maugréa Tsiao Taï. Ce maudit chien nous a échappé.

Il tâta la pièce d'argent nouée dans le coin de l'écharpe qu'il tenait toujours à la main, puis fourra l'étoffe soyeuse dans sa manche.

Une forme mince sortit alors de la cellule. Il sentit deux bras l'enlacer tandis qu'une petite tête se pressait contre sa poitrine. Au même instant, une seconde forme juvénile émergea de l'autre cellule, maintenant à grand-peine autour de ses hanches les lambeaux d'un pantalon déchiré.

— Dieu tout-puissant ! s'écria Tsiao Taï. Les damnées jumelles !

Donyazade desserra son étreinte. La lanterne tenue par Tao Gan éclaira le visage défait et le torse nu des jeunes filles, marbré de contusions et zébré d'égratignures.

— Ces démons ont voulu nous violer ! sanglota-t-elle.

— Et chacune de son côté, je parie, remarqua Tsiao Taï avec un demi-sourire. Cela n'aurait même pas constitué un *souvenir partagé* ! Allons, petites horreurs, que faites-vous ici ?

Avec un regard venimeux vers sa sœur, Dananir expliqua :

— C'est sa faute... elle m'a lancé un défi ! Le capitaine n'est pas venu souper ce soir, aussi sommes-nous sorties prendre un bol de nouilles au-dehors. En traversant le marché, Donyazade m'a dit qu'il y avait des fantômes dans le Pavillon des Examens Littéraires.

— Non, ai-je répondu. Je te parie que tu n'oserais pas y entrer à cette heure-ci, a-t-elle répliqué. Je l'ai prise au mot, et nous sommes passées devant la loge du gardien sans être vues. Nous commencions à avoir la chair de poule quant tout à coup ces horribles petits hommes sont apparus et nous ont donné la chasse. Nous avons voulu nous réfugier dans une cellule, mais ils en forcèrent la porte. L'un d'eux entraîna ma sœur dans le réduit voisin tandis que l'autre me poussait contre la table en déchirant mon pantalon.

Serrant sur son corps les restes de ce vêtement elle ajouta d'un ton satisfait :

— Quand j'ai vu ses lèvres approcher des miennes, je lui ai fourré mon pouce dans l'œil gauche !

218

— Ils marmonnaient je ne sais quoi dans un langage incompréhensible, gémit Donyazade. Ils n'appartiennent sûrement pas à la race humaine.

— En tout cas, celui-ci n'avait pas le dos plus solide qu'un homme ordinaire, remarqua Tao Gan en examinant le corps étendu sur le sol. A son tour, Tsiao Taï se pencha sur le mort. A la vue des pommettes saillantes, du nez aplati et du front ridé, il s'écria :

— Ce sont des Tankas ! Ils avaient retrouvé la piste de l'aveugle et venaient l'étrangler. Heureusement, leur intermède libertin les a empêchés de le faire. A présent, il ne nous reste plus qu'à reconduire chez elles ces intrépides jeunes personnes !

Les jumelles allèrent s'enfermer dans la cellule et en ressortirent peu après suffisamment présentables, pantalon rafistolé et torse caché par une veste. Douces comme des agneaux, elles suivirent les deux hommes.

Devant la loge du gardien, Tsiao Taï dut frapper à plusieurs reprises avant qu'un visage ensommeillé se montrât. Le colonel de la Garde déclina ses nom et qualité, puis ajouta :

— Verrouillez la porte derrière nous et attendez les sbires qui viendront chercher un cadavre. Pas le vôtre, rassurez-vous !

Quelques minutes plus tard la petite troupe se présentait chez le capitaine Ni.

A la vue des jumelles, celui-ci s'écria d'un ton soulagé :

— Les Dieux soient bénis! Mais quelles bêtises avez-vous faites, vous deux?

Elles se précipitèrent dans ses bras, parlant avec volubilité dans une langue que Tsiao Taï supposa être du persan.

— Envoyez-les au lit, capitaine! dit-il. Elles ont été tout près de perdre ce qu'elles considèrent sans doute comme leur bien le plus précieux. A votre place, je m'arrangerais personnellement pour qu'elles n'aient plus rien à craindre de ce côté-là.

— Ce n'est pas une mauvaise idée! répondit le capitaine en regardant les jeunes filles avec un sourire attendri.

— Bonne chance, alors! Mais pour l'amour du Ciel, ne les laissez pas abuser de leurs nouveaux pouvoirs. Mon plus vieil ami — mon frère de sang pour tout dire — a épousé lui aussi deux jumelles. Avant son mariage c'était un excellent boxeur qui n'avait pas son pareil avec les filles et les cruches de vin. Et savez-vous ce qu'il lui est arrivé? Dis-le au capitaine, Tao Gan.

Tao Gan pinça les lèvres et secoua tristement la tête.

— Que lui est-il donc arrivé? demanda Monsieur Ni avec inquiétude.

— Il n'est plus lui-même, laissa tomber Tsiao Taï d'un ton lugubre. « Au revoir! »

XIX

Le message de la capitale arrive enfin ;
le juge Ti rédige une proclamation.

Assis derrière son bureau, le juge Ti prenait des notes à la lueur de deux énormes candélabres d'argent quand ses lieutenants se présentèrent. Voyant le désordre de leurs vêtements, il posa son pinceau et demanda :

— Que vous est-il arrivé ?

Tsiao Taï et Tao Gan se laissèrent tomber sur des sièges et firent le récit des événements survenus au Pavillon des Examens Littéraires. Le juge abattit son poing sur la table avec colère.

— Étrangleurs tankas ou assassins arabes, cette sinistre engeance circule librement dans la ville ! Que font donc les hommes du gouverneur ?

Se maîtrisant, il dit d'un ton plus calme :

— Montre-moi ces plans, Tao Gan. »

Celui-ci tira la petite cage de sa manche et la posa doucement sur le bord de la table, puis il sortit les plans, qu'il déroula devant le juge. Le grillon fit entendre sa stridulation aiguë.

Le juge jeta un regard noir à la bestiole, puis

se mit à étudier les feuillets en caressant ses favoris.

— Ces plans sont anciens, remarqua-t-il. Celui du quartier arabe remonte à trente ans, époque où leurs vaisseaux commencèrent à venir régulièrement ici. Mais autant que j'en puisse juger ils sont très exacts. La croix rouge sous l'auberge où est descendu Tsiao Taï a été tracée récemment. Cette fille n'est pas plus aveugle que vous ou moi ! Ne pourrais-tu réduire ce bruyant insecte au silence, Tao Gan ?

Tao Gan remit la petite cage dans sa manche et demanda :

— Les hommes qui ont filé Yao Tai-kai sont-ils de retour, Noble Juge ?

— Non. Le message de la capitale n'est pas arrivé non plus. Et il est près de minuit !

Tao Gan alla chercher du thé frais. Les trois hommes achevaient d'en boire une tasse quand le majordome parut avec un maigre personnage vêtu d'une simple robe bleue. Malgré une moustache déjà grise, sa façon de tenir ses larges épaules avait quelque chose de martial. Lorsque le majordome eut disparu, il commença son rapport :

— Monsieur Yao est rentré droit chez lui et a dîné seul dans le petit pavillon du jardin. Il s'est rendu ensuite dans l'appartement de ses femmes. Les servantes nous ont dit que leur maître s'était emporté contre ses épouses, auxquelles il reprocha de n'être bonnes à rien. Déclarant Madame Première responsable de leur mauvais esprit, il ordonna aux soubrettes

222

de maintenir baissé le pantalon de leur maîtresse pendant qu'il lui administrait lui-même une sévère correction. Il fit venir ensuite ses six concubines et annonça que l'argent de leurs menus plaisirs serait réduit de moitié. Pour finir, il s'enferma dans sa bibliothèque et — sauf le respect que je dois à Votre Excellence — se saoula à mort. Quand l'intendant m'eut informé que son maître dormait profondément, je décidai de venir faire mon rapport à Votre Excellence.

— A-t-on des nouvelles de Mansour ?

— Aucune, Votre Excellence. Il a dû se réfugier hors de la ville car nous avons passé le quartier arabe au crible et les sbires ont visité tous les hôtels borgnes.

— Très bien. Vous pouvez vous retirer.

Quand l'agent spécial fut sorti Tsiao Taï s'écria :

— Quel ignoble individu, ce Yao !

— Ce n'est pas un plaisant personnage, concéda le juge Ti. Et apparemment, il a prévu que je le ferais suivre.

Il lissa ses favoris et demanda soudain à Tsiao Taï :

— Il n'est rien arrivé de fâcheux aux deux petites esclaves du capitaine Ni, j'espère ?

— Oh non, Noble Juge, elles en ont été quittes pour la peur ! Mais, sauf erreur de ma part, elles ne sont plus esclaves. Ni demoiselles. La mort de la femme qu'il aimait depuis si longtemps a été un choc pour le capitaine... mais aussi une libération. Il s'est rendu compte que les jumelles étaient devenues trop grandes pour inspirer des sentiments uniquement paternels, et j'ai l'impression qu'il oublie pour l'instant ses spéculations mystiques en leur compagnie. Comme ces petites effrontées ne désiraient pas autre chose, tout est pour le mieux.

Tao Gan regardait le magistrat avec curiosité.

— Ces jeunes filles seraient-elles mêlées à la mort du censeur, Noble Juge ? demanda-t-il.

— Pas de façon directe.

— Même indirectement, je ne vois pas..., commença Tsiao Taï, mais la porte s'ouvrit et le juge lui fit signe de se taire. Le majordome parut, suivi de deux officiers en tenue de campagne. Des heaumes pointus et des cottes de mailles à bordure de cuivre jaune indiquaient leur grade de capitaine dans la police militaire. Après avoir salué le magistrat dans la police militaire. Après avoir salué le magistrat d'un geste raide, le plus âgé sortit de sa botte une épaisse enveloppe recouverte de nombreux cachets. La posant sur la table, il dit avec déférence :

— Le Grand Conseil nous a donné l'ordre d'apporter cette lettre à Votre Excellence par convoi spécial.

Le juge Ti signa un reçu, y apposa l'empreinte de son sceau et, ayant remercié le capitaine, commanda au majordome de s'occuper du logement et de la nourriture de tous les membres de l'escorte.

Dès qu'il fut seul avec ses lieutenants, il

ouvrit l'enveloppe et lut lentement le long message sous leurs regards anxieux.

— Mauvaises nouvelles, dit-il enfin. Très mauvaises. La maladie de Sa Majesté s'aggrave. Les médecins de la Cour craignent que le Grand Départ ne soit imminent. L'Impératrice est à la tête d'une faction puissante qui veut faire d'elle une régente. Les membres du Conseil insistent pour que la disparition du censeur Liou soit annoncée immédiatement. Si quelqu'un n'est pas nommé tout de suite à sa place ils craignent que le groupe fidèle à l'héritier présomptif ne soit battu. Tout délai risquant d'être funeste, on m'ordonne de cesser mes recherches et de regagner la capitale sans tarder.

Il jeta la lettre sur son bureau et se mit à marcher de long en large en agitant ses grandes manches.

Tsiao Taï et Tao Gan échangèrent des regards désolés.

Brusquement, le juge s'immobilisa et dit d'un ton ferme :

— Une seule solution s'offre à nous. La mesure est désespérée, mais le manque de temps la justifie. Rends-toi chez un sculpteur de statues bouddhistes, Tao Gan, et achète-lui une tête d'homme en bois peint. On la clouera ce soir même à la porte du Tribunal, assez haut pour qu'on ne puisse s'apercevoir de la supercherie. Au-dessous sera placardée la proclamation que je vais rédiger.

Sans répondre aux questions de ses lieutenants, il vint se rasseoir devant la table. Impré-

225

gnant d'encre son pinceau, il écrivit un texte court et le lut tout haut :

« *Le président de la Cour Métropolitaine de Justice, en tournée d'inspection dans cette ville, a découvert le cadavre d'un important fonctionnaire dont la tête avait été mise à prix pour haute trahison. Le cadavre vient d'être écartelé, et sa tête sera exposée durant trois jours comme le prescrit la loi. L'autopsie ayant révélé que la mort de ce méprisable traître était due au poison, la personne qui l'administra est priée de se faire connaître au Président Ti, qui lui remettra en récompense cinq cents pièces d'or. Une amnistie pleine et entière lui sera octroyée pour tout crime ou délit commis précédemment, à l'exception de ceux qui encourent la peine capitale.* »

— Le responsable principal du crime ne se laissera pas prendre à ma ruse », expliqua le juge, « mais peut-être n'en sera-t-il pas de même de ses complices. Je pense, par exemple, aux deux individus costumés en sbires qui apportèrent le corps dans le Temple de la Pagode Fleurie. Si la tête est exposée maintenant et la proclamation placardée dans toute la ville, nous pouvons espérer les voir accourir demain à la première heure, avant que leur chef ne les fasse tenir tranquilles. »

Tsiao Taï ne semblait pas convaincu, mais Tao Gan s'écria :

— Vous avez raison, Noble Juge, c'est le seul moyen d'obtenir un résultat immédiat ! La bande doit se composer de douzaines d'hommes pour qui cinq cents pièces d'or représentent une fortune. Ce sera à qui arrivera le premier pour toucher la récompense !

— Espérons-le, dit le juge d'un ton las. Je ne vois vraiment pas quoi faire d'autre. A la besogne, mes enfants !

XX

*Tsiao Taï reçoit la confession d'une meurtrière ;
la mort frappe encore une fois.*

Tsiao Taï fut réveillé à l'aube par la voix du
muezzin appelant les fidèles à la prière. Il se
frotta les yeux. La nuit avait été mauvaise et son
dos lui faisait mal. Passant un doigt précaution-
neux sur sa gorge encore gonflée, il murmura :

— Une petite bagarre et un coucher tardif ne
comptent pas pour un gaillard de quarante-cinq
ans, vieux frère !

Il sauta de son lit nu comme il était et alla
ouvrir les volets. Portant ensuite à ses lèvres le
bec de la théière au chaud dans son panier
ouatiné, il aspira une grande gorgée de liquide,
se gargarisa, et recracha la thé tiède. Après
quoi il revint s'allonger sur sa couche, poussa un
grognement et décida de s'accorder un petit
somme supplémentaire avant de prendre le
chemin du Palais.

Au moment précis où il commençait à s'as-
soupir un coup fut frappé à la porte.

— Allez-vous-en ! cria-t-il.

— C'est moi, ouvre vite !

Reconnaissant la voix de Zoumouroud, il

bondit de nouveau à bas de sa couche, enfila rapidement un pantalon, et alla tirer le verrou.

La danseuse se précipita dans la pièce. Elle était enveloppée d'un long manteau bleu à capuchon. Ses yeux brillaient d'un éclat extraordinaire et il la trouva plus belle encore que la veille. Il avança vers elle l'unique siège de la chambre et s'assit sur le bord du lit.

— Une tasse de thé ? demanda-t-il.

Elle secoua la tête et repoussa la chaise d'un coup de pied.

— Mes ennuis sont finis ! s'écria-t-elle. Tu n'as plus besoin de m'emmener à Tch'ang-ngan. Conduis-moi seulement auprès de ton chef. Tout de suite !

— Le juge Ti ? Pourquoi ?

— Pour qu'il me donne beaucoup d'argent ! Les pêcheurs viennent d'annoncer la nouvelle à ceux de mon bateau. Ils ont vu la proclamation sur la porte du bâtiment des douanes. J'ignorais que le censeur fût mêlé à un complot, je croyais qu'il était revenu à Canton uniquement pour moi. Mais à présent cela n'a plus d'importance. Ce qui en a, c'est que je peux réclamer la récompense car c'est moi qui l'ai empoisonné.

— Toi ? Comment...

— Je vais t'expliquer, l'interrompit-elle. Comme cela tu comprendras que tu dois me conduire tout de suite auprès de ton chef. Et lui dire un petit mot en ma faveur !

Elle laissa tomber négligemment son manteau sur le sol. Le fourreau de soie transparente

230

qu'elle portait dessous ne cachait aucun détail de sa charmante anatomie.

— Il y a environ six semaines, reprit-elle, j'ai passé la nuit avec mon protecteur dans sa maison proche du temple. Lorsque je le quittai, il me dit : « Arrête-toi donc à la Pagode Fleurie. On y célèbre une fête et tu pourras prier un peu pour moi. » Bonne fille, j'obéis, brûlant même un bâtonnet d'encens devant la grande statue de Kouang-yin la Miséricordieuse. Soudain, je vis qu'un homme placé non loin de moi me regardait. Il était grand et beau et, malgré des vêtements très ordinaires, donnait l'impression d'autorité. Il me demanda pourquoi moi, une Arabe, je priais cette déesse chinoise. Je répondis qu'une fille dans mon genre avait besoin de la protection de toutes les déesses possibles. Cela le fit rire, et la conversation s'engagea. Je sentis tout de suite qu'il était l'homme de ma vie. Et puis il me traitait en vraie dame ! Je tombai amoureuse sur-le-champ, comme une simple gamine. Me rendant compte que je ne lui déplaisais pas, je l'invitai à venir prendre une tasse de thé. La maison de mon protecteur se trouve derrière le temple, et je la savais vide à ce moment. La suite est facile à imaginer. Pendant que nous reprenions notre souffle, il me dit : « Tu es la première femme avec qui je couche... et je ne regrette pas de t'avoir attendue ! » Il ajouta beaucoup d'autres choses plus gentilles les unes que les autres et finit par me confier qu'il était censeur impérial. Quand je lui eus expliqué ma position il promit de m'obtenir la citoyenneté chinoise et de dédommager mon protecteur. Il était à Canton pour quelques jours seulement, mais m'assura qu'il reviendrait sous peu et m'emmènerait dans la capitale.

Souriant à ce souvenir, elle poursuivit :

— Les journées et les nuits passées entre ses bras furent les plus heureuses de ma vie ! Moi qui ai couché avec je ne sais combien d'hommes je me sentais comme une fillette à son premier amour. Il me rendait si folle que la jalousie me mordit au cœur quand le moment du départ approcha. Telle une insensée, je détruisis alors mon bonheur de mes propres mains !

Elle s'arrêta pour s'essuyer le front avec sa manche, puis, attrapant la théière, elle en mit le bec entre ses lèvres et but à longs traits.

— Nous autres gens de la rivière, reprit-elle, nous savons préparer toutes sortes de drogues, depuis les potions bénéfiques et les philtres d'amour jusqu'aux poisons les plus dangereux. Les femmes de la tribu s'en transmettent les recettes de génération en génération. Il y a en particulier un certain poison que les filles donnent à leurs amoureux quand ceux-ci partent en voyage et qu'elles ne sont pas sûres de les voir revenir. Si le garçon se montre fidèle on lui fait boire un antidote à son retour sans qu'il s'en aperçoive, et il ne se doute de rien. Je demandai au censeur combien de temps il serait absent. Deux semaines au plus, répondit-il. Au cours de la rencontre précédant son départ, je versai dans son thé une dose inoffensive à condition de prendre le contrepoison avant une vingtaine de jours. De cette façon, s'il m'avait trompée et ne revenait pas, il paierait de sa vie sa trahison. Deux semaines s'écoulèrent, puis une autre commença. Celle-ci fut horrible. Je mangeai à peine, et mes nuits... A l'aube du cinquième jour je le vis arriver sur mon bateau. Une affaire urgente l'avait retenu dans la capitale plus longtemps qu'il ne l'escomptait. De retour à Canton, incognito et accompagné seulement du docteur Sou, il avait dû rencontrer certains Arabes de sa connaissance avant de venir me trouver. Il ajouta aussi qu'il avait hésité à m'imposer sa présence parce qu'il ne se sentait pas bien, mais, son mal s'aggravant, il venait tout de même dans l'espoir que ma vue le guérirait. Je souffris le martyre car j'avais caché l'antidote dans la petite maison et ne pouvais donc rien faire pour l'instant. Je le persuadai de m'accompagner là-bas, mais à peine arrivions-nous qu'il s'évanouit. Je fis couler le contrepoison dans sa gorge. Ce fut inutile... une demi-heure plus tard il était mort.

Muet de stupeur, Tsiao Taï ne pouvait détacher son regard de la jeune femme. Elle se mordilla un instant les lèvres, puis reprit :

— Personne près de moi ne pouvait m'aider car mon protecteur ne voulait pas même d'une servante dans cette maison. Je courus à sa résidence et lui expliquai la situation. Il se contenta de sourire et répondit qu'il s'occuperait de tout. J'étais complètement à sa merci, moi misérable paria qui avais tué un censeur impérial. S'il me dénonçait, je serais écartelée vive ! Je lui dis que le docteur Sou s'inquiéterait certainement de ne pas voir son ami rentrer le soir. Il voulut savoir si celui-ci était au courant de mes relations avec le censeur. Sur ma réponse négative, il déclara qu'il s'arrangerait pour m'éviter tout ennui.

Elle reprit haleine et, coulant un regard de côté à Tsiao Taï, continua :

— Si tu m'avais emmenée à Tch'ang-ngan, mon protecteur se serait probablement tu. Il n'a aucune influence dans la capitale, et toi tu es colonel de la Garde. Mais à présent je ne crains plus rien, ton chef vient d'annoncer que le censeur était un traître, si bien qu'au lieu d'avoir commis un crime j'ai rendu un grand service à l'Empire. J'offrirai au président Ti la moitié de l'or pour qu'il m'obtienne la citoyenneté chinoise et me trouve une jolie maison dans la capitale. Habille-toi et mène-moi vite auprès de lui !

Plein de désespoir, Tsiao Taï regarda la belle créature qui venait de prononcer son arrêt de mort. Voyant son corps splendide se détacher sur le ciel rouge de l'aube, il imagina la scène qui allait se dérouler sur l'échafaud. Il vit avec une horrible précision la lame du bourreau s'enfoncer dans ces membres parfaits avant que les quatre buffles...

Un frisson le secoua. Debout devant la danseuse qui débordait d'une joie triomphante il chercha frénétiquement le moyen de la sauver.

Soudain, elle poussa un léger cri et tomba

dans ses bras, lui faisant presque perdre l'équilibre. Il la prit par la taille, mais au moment où il se penchait pour baiser ses lèvres rouges, il vit le regard de la jeune femme devenir vitreux tandis que du sang paraissait au coin de sa bouche. Au même instant, il sentit des gouttes tièdes tomber sur ses mains ; remontant le long du dos de la danseuse, elles rencontrèrent la tige d'un court javelot.

Hébété, il demeura quelques secondes immobile, les seins ronds de sa maîtresse d'un jour appuyés sur sa poitrine, ses cuisses chaudes contre les siennes. Le cœur de la mourante battit à grands coups comme il l'avait fait la veille pendant leurs ébats amoureux, puis s'arrêta complètement.

Tsiao Taï porta la danseuse sur le lit et retira l'arme de son dos. D'un geste maternel, il épongea la sueur et le sang sur le visage de la morte avant de lui fermer les yeux. Le cerveau engourdi, il laissa son regard errer sur les terrasses des maisons arabes. Debout devant la fenêtre, Zoumouroud avait constitué une cible idéale pour un lanceur de javelot expérimenté.

Brusquement, Tsiao Taï eut conscience de se trouver près du cadavre de la seule femme qu'il eût jamais aimée. Se laissant tomber à genoux, il cacha son visage dans la longue chevelure brune tandis que des sanglots silencieux secouaient sa puissante carcasse.

Après être demeuré ainsi un long moment il se releva. Prenant le manteau bleu de la danseuse il en recouvrit pieusement son corps.

— Pour toi comme pour moi, l'amour se confond avec la mort, murmura-t-il. Je l'ai compris à notre première rencontre quand j'eus la vision d'un champ de carnage d'où montait l'odeur chaude du sang...

Il admira une dernière fois la belle forme immobile, ferma derrière lui la porte à clef et descendit. Il gagna le palais à pied, traversant des rues presque désertes à cette heure matinale.

Le majordome l'informa que le juge Ti était encore couché. Tsiao Taï monta au premier étage et s'assit sur une banquette de l'antichambre. Le magistrat l'avait entendu. Nu-tête et en vêtements de nuit, il parut tenant encore le peigne avec lequel il démêlait sa barbe. Voyant la mine défaite de son lieutenant, il demanda :

— Au nom du Ciel, Tsiao Taï, que t'est-il arrivé ? Non, reste assis... tu n'as pas l'air bien.

Il prit place sur l'autre banquette pour écouter son assistant lui raconter l'histoire de Zoumouroud. Lorsqu'il eut terminé, Tsiao Taï regarda le magistrat bien en face et ajouta :

— J'ai réfléchi à tout cela en venant ici, Noble Juge. Elle et moi étions perdus quoi qu'il pût arriver. Si l'assassin ne l'avait pas tuée, c'est moi qui l'aurais fait. Sa vie pour celle du censeur. Elle eût parfaitement compris mon geste : une mort en appelle une autre, ce principe était dans son sang comme il est dans le mien. Ensuite... je me serais tué à mon tour. Je vis encore, Noble Juge, mais dès que la présente affaire sera terminée, je vous demanderai de me délier de mon serment de fidélité. Je désire rejoindre nos soldats du nord et combattre avec eux les Tartares.

Il y eut un long silence, puis le juge dit doucement :

— Je n'ai jamais rencontré cette femme, mais je comprends. Elle est morte heureuse parce qu'elle s'imaginait que le rêve unique de sa vie allait se réaliser. Mais elle était morte bien avant cet instant car elle n'avait plus que ce rêve et il les faut très nombreux pour nous retenir sur la terre.

Il défripa sa robe d'un air songeur, puis dit à Tsiao Taï :

— Je sais exactement ce que tu peux ressentir. Il y a quatre ans semblable chose m'est arrivée à Peitcheou (1). Et la malheureuse avait sauvé à la fois ma vie et ma carrière.

— Fut-elle exécutée, Noble Juge ?

— Non. Elle voulut m'épargner la douleur de prononcer sa condamnation et se suicida. Je fus sur le point de tout abandonner et de fuir moi aussi un monde qui me semblait gris et dépourvu d'intérêt. » Le juge se tut et, posant sa main sur le bras de son lieutenant, il conclut : « Personne ne peut t'aider ni te donner de conseils. Tu dois décider seul de la conduite à tenir, mais quelle que soit ta décision tu conserveras toujours mon estime et mon amitié.

Il se leva, ajoutant avec un pauvre sourire :

---

(1) L'histoire est racontée dans *l'Enigme du clou chinois* (coll. 10/18, n° 1723).

— A présent, il faut que je finisse ma toilette, je ne sais de quoi j'ai l'air ! Fais-toi accompagner des quatre agents spéciaux et va arrêter la servante qui surveillait Zoumouroud pour le compte de son protecteur. Il faut absolument apprendre le nom de ce dernier. Interroge aussi l'équipage du bateau-de-fleurs. Ensuite retourne à ton auberge avec une douzaine de sbires, fais transporter le corps ici, et prends les mesures habituelles pour la recherche du meurtrier.

XXI

Le juge Ti dresse la liste des suspects ;
le vol d'un cadavre lui fait entrevoir la vérité.

Le juge venait de s'asseoir devant son petit déjeuner quand Tao Gan se présenta. Dès qu'il l'eut salué, son lieutenant demanda si quelqu'un était venu réclamer la récompense. Sans répondre, le magistrat lui fit signe de prendre un siège et termina son gruau de riz. Posant les baguettes, il se renversa ensuite dans son fauteuil et lui dit le résultat inattendu de la proclamation.

— Ainsi, c'est une amourette qui a ramené le censeur à Canton ! s'écria Tao Gan.

— En partie. Son intention était aussi de démasquer Mansour car il a dit nettement à Zoumouroud qu'il avait rendez-vous avec des Arabes.

— Mais pourquoi a-t-il tout gardé pour lui, Noble Juge ? Pourquoi n'avoir pas mis le Grand Conseil au courant à l'issue de son premier voyage ?

— Il ne connaissait peut-être pas les femmes, Tao Gan, mais il savait fort bien ce qui peut se manigancer dans les antichambres royales. Il soupçonnait ses ennemis de la Cour d'être à la base du complot, et des créatures à leur solde les informaient probablement de tout ce qui se passait au Grand Conseil. Il ne pouvait donc se confier à personne avant d'avoir des preuves concrètes ; c'est pour les obtenir qu'il revint incognito ici... où il fut tué par la malheureuse qui l'aimait !

— Comment un homme de goût comme le censeur a-t-il pu s'amouracher d'une vulgaire danseuse arabe, Noble Juge ?

— Elle différait beaucoup des élégantes Chinoises qu'il rencontrait à Tch'ang-ngan. C'est probablement la première femme de cette nation qu'il ait vue car, à la différence de Canton, peu d'Arabes sont visibles dans la capitale... et tous sont du sexe masculin ! Je suppose que la chose lui plut d'abord pour sa nouveauté. Ensuite, le charme violemment sensuel de Zoumouroud exacerba chez lui des désirs trop longtemps refoulés. Dans ce cas, la race, le rang social ou l'éducation ne comptent guère. Tsiao Taï appréciait aussi cette danseuse ; ne parle pas d'elle devant lui, sa mort l'a vivement touché.

Tao Gan inclina la tête d'un air entendu.

— Frère Tsiao n'a jamais eu de chance dans ses amours, remarqua-t-il. Selon vous, Noble Juge, qui est l'assassin ?

— Tsiao Taï pense que c'est Mansour. L'Arabe était amoureux de Zoumouroud, et quand elle fut présentée à notre ami après le dîner où il l'a connue, elle manifesta son intérêt pour lui d'une manière qui déplut à leur hôte. Il

240

peut avoir suivi la danseuse jusqu'à l'Auberge des Cinq Immortels et s'être posté sur la terrasse de la maison voisine pour les surveiller. Les voyant se parler de près en tenue légère, il a cru assister à un rendez-vous galant et, fou de jalousie, a lancé son javelot. L'histoire est plausible, bien sûr, mais peu convaincante. Quoi qu'il en soit, cette tragédie est secondaire. L'important, c'est de savoir qui était le protecteur de Zoumouroud. Il a fait tout son possible pour cacher la mort du censeur après avoir tenté de le compromettre dans le complot arabe et il est responsable de l'assassinat du docteur Sou et de Madame Pao. Notre devoir est de mener à bonne fin la besogne commencée par le censeur. Puisque les traîtres de la Cour utilisent le protecteur de la danseuse, c'est celui-ci qui nous révélera leur identité. Nous ne pouvions pas empêcher le meurtre de Liou, mais il faut faire en sorte que ses ennemis n'en tirent pas avantage ; les tristes nouvelles contenues dans le message du Grand Conseil nous montrent qu'ils s'y emploient déjà, aussi faut-il démasquer notre homme aujourd'hui même. Mes agents interrogent en ce moment la servante de Zoumouroud et l'équipage du bateau-de-fleurs, mais je n'attends pas grand-chose de ce côté.

— Alors, qu'allons-nous faire, Noble Juge ?

— Après le départ de Tsiao Taï, j'ai récapitulé dans mon esprit les événements de ces deux derniers jours. J'ai arrangé les faits connus en un ordre plus ou moins logique pour me permettre d'en dégager une hypothèse de travail.

Me basant sur elle, je vais entrer immédiatement en campagne. Certains points peuvent nous mettre sur la voie. Prends un pinceau et note-les à mesure que je les énumère car je m'y référerai en t'expliquant mon hypothèse. *Premier point :* Notre homme occupe une position en vue à Canton, sans cela les ennemis du censeur ne l'auraient pas choisi comme agent. *Deuxième point :* Il s'ensuit que son mobile est l'ambition. Comme il risque sa position et même sa vie, on a dû lui promettre en récompense un poste très important. *Troisième point :* Il habite le palais, ou est en rapport avec une personne qui y réside car il suit nos moindres mouvements. *Quatrième point :* Il a des accointances avec les milieux criminels, comme le prouve son emploi de malandrins arabes aussi bien que d'étrangleurs tankas. Ce contact est établi par des intermédiaires, Mansour par exemple. Je reviendrai plus tard là-dessus. *Cinquième point :* Il a une raison spéciale d'éliminer Tsiao Taï, et doit haïr le capitaine Ni puisqu'il a voulu faire accuser celui-ci du meurtre (manqué heureusement) de notre ami. *Sixième point :* Il est amateur de grillons. *Septième point :* Il est en relations étroites avec l'aveugle, ce qui ne l'empêche pas d'avoir essayé de la tuer à deux reprises. Elle, de son côté, tente de nous aider de façon indirecte sans se résoudre à le dénoncer ouvertement. Serait-elle sa fille ? Ou bien sa maîtresse ? *Huitième point :* Il paraît être l'amant et le protecteur de Zoumouroud. As-tu bien tout noté ?

242

— Oui, Noble Juge.

Tao Gan relut ce qu'il venait d'écrire et proposa :

— Ne pourrions-nous ajouter qu'il n'a pas de fonctions officielles ? Zoumouroud a dit clairement à Tsiao Taï que son protecteur, quoique fort riche, n'était pas en mesure de lui faire obtenir la citoyenneté chinoise.

— Cela ne signifie rien. Cet homme a fait sa connaissance au cours d'une visite au bateau-de-fleurs où elle travaillait et ne lui a jamais révélé son identité réelle. Il n'y avait aucun risque qu'elle la découvrît, car les danseuses arabes ne sont pas invitées aux réceptions données par les Chinois. Par conséquent, elle ne le rencontrait jamais en public.

Tao Gan acquiesça, et le juge poursuivit :

— Le gouvernement Weng vient en tête de la liste des suspects. Selon toute apparence, c'est un fonctionnaire loyal, diligent, un brin tâtillon, mais il nous joue peut-être la comédie. Il a des amis dans la capitale qui ont pu le recommander aux ennemis du censeur. Il répond à mon quatrième point, cela va sans dire. Quant au mobile, cet homme est dévoré d'ambition et on peut lui avoir promis ce poste de gouverneur de la capitale auquel il aspire tant. Son intermédiaire avec le monde arabe est Mansour qu'il a nommé chef de leur communauté.

— Mais, Noble Juge, s'écria Tao Gan, comment le gouverneur pourrait-il permettre le pillage de Canton ? Un pareil malheur briserait sa carrière, quels que soient ses protecteurs à la Cour !

— Son intention n'est pas d'aller jusque-là. Il n'a mis ce complot sur pied que pour perdre le censeur. Ce but atteint, Mansour devait être éliminé à son tour. Si Monsieur Weng est notre homme, c'est lui qui fait répandre la rumeur d'une sédition arabe, probablement par l'entremise d'un autre de ses agents, un Chinois qui lui sert de contact avec la racaille de la ville. L'attaque contre Tsiao Taï s'explique aisément si l'on pense à la visite faite par notre ami à Zoumouroud. Il a traversé les sampans des gens de la rivière pour se rendre sur la jonque, et un espion tanka a dû signaler immédiatement son passage. Le gouverneur a vu en lui un rival possible dans le cœur de la danseuse. En même temps, il a craint de voir Zoumouroud enfreindre la loi « du monde des fleurs et des saules » qui interdit aux courtisanes de parler de leurs clients. Elle pouvait révéler innocemment à Tsiao Taï un détail qui ferait deviner à celui-ci l'identité de son protecteur. Quant à la haine du gouverneur pour le capitaine Ni, j'ai une petite théorie qui l'expliquerait. Elle est facile à vérifier, mais je préfère ne pas m'en occuper pour l'instant. En ce qui concerne le point six, la réponse est oui. Nous savons en effet que le gouverneur s'intéresse aux grillons. Point sept : je t'ai déjà dit ma raison de croire qu'il s'intéresse aussi à l'aveugle. Question : celle-ci serait-elle sa fille illégitime ? Nous arrivons au point huitième et dernier : Monsieur Weng peut-il être l'amant secret de Zoumouroud ? Sa vie familiale semble sans reproche, mais l'attrait de la nouveauté pourrait avoir joué pour lui comme ce fut le cas pour le censeur. Je ne pense pas qu'il éprouve d'aversion pour les femmes étrangères. Le fait que la danseuse fût une paria ne le dérangerait pas non plus puisqu'il est né dans le nord et ne partage pas à l'égard de cette classe l'aversion des Cantonais. Enfin, il semble que le censeur se méfiait de lui.

Tao Gan posa son pinceau.

— Oui, dit-il, sa culpabilité est certaine. Mais comment allons-nous la prouver ?

— Pas si vite ! Notre liste comprend d'autres noms. Que dirais-tu du préfet Pao ? C'est un esprit inquiet. Le gouverneur l'écrase de besogne et il est persuadé que sa femme le trompait avec le capitaine Ni. Déçu, il peut s'être tourné vers Zoumouroud. Il est natif du Chantoung et par conséquent n'a pas de préjugés raciaux. Les allusions méprisantes de la danseuse donnent à penser que son protecteur avait un certain âge. La promesse d'une situation de premier plan dans la capitale ne le laisserait pas insensible : il pourrait ainsi se venger du gouverneur et obtenir pour Zoumouroud la citoyenneté de ses rêves. Fonctionnaire de carrière, il a forcément à Tch'ang-ngan des amis capables de le recommander à la coterie en place. Le troisième point n'offre aucune difficulté : son contact permanent avec nous lui permet de suivre tous nos mouvements. Il ne s'intéresse pas aux grillons, mais son épouse connaissait Lan-li... probablement plus qu'il n'y paraissait. L'aveugle le soupçonne, mais ne le dit pas ouvertement, par amitié pour sa femme. Le préfet déteste évidemment Ni, et aussi Tsiao Taï, ce dernier pour des raisons de même nature que celles invoquées à propos du gouverneur.

Le juge vida sa tasse. Tandis que Tao Gan l'emplissait de nouveau, il reprit :

— Si le préfet est notre homme, ma théorie au sujet de Madame Pao tuée par méprise ne tient plus. Je la remplacerai par la suivante : l'échec des deux assassins arabes dans la maison du capitaine ayant irrité le préfet, il choisit cette fois des étrangers tankas qu'il charge de tuer sa femme et l'amant de celle-ci. Madame Pao est bien étranglée, mais le capitaine arrive en retard au rendez-vous et est ainsi sauvé. Le préfet a reçu un papier pendant notre réunion d'hier. Cette note l'informait peut-être que l'attaque dans la maison du capitaine Ni avait échoué.

— Tout cela impliquerait l'existence d'une organisation secrète particulièrement vaste, dit Tao Gan d'un ton dubitatif.

— Pourquoi pas ? Son poste de préfet lui donne toute facilité dans ce sens. Et il possède l'intelligence, la culture et l'expérience nécessaires pour fomenter un complot, tirer les ficelles, et rester dans l'ombre. Intelligence, culture et expérience se retrouvent aussi chez notre troisième suspect, Liang Fou. Il répond exactement à la description de son protecteur

246

donnée par Zoumouroud : un riche citoyen sans fonctions officielles. Prétextant des parties d'échecs avec le père abbé, il pouvait visiter discrètement la petite maison située juste derrière le Temple de la Pagode Fleurie. Mais ces détails sont sans importance, comme tu le verras tout à l'heure. Venons-en au mobile. Liang occupe une position en vue dans la ville et est fort riche, mais il souffre peut-être de se voir simple marchand quand son illustre père a joué un si grand rôle dans la vie de la nation. Né à Canton et parfaitement au courant de ce qui se passe dans la colonie arabe, il lui est facile d'avoir des relations secrètes avec Mansour. Le fait qu'il ait pris la peine d'attirer notre attention sur les menées séditieuses de ce dernier montre qu'il lui réserve le rôle de bouc émissaire, manœuvre déjà étudiée en parlant du gouverneur. Il ne s'intéresse ni aux grillons ni à l'aveugle. Je reviendrai plus tard sur ces deux points. Une objection beaucoup plus importante se présente : il est parfaitement inimaginable que Liang-Fou, Cantonais du meilleur monde et baignant depuis son enfance dans les préjugés locaux, puisse entrer en relation avec une danseuse arabe, celle-ci ayant, de plus, du sang de paria dans les veines. Pour y répondre nous devons supposer, comme dans le cas du gouverneur, que Liang a deux acolytes, l'un était Mansour, l'autre un Chinois : Monsieur Yao Tai-kai. Tout ce qui ne cadre pas quand on pense à Liang s'adapte aisément quand on pense à lui. Pourtant Yao ne peut pas être le grand chef. Il a réussi dans son négoce et est bien connu localement, mais il n'a pas dans la capitale d'amis susceptibles de le mettre en rapport avec la faction des traîtres. De plus, s'il est un homme d'affaires avisé, il ne possède pas l'envergure voulue pour se lancer dans une intrigue politique. Mais c'est un vulgaire débauché, et sa soif de changement peut l'avoir fait vaincre ses préjugés contre les parias. Il correspond assez au portrait du protecteur de Zoumouroud tracé par elle. Il déteste Tsiao Taï à cause du penchant de la danseuse pour ton camarade, et Ni parce que le capitaine rencontre dans son nid d'amour Madame Pao, jolie personne trop bien née pour devenir jamais la maîtresse d'un personnage tel que lui. Il jette son dévolu sur l'aveugle, mais quand il se voit soupçonné par elle, il décide de la faire assassiner. Après la tentative avortée dans sa petite maison, il envoie les étrangleurs tankas aux Pavillons des Examens Littéraires. Seul un homme connaissant bien l'aveugle pouvait savoir qu'elle irait s'y cacher.

Tao Gan enroula pensivement autour de son index les trois longs poils qui poussaient sur sa joue gauche.

— Oui, concéda-t-il, Yao irait très bien dans le rôle du protecteur de Zoumouroud.

— Venons-en à l'attentat de ce matin, continua le juge Ti. Le lanceur de javelot n'est pas Mansour, terré dans une cachette. C'est un Arabe quelconque envoyé par le protecteur de la danseuse qui craignait d'être trahi par elle et s'est vu contraint de la sacrifier. A présent, j'en arrive aux conséquences pratiques de toutes ces réflexions. Les faits connus ne nous permettent de prendre aucune mesure contre le gouverneur le préfet ou Monsieur Liang, car rien ne permet de les impliquer dans les crimes commis. Pour atteindre le criminel, il faut donc s'attaquer à ses principaux complices. Mansour a disparu, mais il n'en est pas de même de Yao. Je vais le faire arrêter immédiatement sous l'inculpation de complicité dans le meurtre de Madame Pao. Nos agents spéciaux l'appréhenderont dans le plus grand secret. Tsiao Taï et toi allez partir pour quelque mission imaginaire afin de détourner l'attention du principal criminel, qui doit épier nos moindres mouvements. Une fois Yao sous clef, je fouillerai sa demeure, et...

La porte s'ouvrit brusquement pour livrer passage à Tsiao Taï.

— Son cadavre a disparu! lança-t-il.

Le juge se redressa sur son siège.

— Disparu? répéta-t-il.

— Oui, Noble Juge. Lorsque nous sommes entrés, elle n'était plus sur le lit. Des traces de sang sur le plancher conduisaient à la fenêtre. C'est par là qu'on a dû l'emporter. Nous avons interrogé les voisins, personne n'a rien vu ni entendu.

— Qu'ont dit sa servante du bateau et les membres de l'équipage? Connaissent-ils le nom de son protecteur?

— Le cadavre de la servante flottait à la surface de la rivière. On l'avait étranglée. Et l'équipage n'a fait qu'entrevoir l'homme qui rendait visite à Zoumouroud. Il venait toujours à la nuit tombée avec un foulard sur le bas du visage. Le salaud… le…

Les mots s'étranglèrent dans sa gorge.

— Nous nageons dans l'absurde, dit le juge en se renversant de nouveau dans son fauteuil.

Tsiao Taï se laissa tomber sur un siège et frotta vigoureusement son visage moite de sueur avec le bout de sa manche. Tao Gan le considéra d'un air pensif, ouvrit la bouche puis, se ravisant, se tourna vers le juge Ti. Le magistrat restant muet, Tao Gan servit une tasse de thé à son camarade. Tsiao Taï but d'un trait et demeura sans bouger, le regard fixe. Il y eut un long silence.

Le juge se leva enfin pour arpenter la pièce, ses sourcils broussailleux froncés.

Tao Gan essayait de lire l'expression de son visage chaque fois que sa promenade l'amenait près de lui, mais le magistrat semblait avoir oublié la présence de ses lieutenants. Il finit par s'arrêter devant une fenêtre et, mains au dos, contempla sans rien dire la cour du Palais embrasée par le soleil. Tao Gan tira la manche de son ami et, à voix basse, lui annonça l'arrestation imminente de Yao. Tsiao Taï hocha la tête d'un air absent.

Brusquement, le juge fit demi-tour.

— Le vol du cadavre est la première erreur du criminel, dit-il. Une erreur fatale pour lui. Je commence à comprendre comment fonctionne son cerveau malade. J'étais sur la bonne voie, mais le point principal m'échappait. A présent, je vois tout ce qui est arrivé ici sous son jour véritable. Je vais confondre cet homme et lui faire dire les noms des traîtres de la capitale !

Fronçant de nouveau les sourcils, il réfléchit un instant et ajouta :

— Il faut encore ruser, c'est un homme résolu, capable de se donner la mort avant de m'avoir révélé le secret dont j'ai un besoin impérieux. Il peut aussi avoir des complices auprès de lui et on ne doit négliger aucune précaution élémentaire. Tao Gan, tu m'accompagnes. Toi, Tsiao Taï, va chercher nos quatre agents spéciaux et le capitaine des gardes !

XXII

*Une partie d'échecs se termine ;
la mort joue et gagne.*

Le chef des porteurs dut frapper un long moment à l'entrée monumentale avant que ne paraisse la silhouette voûtée du vieux major-dome. Le regard de ses yeux larmoyants se posa sur le palanquin avec surprise.

— Veuillez m'annoncer à votre maître, dit le juge Ti de sa voix la plus aimable. Expliquez-lui bien que ma visite sera brève et n'a rien d'officiel.

Le vieillard conduisit le magistrat et Tao Gan dans le second hall et, les ayant fait asseoir sur l'une des grandes banquettes, il s'éloigna en traînant la jambe.

Le juge se perdit dans la contemplation des belles peintures murales tandis que Tao Gan, moins à l'aise, regardait d'un air inquiet tantôt son chef, tantôt la porte.

Le vieux serviteur reparut plus tôt que le magistrat ne s'y attendait.

— Par ici, je vous prie, dit-il en se dirigeant vers la partie ouest de l'immense propriété. Derrière lui, le juge et son compagnon traversèrent une suite de cours désertes. Au fond de la troisième, leur guide s'engagea dans un couloir à demi obscur que terminait une volée de marches en bois noircies par les ans. Ces marches gravies, le majordome s'arrêta un moment pour souffler, puis leur fit prendre deux autres escaliers chacun plus étroit que le précédent. Ils arrivèrent à un vaste palier rafraîchi par la brise qui passait à travers les treillis de hautes fenêtres. Vraisemblablement, ils se trouvaient à l'étage supérieur d'une tour. Le plancher était nu et l'ameublement se composait tout juste d'une table à thé et de deux fauteuils. Au-dessus de la porte à doubles vantaux percée dans le mur du fond un panneau portait l'inscription : « Salle Ancestrale de la Famille Liang », tracée de l'altière calligraphie du défunt Empereur.

— Le maître attend Votre Excellence, dit le vieux serviteur en ouvrant la porte.

Le juge fit signe à Tao Gan de l'attendre dans l'un des fauteuils, puis il entra.

Un lourd parfum d'encens indien l'accueillit ; il provenait d'un brûleur en bronze placé sur l'autel, au fond de la salle chichement éclairée par deux candélabres d'argent. Au pied de cet autel se trouvait une table à sacrifice préparée pour un service commémoratif. Liang Fou était assis devant une table plus basse, vêtu d'une robe de cérémonie en brocart vert sombre, la tête coiffée d'un haut bonnet, emblème de son grade littéraire.

Le financier cantonais s'avança vers le juge avec empressement.

254

— J'espère que Votre Excellence n'a pas trouvé ces marches trop dures ? demanda-t-il d'un ton courtois.

— Pas le moins du monde ! l'assura le juge Ti.

Jetant un regard au portrait grandeur nature de l'amiral Liang accroché au mur, il ajouta :

— Je suis désolé d'interrompre les devoirs que vous rendez à la mémoire de votre vénéré père.

— Votre Excellence est toujours la bienvenue, quel que soit le moment où Elle daigne se présenter, répondit Liang. Et mon père ne se formalisera pas de cette interruption. Il plaçait les affaires d'État avant les intérêts de sa famille, comme ses enfants l'avaient appris à leurs dépens ! Que Votre Excellence veuille bien prendre un siège.

Il conduisit cérémonieusement son visiteur vers un fauteuil, à droite d'une table sur laquelle reposait un grand échiquier. La disposition des rares pièces demeurées sur les cases indiquait la phase décisive d'une partie. Deux coupes de cuivre contenaient les pièces déjà prises, l'une les blanches, l'autre les noires. Liang étudiait apparemment un problème d'échecs. Le magistrat s'assit. Tout en arrangeant les plis de sa robe, il déclara :

— Je viens m'entretenir avec vous de divers faits survenus récemment, Monsieur Liang.

Il attendit que son hôte eût pris place de l'autre côté de la table avant d'ajouter :

— Le vol d'un cadavre féminin se trouvant être le plus important de ceux-ci.

Liang haussa ses sourcils arrondis.

— Curieux larcin! Je brûle d'en entendre davantage. Mais permettez-moi d'abord de vous offrir une tasse de thé.

Il se leva pour aller à la petite table du coin.

Le juge Ti jeta un rapide regard autour de lui. La lueur vacillante des bougies éclairait les offrandes placées sur la table sacrificielle recouverte d'un tapis de brocart. Des plats d'or chargés de fruits et de gâteaux de riz étaient disposés entre deux beaux vases antiques garnis de fleurs fraîchement coupées. Un curieux arôme d'épices luttait avec le lourd parfum de l'encens; il semblait provenir de la niche où sont d'ordinaire exposées les tablettes des ancêtres et qui, pour l'instant, était fermée par un rideau écarlate (1). Levant la tête, le magistrat vit la fumée de l'encens monter en épaisses volutes vers les poutres noircies du plafond; il baissa ensuite les yeux vers le parquet dont les lames de bois avaient acquis avec les années un sombre poli, puis tira son fauteuil vers le côté gauche de la table.

— Je préfère m'asseoir ici, si cela ne vous dérange pas, dit-il à Liang. La lumière des bougies me gêne.

---

(1) Après la mort, des rites appropriés attachaient l'âme du défunt à une tablette sur laquelle était inscrit son nom. On plaçait ensuite ces tablettes sur un autel réservé au culte des ancêtres. (*N. du T.*).

— Mais certainement ! répondit Liang en tournant son propre siège. Nous verrons mieux le portrait de mon père.

Il versa le thé dans deux petites tasses bleues sous le regard attentif de son visiteur, puis en plaça une devant le magistrat tandis qu'il conservait l'autre. Entre les doigts effilés de son hôte, le juge nota une légère fêlure à l'intérieur de la délicate porcelaine.

Liang contempla un moment le portrait de l'amiral.

— C'est l'œuvre d'un grand artiste, dit-il, la ressemblance est parfaite. Remarquez avec quel soin est rendu le plus petit détail.

Posant sa tasse sur la table, il se dirigea vers le tableau pour montrer au magistrat le sabre peint avec un grand souci de vérité.

Pendant qu'il tournait le dos au juge, celui-ci fit rapidement l'échange des tasses. Il vida celle de Liang dans l'une des coupes de cuivre, puis se leva et rejoignit son hôte, la tasse vide à la main.

— J'espère que vous avez encore cette arme, dit-il. Liang inclina la tête affirmativement, et le juge poursuivit : « Moi aussi, je possède un sabre célèbre hérité de mes ancêtres. Il s'appelle Dragon-de-Pluie.

— Dragon-de-Pluie ? Quel nom curieux !

— Je vous raconterai un jour sa légende (1).

---

(1) Cette légende figure dans *Trafic d'Or sous les T'ang* (coll. 10/18, n° 1619).

Puis-je avoir une nouvelle tasse de thé ?

— Bien sûr !

Ils vinrent se rasseoir. Liang emplit la tasse du magistrat, but lui-même, et dit avec un sourire :

— A présent, j'écoute l'histoire du cadavre volé !

— Avant de vous la conter, j'aimerais revenir brièvement sur les événements qui ont précédé sa découverte.

Son hôte ayant acquiescé, le juge sortit un éventail de sa manche et, le manœuvrant doucement, commença :

— Lorsque j'arrivai dans cette cité avec la mission de retrouver le censeur, je savais en tout et pour tout que l'affaire l'y ayant amené concernait le monde arabe de Canton. Bien vite, je m'aperçus qu'un adversaire parfaitement au courant de l'objet de ma visite surveillait mes moindres gestes. Lorsque je découvris le cadavre du censeur, je supposai qu'un de ses ennemis de la Cour avait chargé un Cantonais d'attirer Liou dans cette ville pour l'y faire assassiner. Dès le début, j'avais compris que certains personnages travaillaient contre les conspirateurs, et à mesure que se déroulait mon enquête des complications de toute sorte surgissaient. A chaque pas, nous rencontrions des assassins arabes ou des étrangleurs tankas, tandis qu'une mystérieuse aveugle se montrait de temps en temps pour redisparaître aussitôt. Ce matin, la danseuse Zoumouroud confessa à mon lieutenant qu'elle était responsable de la mort de Liou et avait tout raconté à son protecteur. Mais, obéissant à la loi du « monde des fleurs et des saules », elle ne divulgua pas le nom de ce dernier. Je soupçonnai tour à tour le gouverneur, le préfet... et vous-même, Liang, sans arriver à rien de précis.

Fermant son éventail d'un coup sec, le magistrat le remit dans sa manche. Le visage du financier conserva son expression d'intérêt poli et le juge Ti continua :

— J'essayai donc d'arriver par un autre chemin à la solution du problème, et esquissai un portrait moral de mon adversaire. Je me rendis compte alors que son esprit était celui du joueur d'échecs et que, tapi dans l'ombre, il faisait agir les autres, les poussant comme des pièces sur l'échiquier. Mes assistants et moi étions pour lui de simples pièces à manœuvrer. Cette découverte était d'une grande importance, car un criminel est à demi démasqué quand on sait comment son cerveau fonctionne.

— Très juste !

— Je me tournai donc de nouveau vers vous, joueur d'échec accompli. Vous possédiez l'intelligence subtile nécessaire à l'établissement d'une astucieuse machination, et le dépit de ne pouvoir marcher sur les traces de votre illustre père pouvait expliquer votre conduite. En revanche, vous n'appartenez pas à la classe sociale où l'on s'amourache des danseuses arabes, qu'elles aient ou non du sang de paria dans les veines ! Si vous étiez notre homme, pensai-je, il fallait chercher l'amant de la danseuse parmi vos acolytes. Monsieur Yao Tai-kai paraissant taillé pour ce rôle, je décidai de le faire arrêter. A ce moment, on m'annonça que le cadavre de Zoumouroud venait d'être volé. Aussitôt, je montai dans mon palanquin et me fis conduire chez vous.

— Pourquoi chez moi ? demanda Liang sans se départir de son calme.

— Parce que, pensant à la morte, aux Tankas et à leurs violentes passions, je me remémorai soudain une remarque faite par une pauvre prostituée chinoise, naguère esclave parmi cette peuplade. Au cours de leurs beuveries, les Tankas aimaient rappeler devant elle que, seize lustres auparavant, un haut fonctionnaire de l'Empire Fleuri avait secrètement épousé l'une des leurs, et qu'un fils né de cette union était devenu un guerrier fameux. Je pensai alors au Victorieux Héros des Mers du Sud.

Désignant le portrait accroché au mur, le juge continua :

— Voyez ces pommettes hautes, ce nez aplati, ce front bas. « Vielle Face de Singe », comme l'appelaient affectueusement ses matelots.

Liang hocha la tête.

— Vous avez donc percé notre secret de famille si jalousement gardé ! Eh bien, oui… ma grand-mère était une Tanka. Mon grand-père commit un crime contre la loi en l'épousant !

D'un ton sarcastique, il ajouta :

— Quelle abomination : du sang de paria coulait dans les veines du célèbre amiral et il n'était pas le gentilhomme de race imaginé par les gens !

Sans paraître entendre, le juge poursuivit :

— J'eus conscience de m'être trompé d'échecs. J'avais d'abord songé au jeu chinois où les lettrés emploient des pièces d'égales valeurs, mais je compris soudain qu'il s'agissait de celui qui se joue aux Indes, et où le roi et la reine sont des pièces plus importantes que les autres. Et dans votre jeu à vous, Liang, c'est la possession de la reine qui assurait le triomphe du vainqueur.

— Joliment dit ! Puis-je demander où nous en sommes ?

— A la fin de la partie. Le roi est perdu car la reine est morte.

— C'est vrai, elle n'est plus. Mais elle repose sur un lit de parade, comme il convient à une reine. A présent, son esprit préside aux rites solennels de la mort. Il goûte les riches offrandes, les fleurs fraîches. Voyez son hautain sourire...

Se levant, il tira d'un geste brusque le rideau placé au-dessus de l'autel.

Le juge frémit devant l'indicible outrage. Dans la salle ancestrale de la famille Liang, dans la niche même destinée à recevoir les tablettes des ancêtres et face au portrait du défunt amiral, reposait le corps de Zoumou-roud. Intégralement nue et allongée sur le dos, les mains croisées sous sa nuque, la danseuse semblait le regarder avec un sourire narquois.

— On lui a seulement appliqué le traitement

préliminaire, expliqua Liang en refermant le rideau. Ce soir le travail sera continué. C'est nécessaire par cette chaleur.

Il vint se rasseoir. Le juge s'était ressaisi. D'un ton glacé, il demanda :

— Voulez-vous revoir la partie avec moi, coup par coup ?

— J'en serai ravi. Ce genre d'analyse me donne toujours le plus grand plaisir.

— L'enjeu était Zoumouroud. Ayant acheté la danseuse, son corps vous appartenait. Seulement son corps. Mais peut-être gagneriez-vous son amour en l'aidant à réaliser le désir qui la rongeait : échanger sa condition de paria contre celle de grande dame chinoise. Seul un très haut fonctionnaire pouvait y parvenir, aussi résolûtes-vous de devenir l'un d'eux. Et il vous fallait agir vite, avant que votre maîtresse ne tombât amoureuse d'un autre ou ne rencontrât quelqu'un capable de satisfaire à votre place son ambition. Mansour s'était épris d'elle ; Zoumouroud ne répondit pas à sa flamme, mais craignant qu'un jour le sang arabe ne parlât en elle vous prîtes la décision de le supprimer. Sur ces entrefaites, un ami de la capitale vous confia qu'un puissant personnage de la Cour voulait écarter le censeur Liou du pouvoir et récompenserait magnifiquement toute personne lui en fournissant les moyens. C'était l'occasion ou jamais d'obtenir le poste nécessaire à la réussite de vos projets ! Imaginant vite un plan ingénieux, vous l'avez présenté à l'influent personnage de la Cour...

— Ne restons pas dans le vague : ce personnage n'est autre que Wang, le chef du Sérail Impérial.

Le juge pâlit. L'Empereur sur le point de mourir ; l'Impératrice esclave de ses passions ; le Grand Eunuque... Il découvrait soudain le sinistre enchaînement.

— Et savez-vous quel poste il m'a promis ? demanda Liang. Le vôtre, mon cher ! Avec la protection de l'Impératrice, je m'élèverai plus haut encore. Mon père a triomphé dans les Mers du Sud... moi je gouvernerai l'Empire tout entier !

— Oui, je vois..., murmura le juge. Vous attiriez le censeur à Canton en lui donnant à entendre que les Arabes préparaient une révolte, de connivence avec un mystérieux personnage de la Cour ; d'autre part, vous encouragiez les projets de Mansour : ainsi le censeur trouvait bien à son arrivée une amorce de complot. Votre intention était ensuite de le faire assassiner, d'accuser Mansour du crime, et d'interroger habilement celui-ci sous la torture pour lui faire avouer une participation imaginaire du censeur à son entreprise. Liou mort et sa mémoire salie, vous preniez triomphalement le chemin de la capitale avec Zoumouroud ! La partie se déroula d'abord selon vos plans. Le censeur vint ici incognito comme vous l'aviez prévu, mais son voyage avait un autre motif dont vous ne vous doutiez nullement. Au cours de sa première visite à Canton, il avait vu Zoumouroud et un amour mutuel était né.

— Comment aurais-je pu prévoir qu'elle le rencontrerait dans ce maudit temple ?

— C'est là où l'existence diffère d'une partie d'échecs : dans la vie réelle, on doit compter avec des facteurs inconnus. Le censeur étudia la situation avec le docteur Sou et soupçonna un piège. Il se mit en rapport avec Mansour et feignit d'approuver ses projets séditieux. Il l'aida même probablement, lui et deux complices, à introduire des armes en contrebande dans la ville. Votre plan réussissait mieux encore que vous ne l'espériez : quand Mansour serait traduit en justice, il n'aurait à confesser que des choses vraies ! Mais Zoumouroud empoisonna le censeur, et la malheureuse se vit contrainte de tout vous dire.

— *Contrainte ?* Non, Ti, elle *tenait* toujours à tout me dire ! Combien de fois m'a-t-elle mis au supplice en me racontant ses vulgaires passades sans omettre le plus ignoble détail et éclatant de rire devant ma douleur !

Liang se cacha le visage entre les mains et sanglota doucement.

— C'était sa revanche, murmura-t-il, et moi je ne pouvais rien répondre. Elle débordait de vitalité, un sang sauvage bouillonnait dans ses veines, et depuis deux générations le mien s'était appauvri.

D'un ton plus âpre, il continua :

— Eh bien oui, au début elle ne m'avait pas parlé du censeur parce qu'elle comptait fuir avec lui. Mais le temps s'écoule, poursuivez, Ti.

— A ce moment, reprit le juge, j'arrivai à

Canton avec deux lieutenants. Je venais apparemment étudier la situation de notre commerce extérieur, mais vous vous êtes demandé si ma mission réelle n'était pas d'enquêter sur la disparition du censeur. Ces soupçons se confirmèrent lorsqu'on vous rapporta que mes assistants s'intéressaient beaucoup à la colonie arabe. Cela ne vous déplut pas... au contraire. Qui convenait mieux que le président de la Cour Métropolitaine pour tirer au clair les agissements séditieux de Mansour ? Restait le docteur Sou. D'après Zoumouroud, il ignorait l'aventure amoureuse du censeur, mais vous préfériez ne courir aucun risque. Sans doute inquiet de ne pas voir son ami revenir à leur auberge, il se mit à sa recherche. Vos espions vous avertirent qu'il avait parlé à mon lieutenant Tsiao Taï lorsque ce dernier sortit de l'estaminet. Vous avez alors donné l'ordre à l'un des Arabes de Mansour de les tuer tous les deux, chargeant un de vos Tankas d'étrangler l'Arabe avant qu'il n'expédie Tsiao Taï. De cette façon, mon lieutenant ne manquerait pas d'enquêter sur l'assassinat du docteur Sou perpétré presque sous ses yeux, et ses conclusions viendraient renforcer les accusations portées contre Mansour. Ensuite, la chance cessa de vous sourire pour un temps. Mon autre lieutenant, Tao Gan, fit la connaissance de l'aveugle. Lan-li est probablement votre sœur (celle qui, selon vous, serait morte dans un incendie) car il prit Madame Pao pour elle et, malheureusement, les étrangleurs tankas envoyés par vous chez Yao commirent la même erreur. De toute évidence, l'aveugle voulait vous protéger malgré vous, et…

— La stupide petite bigote, s'écria Liang avec colère. Elle a volontairement rejeté une glorieuse existence à mes côtés. Nous avions hérité tous deux les dons intellectuels de l'amiral. Mon autre sœur n'était qu'une sotte, esclave d'une mesquine passion. Mais Lan-li ! Quand notre vieux professeur nous faisait étudier les classiques, elle comprenait tout de suite les passages les plus obscurs ! Et sa beauté ! Son corps représentait pour moi l'idéal de la perfection féminine. Souvent je la regardais se baigner sans qu'elle me vît…

Liang s'arrêta brusquement, la gorge sèche.

— Quand nous fûmes plus grands, reprit-il, je lui parlai des Saints Fondateurs de notre Empire qui épousaient leurs propres sœurs, mais elle se détourna de moi, horrifiée, et m'annonça qu'elle allait quitter à jamais la maison. Voilà pourquoi j'ai versé de l'huile bouillante sur ses yeux pendant son sommeil. Comment aurais-je pu permettre à une femme qui m'avait dédaigné de continuer à voir les autres hommes ? Au lieu de me maudire, elle m'accabla de sa pitié, l'hypocrite ! Fou de rage, je mis le feu à sa chambre. Je voulais… je voulais la…

Liang étouffait, grimaçant de colère impuissante. Après un court silence, il reprit :

— Elle m'avait menacé de ne jamais revenir, mais ces temps derniers elle s'est glissée ici à plusieurs reprises, la sale petite garce ! Elle a rencontré les deux hommes qui passaient ici avec le cadavre du censeur avant de le porter au temple, et a subtilisé cette maudite Clochette d'Or. Heureusement, mes espions virent votre assistant l'accompagner chez elle et ils s'arrangèrent pour surprendre leur entretien. En disant qu'elle avait attrapé le grillon près du temple, la petite ordure vous mettait sur ma trace. Pour l'empêcher de me nuire davantage je l'emprisonnai ici. Le lendemain matin, elle n'était plus là ; comment s'y prit-elle...

— C'est en effet l'indice de la Clochette d'Or qui me conduisit au Temple de la Pagode Fleurie, reconnut le juge. Ma découverte du cadavre gêna considérablement vos projets. Vous vouliez le faire disparaître pour éviter l'identification du poison tanka. Vous vous êtes pourtant tiré de ce mauvais pas avec habileté en me disant, lors de notre dernière rencontre, que les matelots arabes allaient coucher avec les femmes tankas. J'en déduirais, pensiez-vous, que Mansour avait pu se procurer le poison par cette voie et mes soupçons se porteraient sur lui. Mais le colonel Tsiao rencontra Zoumouroud et s'éprit d'elle : pour la seconde fois les faiblesses de la nature humaine venaient contrarier votre jeu. Vos espions vous prévinrent que Tsiao Taï avait rendu visite à la danseuse sur le bateau-de-fleurs et, sans nul doute, couché avec elle. Votre maîtresse ne risquait-elle pas de lui fournir inconsciemment un indice révélateur de votre identité ? Ou bien même n'allait-elle pas partir avec lui pour la capitale ? Tsiao Taï devait mourir. Et, faisant d'une pierre deux coups, son assassinat serait mis sur le dos du capitaine Ni.

Le juge s'arrêta pour considérer son hôte d'un air songeur.

— A propos, demanda-t-il, comment avez-vous deviné que Tsiao Taï se rendrait de nouveau chez le capitaine ?

Liang Fou haussa les épaules.

— Deux de mes hommes avaient établi un poste de surveillance dans une maison située derrière celle de Ni, expliqua-t-il. Mansour se cachait aussi en cet endroit. Quand il vit votre lieutenant revenir, il envoya immédiatement les deux Arabes le tuer, leur commandant d'utiliser pour ce meurtre l'un des sabres du capitaine. L'idée de Mansour était excellente. Ni méritait bien de mourir sur l'échafaud : n'a-t-il pas séduit ma sœur ?

— Vous êtes dans l'erreur sur ce point. Mais revenons à votre partie d'échecs, elle touche à sa fin. Les pièces maniées par vous échappent à votre contrôle. L'exposition de la pseudo-tête du censeur devant le tribunal donne un résultat inattendu : de bonne heure ce matin Zoumou-roud vient trouver le colonel Tsiao à son auberge et lui demande de l'amener chez moi pour toucher la récompense. Un javelot l'abat. Plus de reine, vous avez perdu !

— Il fallait bien qu'elle meure, murmura Liang. Elle allait m'abandonner... me trahir. J'ai employé un lanceur de javelot habile, elle n'a pas souffert.

Le regard perdu dans le vague, il caressa un instant sa longue moustache, puis, levant soudain les yeux vers le juge, il s'écria :

— Ne mesurez jamais la fortune d'un homme à ses possessions matérielles, Ti. Pensez plutôt à ce qu'il n'a pas su acquérir. Zoumouroud me méprisait à cause de ma lâcheté devant les autres comme devant moi-même. C'est pourquoi elle voulait me quitter. Grâce aux talents de l'embaumeur sa beauté sera toujours près de moi. La nuit, je lui parlerai de mon amour et jamais plus personne ne viendra entre nous. Personne, Ti, et vous moins que tout autre car bientôt vous serez mort !

— Comme si cette mort pouvait vous sauver ! dit dédaigneusement le magistrat. Me croyez-vous assez stupide pour m'entretenir avec vous de vos crimes sans avoir au préalable informé le gouverneur et mes lieutenants de tous les faits relevés contre vous ?

— Ma foi si, je le crois. Lorsque je sus que j'allais avoir à vous combattre, Ti, mon premier soin fut d'étudier votre caractère. Vous êtes célèbre, mon cher. Les nombreuses affaires criminelles que vous avez brillamment débrouillées depuis vingt ans appartiennent au domaine public. On les conte dans tous les cabarets et dans toutes les maisons de thé de l'Empire Fleuri. Je connais vos méthodes de travail sur le bout du doigt. Vous possédez un esprit logique, une intuition remarquable, et un talent extraordinaire pour apercevoir le lien qui unit des faits apparemment sans rapport. Grâce à votre connaissance de la nature humaine et à votre intuition, vous discernez le coupable parmi la foule des suspects et vous fondez sur lui comme l'aigle sur sa proie. Incapable de réagir contre la force de votre personnalité (écrasante, je l'admets), il se lance dans une confession spectaculaire... et vous expliquez ensuite comment vous êtes parvenu à la vérité. C'est là votre méthode. Vous ne prenez pas la peine de bâtir un réquisitoire inattaquable basé sur de petites preuves patiemment rassemblées en collaboration avec vos assistants, comme le font les autres détectives. Non, Ti, cela ne correspondrait pas à votre nature. Je suis certain que vous n'avez rien confié du tout au gouverneur... et pas beaucoup plus à vos lieutenants. Et voilà pourquoi vous allez mourir ici, mon cher conseiller ! Regardant le juge d'un air supérieur, il continua : « Ma bonne petite sœur vous suivra de près dans la tombe. Mes étrangleurs tankas l'ont ratée à deux reprises : la première fois dans le nid d'amour de Yao, la seconde dans le Pavillon des Examens Littéraires. Mais je sais qu'elle est ici et je finirai bien par l'attraper. Avec elle disparaîtra l'unique témoin capable de me nuire, car les stupides tueurs tankas ne savent rien et vivent dans un monde à part où il sera impossible de les retrouver. Mansour a bien quelques petits soupçons, mais cet adroit coquin est maintenant sur la haute mer, en route vers son pays. Le meurtre du censeur sera reconnu pour ce qu'il est : un simple crime passionnel commis par une malheureuse paria tuée à son tour par un Arabe jaloux qui emporta son corps. Affaire classique. Vos admirateurs regretteront que le désir de la résoudre trop rapidement vous ait fait dépasser vos forces et mourir d'une crise cardiaque en venant me consulter. Personne n'ignore que vous êtes un bourreau du travail, et la résistance humaine a ses limites. Le poison que j'ai utilisé produit exactement les mêmes symptômes et ne laisse aucune trace ; je tiens sa recette de Zoumouroud ! Qu'un homme aussi célèbre que vous rende son dernier soupir dans mon humble demeure est un honneur que j'apprécie, croyez-le bien, Ti ! Tout à l'heure, j'appellerai Tao Gan et il ramènera votre corps au palais. Le gouverneur s'occupera du reste. Vos assistants ne manquent pas d'intelligence (il ne faut jamais sous-estimer ses ennemis), et ils auront sans doute des soupçons. Mais lorsqu'ils auront réussi à convaincre le gouverneur de mettre le nez dans mes affaires, rien de compromettant ne subsistera. Et n'oubliez pas que j'occuperai bientôt votre place ! Quant aux hommes postés dans mon avant-cour et aux gardes qui cernent la propriété, je leur dirai que vous craigniez une attaque arabe contre ma personne. J'ai justement un de ces moricauds sous la main, je le leur livrerai... il sera exécuté et tout le monde sera content. Je crois que nous en avons terminé, Ti.

— En effet, dit le juge avec calme. Ainsi, c'était bien le thé. Je dois avouer que j'attendais quelque chose de plus original. Une trappe s'ouvrant sous mes pieds, par exemple, ou bien un poids qui tombe du plafond. C'est en pensant à cela que j'ai changé mon siège de place, comme vous l'avez sans doute remarqué.

— Et vous avez songé aussi à la vieille méthode du thé empoisonné, remarqua Liang avec un sourire indulgent. Vous avez fait l'échange des tasses pendant que j'avais le dos tourné. Simple mesure de précaution que j'attendais de la part d'un homme de votre expérience. Mais c'est ma tasse qui était empoisonnée, Ti. La vôtre contenait un liquide tout à fait inoffensif... et vous avez bu le poison contenu dans la mienne ! Il va bientôt produire son effet. Non, ne bougez pas, vous hâteriez son action. Ne sentez-vous pas le début d'une douleur sourde dans la région du cœur ?

— Pas le moins du monde. Ne vous ai-je pas dit que vous aviez le cerveau d'un joueur d'échecs ? Vous vous imaginez toujours que l'adversaire répondra par une riposte classique à votre mouvement. Mais je savais que si vous choisissiez le poison vous ne le mettriez pas tout bêtement dans ma tasse. J'en eus la confirmation quand je vis une légère fêlure sur la vôtre ; grâce à elle vous sauriez si j'avais bien changé de tasse comme vous vous y attendiez. Seulement voilà, Liang, je ne me suis pas contenté d'intervertir les tasses, j'en ai fait autant pour leur contenu ! J'ai versé le liquide mortel dans la coupe de cuivre qui contenait les pièces du jeu d'échecs et l'ai remis ensuite dans la tasse qui devenait la vôtre. Voyez plutôt !

Il tendit le récipient à son hôte qui aperçut les pièces humides à l'intérieur.

Liang bondit vers l'autel, mais à mi-chemin il vacilla et s'écria :

— La reine ! Je veux la voir avant de mourir !

Il fit encore un pas et réussit à s'agripper au bord de la table sacrificielle. Un mouvement convulsif tordit sa maigre carcasse, puis il s'écroula, entraînant avec lui la nappe tandis que les plats roulaient bruyamment par terre.

XXIII

*Le juge Ti donne au gouverneur
la version officielle des événements ;
il apprend la vérité sur un suicide ancien.*

La porte s'ouvrit sous la poussée de Tao Gan, qui s'arrêta net en voyant son chef penché sur le corps de Liang Fou.

Le juge tâta le cœur du financier : il ne battait plus. Tandis que le magistrat fouillait le cadavre, son lieutenant demanda :

— De quoi est-il mort, Noble Juge ?

— De crédulité. Je lui ai dit qu'il venait de boire le poison à ma place, il m'a cru et son cœur a cédé. C'est mieux ainsi, car il connaissait un secret d'État dont la divulgation serait désastreuse pour l'Empire.

Le juge expliqua brièvement l'échange des tasses.

— J'ai versé le thé empoisonné dans cette coupe à demi remplie par les pièces du jeu d'échecs. Liang vit qu'elles étaient mouillées mais ne se rendit pas compte que tout le liquide de sa tasse se trouvait là. Emporte cette coupe.

Tirant d'un fourreau de cuir qu'il sortit de la manche de Liang une lame tranchante comme un rasoir, il ajouta :

— Emporte également ceci. Fais attention, j'aperçois une substance brunâtre sur la pointe.

Tao Gan sortit de sa propre manche un morceau de papier huilé. Tandis qu'il s'en servait pour envelopper dague et coupe de cuivre, il déclara :

— Il fallait le laisser boire son infernal breuvage, Noble Juge. Le coquin aurait pu ne pas ajouter foi à vos paroles et sauter sur vous avec son poignard empoisonné. Une égratignure de cette lame doit suffire à provoquer la mort !

Le juge Ti haussa les épaules.

— J'ai pris soin de ne pas me tenir trop près de lui avant le moment où il a cru que j'avais bien absorbé son poison. Et si je ne le lui ai pas fait boire, Tao Gan, c'est parce qu'en vieillissant on devient moins sûr de détenir la vérité. On juge alors préférable de laisser au Tribunal d'En-Haut la responsabilité des condamnations à mort.

Sur le palier, une jeune femme les attendait. Elle portait une simple robe brune et ses yeux ne voyaient rien.

— Elle est arrivée il y a un instant, Noble Juge, expliqua Tao Gan. Elle venait nous mettre en garde contre Liang.

— Votre frère est mort d'une crise cardiaque, Mademoiselle Liang, dit doucement le juge.

L'aveugle nocha la tête.

— Il souffrait du cœur depuis plusieurs années, dit-elle. Est-ce lui qui a tué le censeur impérial ?

— Non, c'est Zoumouroud.

— Cette femme était dangereuse. J'ai toujours craint que l'amour de mon frère pour elle ne le conduisît à sa perte. Lorsque j'appris que deux hommes venaient d'apporter le cadavre d'un haut fonctionnaire qui avait été l'amant de la danseuse, je crus qu'il l'avait tué lui-même. J'ai deviné à quel endroit on avait mis le mort, et, pendant que ses porteurs se déguisaient en sbires, j'ai fouillé ses manches. J'ai vite délivré la Clochette d'Or de sa cage à demi écrasée et j'ai pris ce qui me parut être une enveloppe. Comme c'était le seul papier qui se trouvait là, il pouvait avoir de l'importance.

— Je suppose que c'est votre sœur, Madame Pao, qui a glissé l'enveloppe dans la manche du colonel Tsiao ?

— Oui, Noble Juge. Elle connaissait de longue date le capitaine Ni et venait de remettre à sa servante une note le priant de la rejoindre chez Yao dans l'après-midi. Son intention première était de porter au Tribunal le paquet adressé à Monsieur Tao, mais quand elle aperçut l'ami de ce dernier, elle trouva plus sûr de procéder comme elle le fit.

La jeune femme s'arrêta pour repousser une mèche qui tombait sur son front et reprit :

— Mon frère et moi désirions qu'on me crût morte, mais je ne pus supporter de voir le chagrin de ma sœur et la mis au courant de la supercherie. Après cela, je la rencontrai régulièrement en secret. J'avais beau lui affirmer que je ne manquais de rien, elle s'inquiétait toujours pour moi et envoyait toutes sortes de gens m'acheter des grillons. Hier matin, je lui fit part de mes craintes au sujet de notre frère. C'est à ma demande qu'elle furetait dans son bureau quand Monsieur Tao l'aperçut, pendant votre visite avec le préfet. Elle trouva deux plans et m'expliqua plus tard que sur l'un d'eux une croix était tracée à l'emplacement de l'auberge où logeait le colonel Tsiao. Je comptais la revoir chez Monsieur Yao dans le courant de l'après-midi, mais le sort en décida autrement. Qui donc l'a tuée, Noble Juge ? Elle n'avait pas d'ennemis et, bien que notre frère la méprisât, il n'éprouvait pas pour elle la haine qu'il montrait envers moi.

— Elle fut tuée par erreur, répondit le magistrat, ajoutant vite : Je vous suis très reconnaissant de l'aide que vous nous avez apportée, Mademoiselle Liang.

Elle leva la main d'un geste las.

— J'aurais tant voulu que l'assassin du censeur fût arrêté avant que mon frère soit trop compromis.

— Comment réussissiez-vous à si bien vous cacher ?

— J'utilisais des endroits qui m'étaient familiers. Je connais cette vieille maison comme le creux de ma main ; j'y ai même découvert des passages secrets dont mon frère ignorait l'existence. J'ai beaucoup fréquenté aussi le Pavillon des Examens Littéraires autrefois. Quand Monsieur Tao et son ami m'y ont aperçue, je me suis dissimulée dans la remise aux palanquins. Un peu plus tard, j'entendis une femme crier. Que lui est-il arrivé, Noble Juge ?

— Rien de grave. Un vagabond l'importunait, mais Tao Gan et Tsiao Taï sont intervenus à temps. Vous savez que le corps de Zoumouroud est ici, n'est-ce pas ? Je vais envoyer des hommes le prendre. Vous allez avoir la charge de cette maison et des affaires de votre frère, à présent.

— Je vais prévenir un vieil oncle de ma mère. Il s'occupera des obsèques.

Elle secoua tristement la tête et reprit d'une voix à peine audible :

— Tout est de ma faute... je n'aurais pas dû l'abandonner, le laisser seul avec ses terribles pensées. Il était encore un tout jeune enfant qui jouait chaque jour avec ses soldats de bois, imaginant les grandes batailles qu'il livrerait plus tard quand brusquement il apprit que sa santé ne lui permettrait pas de suivre la carrière des armes. Après mon départ, il se rendit compte qu'une autre joie lui était interdite : la possession d'un corps féminin. Ce second coup l'anéantit et il songea au suicide. C'est alors qu'il rencontra Zoumouroud, la seule femme dont les caresses pouvaient faire de lui un homme. Il ne vivait que pour elle, mais la danseuse ne cacha jamais le peu de cas qu'elle faisait de ses sentiments et lui parlait de la plus cruelle, de la plus humiliante façon. Tout cela est de ma faute, je le répète. J'aurais dû mettre plus de douceur dans mon refus... diriger moi-même son intérêt vers une autre femme capable de l'aider. Mais j'étais trop jeune, je n'ai pas compris...

Elle cacha son visage entre ses mains. Le juge fit signe à Tao Gan et tous deux redescendirent l'escalier.

Tsiao Taï attendait dans le grand hall avec les quatre agents spéciaux et une douzaine de sbires. Le juge leur dit que des voleurs s'étaient introduits dans la maison, et que la surprise de se trouver soudain nez à nez avec l'un d'eux avait provoqué une telle émotion chez Monsieur Liang qu'une crise cardiaque s'était produite, entraînant sa mort. Il leur donna l'ordre de fouiller la demeure et de mettre en état d'arrestation toute personne trouvée entre ses murs. Il envoya ensuite le plus ancien des agents spéciaux porter au capitaine du port un message l'informant que Mansour avait fui sur une felouque et lui enjoignant de lancer quatre jonques rapides à sa poursuite. Le juge demanda ensuite au vieux majordome de le conduire dans la chambre de son maître.

Tao Gan sonda les murs et découvrit un coffre mural à la tête du lit. Il en crocheta la serrure, mais le coffre contenait seulement des actes se rapportant aux transactions commerciales du financier. Le juge ne fut pas surpris de n'y voir aucun papier compromettant car Liang avait trop d'intelligence pour en conserver par devers lui. Il s'attendait plutôt à trouver toutes les preuves écrites dont il avait besoin dans la capitale, lorsque ses hommes perquisitionneraient chez le Grand Eunuque. Ayant dit à Tao

Gan de faire le nécessaire pour que le corps de Zoumouroud soit discrètement transporté au Tribunal, il grimpa dans son palanquin.

Au palais, il pria un chambellan de le mener au cabinet privé du gouverneur. Cette pièce était de dimensions modestes mais élégamment meublée, et par sa fenêtre on apercevait l'étang aux lotus. Sur la gauche une petite table supportait un service à thé en porcelaine coquille d'œuf et un vase de jade rempli de roses blanches; une bibliothèque massive en ébène occupait tout le mur du fond. Assis derrière son bureau, le gouverneur donnait des instructions à un vieux commis.

Quand il vit paraître le juge il se leva vite et s'avança au-devant de lui. Il fit asseoir son visiteur dans un vaste fauteuil, près de la table à thé, et prit l'autre siège. Lorsque le thé fut servi, il renvoya le vieux serviteur et, se penchant vers le juge avec inquiétude, demanda :

— Que se passe-t-il, Votre Excellence? J'ai vu la proclamation que vous avez faite afficher. Qui est ce haut fonctionnaire?

Le juge vida sa tasse, conscient soudain de sa fatigue. Ouvrant le col de sa robe, il répondit sans élever la voix :

— Il s'agit d'une très regrettable tragédie. Le censeur Liou a été assassiné à Canton. Le cadavre que j'ai découvert dans le Temple de la Pagode Fleurie était le sien. Voici la version *officielle* des événements : le censeur est revenu ici afin de poursuivre une aventure amoureuse avec une jeune femme de la ville. Elle avait déjà un amant, et cet homme empoisonna le censeur. Ma proclamation était un stratagème pour découvrir l'assassin. L'ayant lue, un ami de celui-ci le dénonça ; aussitôt arrêté, le misérable a pris, sous bonne escorte, le chemin de la capitale où il sera jugé en secret. Vous comprendrez aisément que cette version officielle, si concise soit-elle, ne doit pas être rendue publique. Le Gouvernement ne tient pas à ce que les écarts de conduite de ses hauts fonctionnaires deviennent la fable de l'Empire.

— Oui, je comprends.

— Votre position est difficile, je le conçois, dit doucement le juge Ti. « Je me souviens très bien de ce que je ressentais lorsqu'un de mes supérieurs me rendait visite, au temps où j'étais simple magistrat de district. Que voulez-vous, mon cher, il faut prendre son parti de ces choses, elles sont inhérentes à notre système administratif !

Débordant de gratitude, Monsieur Weng demanda :

— Votre Excellence peut-elle me dire pourquoi des gardes militaires ont cerné la résidence de Monsieur Liang ?

— On m'a informé que des voleurs tankas s'y étaient introduits. J'ai été l'avertir, mais hélas il était déjà tombé sur l'un d'eux, et sa vue inopinée provoqua une crise cardiaque aux suites mortelles. Mes lieutenants sont en train de se rendre maîtres des bandits. Je vous recommande aussi la discrétion sur ce point. Monsieur Liang était un personnage de marque, et, si les citoyens de Canton apprenaient que des Tankas sont responsables de sa mort, on pourrait craindre des désordres. Laissez donc mes lieutenants liquider eux-mêmes cette affaire. En ce qui concerne le projet de sédition arabe, j'ai donné l'ordre d'arrêter le responsable : Mansour. Lorsqu'il sera sous les verrous, les précautions décidées hier n'auront plus d'objet et pourront être abandonnées. Je présenterai au Grand Conseil la proposition dont je vous ai esquissé les grandes lignes au sujet des mesures de ségrégation, de sorte que dans l'avenir vous n'aurez plus d'ennuis avec ces barbares.

— Je remercie Votre Excellence », dit le gouverneur. Après un petit silence, il reprit timidement : « J'espère que les... hum... irrégularités qui se sont produites ici ne seront pas attribuées à de l'incompétence de ma part, Votre Excellence ? Si les Hautes Autorités de la capitale avaient l'impression que j'ai manqué de vigilance...

Il lança un regard inquiet à son visiteur.

Le juge Ti ne parut pas entendre.

— Au cours de mon enquête, dit-il d'un ton toujours égal, « j'ai découvert quelques faits qui, pour n'avoir aucun rapport avec l'objet de ma venue, n'en présentent pas moins une certaine importance. En premier lieu viennent les circonstances qui entourent la mort de Madame Pao ; le préfet s'occupe de cette affaire, et le mieux est de le laisser la terminer seul. En second lieu, j'ai appris qu'une autre tragédie s'était déroulée ici, il y a de nombreuses années. Il s'agit du suicide d'une jeune Persane.

Le magistrat vit son hôte pâlir.

— Lors de notre petit entretien d'hier dans le pavillon de votre parc, vous m'avez paru très bien connaître la communauté persane. Je suppose donc que vous allez pouvoir me fournir quelques précisions sur cet incident.

Le juge prit une rose blanche dans le vase placé à côté de lui et huma son parfum délicat. Sans le regarder, le gouverneur commença d'un ton contraint :

— La chose s'est passée il y a longtemps, à l'époque où je servais d'assistant au magistrat d'ici. Mon premier poste. J'étais jeune, et les traits exotiques des communautés étrangères m'impressionnaient beaucoup. Je me rendais parfois dans la demeure d'un marchand de nationalité persane et y fis la connaissance de sa fille. Nous tombâmes vite amoureux l'un de l'autre. Elle était d'une beauté délicate et je ne sus pas comprendre à quel point sa nature hypersensible pouvait lui dicter des actes irréfléchis.

Monsieur Weng se tourna vers le juge et, le regardant cette fois bien en face, continua :

— Je l'aimais tant que je décidai de renoncer à ma carrière pour l'épouser. Mais un jour, elle me dit qu'il fallait cesser de nous voir. Jeune et inexpérimenté comme je l'étais, je ne compris rien et pensai seulement qu'elle désirait mettre fin à nos relations. De désespoir, je me mis à fréquenter une courtisane chinoise. Quelques mois plus tard, je reçus un message de la petite Persane me donnant rendez-vous au crépuscule dans le Temple de la Pagode Fleurie. Je l'y trouvai dans le pavillon du thé. Elle portait une longue robe safran, un mince châle de soie autour de la tête. Je voulus parler... elle m'imposa silence et m'entraîna vers la pagode. Nous fîmes l'ascension de ses huit étages et, arrivés sur l'étroite plateforme du sommet, elle s'approcha de la balustrade. Au-dessous de nous les toits rougeoyaient sous les rayons du soleil couchant. Sans me regarder, elle dit d'une étrange voix impersonnelle qu'elle avait donné le jour à deux jumelles... mes filles... et qu'abandonnée par moi, elle les avait noyées. Pendant que je restai pétrifié d'horreur, elle enjamba la balustrade...

Le gouverneur, qui avait jusque-là réussi à maîtriser son émotion, n'y parvint plus. Incapable d'achever son récit, il cacha son visage dans ses mains.

Le juge fit lentement tourner la rose entre ses doigts, regardant les pétales blancs tomber l'un après l'autre sur la laque noire de la table. Quand Monsieur Weng eut retrouvé un peu de calme, il lui dit :

— Elle devait vous aimer infiniment, sans quoi elle n'aurait pas éprouvé un tel désir de vous faire mal. C'est pourquoi elle s'est tuée auprès avoir fait ce mensonge au sujet de la mort de vos filles.

Monsieur Weng voulut se lever, mais le juge l'en empêcha.

— Je dis bien *ce mensonge,* poursuivit-il, car, au lieu de les noyer, elle les remit à un commerçant chinois de sa connaissance. Quand celui-ci fit banqueroute, un autre Chinois (de descendance persane et qui avait connu la mère de la jeune fille) les racheta. Il les traita bien, et elles sont devenues de charmantes adolescentes, m'a-t-on dit.

— Où sont-elles ? Qui est cet homme ?

— Il s'appelle Ni. C'est le capitaine au long cours dont je vous ai déjà parlé. Les spéculations mystiques l'intéressent et il est assez original, mais ses principes sont bons, je dois le reconnaître. Croyant que vous aviez bassement trompé la jeune Persane, il a tout de même gardé le silence, persuadé qu'en remuant une boue ancienne il n'arrangerait rien et causerait un tort certain à ses protégées. Vous pourrez lui rendre visite un jour, sans lui faire connaître votre parenté avec les jeunes filles. Si mes renseignements sont justes, il est devenu votre gendre… en quelque sorte.

Se levant, le juge défripa sa robe et conclut :

— Tout ce que vous venez de me dire est déjà oublié.

Tandis que le gouverneur, trop ému pour parler, reconduisait son visiteur jusqu'à la porte, le juge remarqua :

— Un peu avant que j'en arrive à l'aventure de la jeune Persane, vous m'avez confié votre crainte de recevoir un blâme de la capitale pour votre administration. Je puis vous assurer que mon rapport sur vous au Grand Conseil sera excellent.

Coupant court aux protestations de gratitude du gouverneur, il annonça :

— J'ai reçu l'ordre de regagner Tch'ang-ngan au plus vite. Je quitterai Canton tout à l'heure ; ayez donc l'obligeance de faire le nécessaire pour qu'un convoi soit prêt à m'emmener. Je vous remercie de la façon si gracieuse dont vous m'avez reçu. Adieu !

XXIV

Mansour fait une dernière apparition ;
Dragon-de-Pluie rentre à jamais au fourreau.

Le juge invita Tsiao Taï et Tao Gan à partager un déjeuner tardif dans ses appartements. Les deux hommes avaient trouvé chez Liang deux Tankas, trois malandrins chinois et un truand arabe, tous les six emprisonnés à présent dans la geôle municipale.

Au cours du repas, le juge expliqua comment il était parvenu peu à peu à la vérité, gardant pour lui sa dernière conversation avec le gouverneur. Après avoir dit comment il présenterait officiellement la mort de Liou, il continua :

— Voici accomplie la tâche que s'était fixée le censeur et qui lui coûta la vie. Le Grand Eunuque sera traité comme il le mérite, et son parti éliminé de la scène politique. L'héritier présomptif du trône conservera ses droits, et la coterie de l'Impératrice va se tenir tranquille. Pour le moment, tout au moins.

Le magistrat se tut. Il pensait à l'Impératrice, belle, capable, énergique, mais dominée par d'étranges passions et férocement ambitieuse. Dans cette première escarmouche avec elle, il avait triomphé, mais la prémonition d'autres

289

conflits l'envahit brusquement. Des conflits plus directs dans lesquels le sang coulerait à flots. Il sentit passer l'Ange de la Mort.

Tsiao Taï observait son chef d'un air soucieux, notant les poches sombres sous ses yeux et les rides profondes qui sillonnaient ses joues amaigries. Le juge fit effort sur lui-même et reprit lentement :

— Il se pourrait que ceci fût ma dernière affaire criminelle. A l'avenir, je me consacrerai sans doute aux problèmes purement politiques. Si des crimes se mêlent à certains d'entre eux comme ce fut ici le cas, je chargerai d'autres personnes de s'en occuper. Les remarques de Liang Fou sur la façon dont je conduis mes enquêtes étaient fort justes. Elles m'ont fait comprendre que le moment était venu pour moi d'abandonner ce genre de travail. Ma méthode est maintenant trop connue, et des criminels tant soit peu intelligents peuvent utiliser cette connaissance à leur avantage. Mais cette méthode est partie intégrante de ma personnalité, et je suis trop vieux pour me refaire. Des hommes jeunes et compétents prendront ma succession. Je vais partir pour Tch'ang-ngan par convoi spécial tout à l'heure, quand la chaleur sera moins accablante. Vous m'y rejoindrez tous deux lorsque vous en aurez fini avec l'affaire Liou. Ne vous écartez pas de ma version officielle et arrangez-vous pour que rien ne transpire de ce qui a réellement eu lieu. Ne vous inquiétez pas de Mansour. Il s'est enfui à bord d'une felouque, mais des jonques militaires rapides filent vers l'estuaire pour l'intercepter. Il sera exécuté secrètement, car il est au courant d'affaires d'État qui ne doivent pas arriver aux oreilles du Calife.

Se levant, le juge ajouta :

— Nous avons tous besoin d'une bonne heure de repos. Inutile de retourner dans vos sordides hôtels. Faites la sieste dans mon cabinet de toilette, il y a deux larges divans sur lesquels vous serez très bien. Après votre sieste, venez assister à mon départ, puis mettez-vous à la besogne. Je pense que vous pourrez quitter Canton demain.

Comme tous trois s'avançaient vers la porte, Tao Gan dit d'un ton morne :

— Nous n'avons passé que deux jours ici, mais j'en ai par-dessus la tête de cette ville.

— Moi aussi ! s'écria Tsiao Taï. J'ai hâte de reprendre mon travail dans la capitale.

Le juge remarqua sa pâleur. La vie fait payer cher les leçons qu'elle donne, pensa-t-il tristement. Tout haut, il dit avec un sourire encourageant :

— Je suis heureux de t'entendre parler ainsi, mon garçon !

Ils gravirent les larges degrés qui menaient aux appartements du haut. Lorsque Tsiao Taï vit les confortables divans il fit la grimace et dit à Tao Gan :

— Prends celui que tu voudras ou même les deux si ça te chante !

Au juge, il expliqua :

— Par cette température, Votre Excellence,

je préfère dormir sur la natte de jonc qui se trouve devant votre porte.

Le juge acquiesça. Dans sa chambre la chaleur était suffocante. S'approchant de la fenêtre, il releva le store de bambou, mais le laissa vite retomber, ébloui par le soleil que réfléchissaient les tuiles vernissées des toits voisins.

Il se dirigea vers le fond de la pièce pour déposer son bonnet sur le guéridon placé près de son lit. Sa dague s'y trouvait, à côté de la théière. Pendant qu'il s'assurait que le thé était encore chaud, son regard se posa sur Dragon-de-Pluie, suspendu au mur. La vue de son sabre bien-aimé lui rappela soudain celui que portait l'Amiral Liang sur le tableau accroché dans la salle ancestrale. Oui, le Victorieux Héros des Mers du Sud avait du sang tanka dans les veines, mais sa sauvagerie primitive était tenue en respect par la noblesse de son esprit, tandis que sa violence se sublimait pour devenir un courage presque surhumain. Il étouffa un soupir, ôta sa lourde robe de brocart et, vêtu seulement de sa robe de dessous en soie blanche, s'allongea sur le lit.

Les yeux au plafond, il songea à ses lieutenants. N'était-il pas responsable en partie de la tragique aventure de Tsiao Taï? On a des devoirs envers ceux qui vous servent fidèlement, et leur chercher une bonne et digne compagne en fait partie. Ma Jong avait épousé les deux charmantes filles du montreur de marionnettes. Il faudrait trouver aussi une femme convenable pour Tsiao Taï, mais cela ne serait pas facile. Il appartenait à une famille de valeureux soldats établie dans le nord-ouest de l'Empire depuis des siècles. Des hommes robustes et loyaux pour qui chasser, boire et faire la guerre étaient les fins de l'existence. Il leur fallait des amazones d'un caractère aussi indépendant que le leur. Avec Tao Gan il n'y avait heureusement pas de problème… sa misogynie était bien connue !

Le juge pensa ensuite aux graves décisions qu'il aurait à prendre dans la capitale. Les membres du parti loyaliste lui demanderaient certainement de remplacer le censeur à leur tête. Ne serait-il pas sage d'attendre la mort de l'Empereur avant d'accepter ? Il envisagea les différentes façons dont les choses pourraient tourner, mais ses idées devenaient de moins en moins cohérentes. La voix assourdie de ses lieutenants, qu'il entendait chuchoter à travers le rideau de la porte, agissait sur lui comme un soporifique. Quand leur murmure cessa, il s'endormit à son tour.

Le silence régnait à présent dans cette aile écartée du palais. Sauf les gardes en faction aux portes extérieures, tout le monde faisait la sieste.

Écartant le store de bambou, Mansour parut sur le rebord de la fenêtre. Le manche d'un poignard à lame courbe dépassait du morceau d'étoffe noué autour de ses reins, son seul vêtement. Sa peau brune ruisselait de sueur car il lui avait fallu grimper par-dessus les toits pour atteindre son but. Il attendit d'avoir repris son souffle avant d'agir, remarquant avec satisfaction que le juge Ti était plongé dans un profond sommeil, sa robe de dessous entrouverte sur la poitrine.

L'Arabe s'approcha du lit avec la grâce souple d'une panthère. Sa main se posait sur le manche de son poignard quand il aperçut Dragon-de-Pluie accroché au mur. Ce serait plaisant de dire au Calife que le chien d'infidèle avait été tué avec son propre sabre !

D'un geste rapide il décrocha l'arme, mais en la tirant de son fourreau il laissa échapper celui-ci, qui tomba sur les dalles de marbre avec un bruit retentissant.

Le juge remua, puis ouvrit les yeux. L'Arabe poussa un juron et levait déjà le sabre quand un grand cri le fit se retourner. Tsiao Taï arrivait au pas de course, vêtu seulement de son pantalon. Il sauta sur Mansour qui se fendit aussitôt et lui plongea sa lame dans la poitrine. Tandis que Tsiao Taï s'affaissait, entraînant son adversaire avec lui, le juge bondit hors de sa couche et saisit la dague posée sur le guéridon. Mansour hésita : allait-il se défendre avec le sabre chinois ou bien combattre avec son poignard courbe, arme qui lui était plus familière ? La seconde ainsi perdue décida de son sort. Le juge s'élança vers lui et planta sa dague dans la gorge de l'Arabe avec tant de vigueur que le sang jaillit en un long jet pourpre. Repoussant le cadavre du pied, le magistrat vint s'agenouiller près de son lieutenant.

Dragon-de-Pluie avait pénétré profondément

dans sa poitrine. Le visage très pâle, il fermait les yeux, un filet de sang à la commissure des lèvres.

— Va chercher le médecin du gouverneur ! cria le juge à Tao Gan qui accourait à son tour. Et donne l'alarme aux gardes.

Il passa son bras sous la tête de Tsiao Taï, n'osant pas retirer le sabre. Un flot de souvenirs confus lui traversa la mémoire : leur première rencontre dans les bois, au cours de laquelle il s'était battu avec la même lame contre le Chevalier des Vertes Forêts qui allait devenir son lieutenant... les dangers courus ensemble par la suite... les occasions variées où ils s'étaient mutuellement sauvé la vie...

L'arrivée des gardes interrompit sa mélancolique réminiscence. Le médecin du gouverneur les accompagnait. Après avoir retiré doucement la lame il étancha le sang de la blessure.

— Pouvons-nous le transporter sur mon lit ? demanda le juge d'une voix rauque.

— Oui. C'est seulement sa remarquable vitalité qui le retient encore à la vie, expliqua le médecin.

Aidés de Tao Gan et du capitaine des gardes, ils le portèrent sur la couche du juge.

Se tournant vers l'officier, le juge Ti commanda :

— Faites enlever le corps de l'Arabe.

Il ramassa Dragon-de-Pluie et revint vers le moribond. Celui-ci ouvrit les paupières. Il aperçut l'arme entre les mains du magistrat et, un faible sourire sur les lèvres, murmura :

— Ce sabre a été l'instrument de notre rencontre ; il est maintenant celui de notre séparation.

Le juge glissa l'arme dans son fourreau. Le déposant sur la poitrine tannée par le soleil et couverte de cicatrices, il dit doucement :

— Dragon-de-Pluie t'accompagnera là où tu vas aller, Tsiao Taï. Je ne porterai jamais un sabre rougi par le sang de mon meilleur ami.

Le sourire de Tsiao Taï s'accentua tandis que ses mains se refermaient sur la garde de l'arme. Ses yeux cherchèrent le juge pour le remercier, puis un voile parut les recouvrir.

Tao Gan passa son bras gauche sous la tête inerte pendant qu'une larme coulait lentement sur sa joue maigre.

— Faut-il ordonner aux tambours de battre la Marche Funèbre, Votre Excellence ? demanda le capitaine des gardes.

Le juge Ti secoua la tête.

— Non, répliqua-t-il. Que sonne plutôt le Retour Triomphal.

Il fit signe au médecin et aux gardes de se retirer. Se penchant avec Tao Gan sur leur ami, ils regardèrent son visage apaisé aux yeux maintenant clos. Au bout d'un moment, du rose apparut sur ses pommettes, et son front se couvrit de sueur ; sa respiration devint saccadée, du sang frais lui monta aux lèvres et il murmura :

— Colonne de gauche... en avant !

Soudain, le son grave des gros tambours de cuir rompit le silence. Leur rythme s'accéléra puis, éclatant à son tour, la sonnerie des trompettes annonça le retour des vainqueurs.

Tsiao Taï rouvrit les yeux. Un sourire se dessina sur ses lèvres cernées d'une mousse sanglante.

— La bataille est gagnée ! lança-t-il d'une voix claire.

Un frisson secoua son grand corps et un râle monta de sa gorge. La mort venait de fixer à jamais son sourire.

XXV

Monsieur Yao reçoit un conseil amical ;
la Clochette d'Or fait de nouveau entendre
son chant joyeux

Il faisait déjà nuit quand Tao Gan mit la
dernière main à sa besogne. Aidé des quatre
agents spéciaux, il avait artistement manipulé
les pièces à conviction et personne ne saurait
jamais comment était mort le censeur impérial.
Le corps de Zoumouroud avait été amené en
grand secret au Tribunal, et de là porté ouvertement au Temple de la Pagode Fleurie pour y
être incinéré. Les complices de Liang, eux,
étaient partis vers la montagne sous escorte
militaire et n'en reviendraient pas. Tao Gan
était recru de fatigue quand, au nom du juge Ti,
il apposa l'empreinte du dernier sceau sur
l'ultime document. Le juge avait quitté Canton
quelques heures plus tôt. Avant son départ, il
s'était occupé personnellement de faire revenir
dans la capitale la dépouille mortelle de Tsiao
Taï. Il avait ensuite pris place dans un convoi
spécial, précédé par un peloton de police militaire. Ses hommes chevauchaient sous la ban-
nière à bordure rouge indiquant leur droit de
réquisitionner à chaque relais des montures
fraîches. Ce voyage serait éreintant, mais c'était

le moyen le plus rapide d'atteindre Tch'ang-ngan.

En sortant du Tribunal, Tao Gan dit aux porteurs de sa litière de le conduire à la demeure de la famille Liang. Des lampes à huile et des torches éclairaient brillamment le grand hall où, sous un dais somptueux, était exposé le corps du maître de la maison. Un flot continu de visiteurs défilaient devant la riche civière et allumaient en passant un bâtonnet d'encens. Un vieillard très digne — sans doute l'oncle dont avait parlé Lan-li — les recevait, assisté du vieux majordome.

Tandis que Tao Gan regardait la solennelle cérémonie d'un air morne, il remarqua soudain près de lui Monsieur Yao Tai-kai.

— Une bien triste journée pour Canton! soupira Monsieur Yao.

Mais sa mélancolie apparente s'accordait mal avec l'expression matoise de son visage. De toute évidence, il calculait déjà quelle partie de la clientèle du défunt allait devenir sienne.

— On m'a dit que votre chef nous avait quittés, reprit le replet personnage.

J'ai l'impression qu'il me soupçonnait de je ne sais quoi car il m'a interrogé comme un véritable criminel. Mais puisque le voilà reparti pour Tch'ang-ngan sans m'avoir appelé devant le Tribunal, cela signifie probablement qu'il a reconnu mon innocence?

Tao Gan lui jeta un regard mauvais.

— Il ne m'est pas permis de m'entretenir de matières officielles avec des personnes étrangères au service, déclara-t-il lentement, mais comme je vous trouve très sympathique, je vais vous donner un avis utile. Quand on place un accusé sur le chevalet de torture, il a tout intérêt à demander à l'aide-bourreau de lui glisser un tampon de bois entre les mâchoires. Il arrive trop souvent, en effet, que sous l'empire de la douleur le patient se sectionne la langue. Mais, à votre place, je ne m'inquiéterais pas d'avance, Monsieur Yao. Se faire du souci n'a jamais sauvé qui que ce soit. Bonne chance tout de même !

Il pivota sur lui-même et s'en fut vers la sortie, laissant Monsieur Yao bouche bée, une expression de terreur dans ses gros yeux bovins.

Mis en belle humeur par sa plaisanterie, Tao Gan renvoya les porteurs et prit la direction du marché. Il éprouvait un peu de courbature dans le dos et ses jambes lui faisaient mal, mais il préférait avoir le temps de mettre ses pensées en ordre avant d'arriver à destination. Après l'animation joyeuse du marché, la ruelle sombre dans laquelle il s'engagea lui parut plus lugubre encore que lors de sa visite précédente.

Lorsqu'il fut en haut de l'étroit escalier il s'arrêta un instant. La stridulation étouffée qui parvint à ses oreilles lui indiqua qu'il ne se trompait pas de porte.

Il frappa et entra. Les petites cages accrochées sous l'avant-toit se détachaient sur le ciel nocturne, et dans l'ombre il lui sembla voir la corbeille à thé sur la table.

— C'est moi, dit-il quand l'aveugle sortit de

derrière le rideau de bambou. La prenant par la manche, il la guida vers la banquette et tous deux s'assirent côte à côte.

— J'étais sûr de vous trouver ici, continua-t-il. Je reprends le chemin de la capitale demain à la première heure, et je ne voulais pas partir sans vous faire mes adieux. Le destin nous a frappés l'un et l'autre. Vous avez perdu votre frère et votre sœur, moi mon meilleur ami.

Il lui raconta brièvement la fin de Tsiao Taï, puis demanda d'un ton où perçait l'anxiété :

— Comment allez-vous faire, toute seule à présent ?

— C'est très gentil à vous de ne pas m'oublier dans votre grand chagrin, répondit-elle, mais ne vous inquiétez pas pour moi. Avant de quitter la demeure familiale j'ai fait rédiger un document par mon oncle, déclarant que je renonçais à tous mes droits sur les biens de mon défunt frère. Je n'ai besoin de rien. J'ai mes grillons ; avec eux je me débrouillerai toujours et je ne me sentirai jamais seule.

Tao Gan écouta un long moment le chant des insectes dans leurs cages.

— J'ai soigneusement conservé vos deux petites bêtes, finit-il par dire. Celle que vous m'avez envoyée et celle que j'ai trouvée dans le Pavillon des Examens Littéraires. Je commence à goûter leur chant. Il a quelque chose de pacifiant. Et je suis vieux et las, Lan-li ; la paix est tout ce que je désire.

Posant une main hésitante sur le bras de la jeune femme, il ajouta timidement :

302

— Je vous serais très reconnaissant si vous veniez me retrouver un jour dans la capitale. Avec vos grillons.

Lan-li ne retira pas son bras.

— J'y réfléchirai, dit-elle. Si toutefois votre Première Épouse ne voit pas d'objection à ma venue.

— Je vis tout seul, Lan-li. Il n'y a pas de Première Épouse chez moi. Mais il y en aurait une... si vous consentiez à l'être.

Elle releva la tête, prêtant l'oreille. Un son nouveau couvrait à présent le chant des autres grillons de sa note claire et soutenue.

— C'est la Clochette d'Or ! dit-elle avec un sourire joyeux. Si vous l'écoutez bien, vous comprendrez que son chant annonce quelque chose de plus que la paix. Le bonheur.

Le juge Ti est un personnage historique qui vécut de l'an 630 à l'an 700 de notre ère. Dans la première partie de sa longue carrière officielle, il se distingua par son talent à débrouiller les affaires criminelles les plus compliquées. Lorsqu'il fut ensuite appelé à de hautes fonctions dans la capitale de l'Empire, son intelligence et son courage firent de lui l'un des hommes d'État les plus marquants de la période T'ang. Les aventures contées dans le présent volume — entièrement fictives — se déroulent au début de cette seconde phase de sa carrière, pendant l'année où il exerça les fonctions de président de la Cour Métropolitaine de Justice.

A l'époque où vivait le juge Ti, les deux grands pouvoirs mondiaux étaient l'immense Empire T'ang à l'est, et à l'ouest le royaume des Califes arabes qui avaient conquis tout le Moyen-Orient, le nord de l'Afrique et l'Europe méridionale. Chose curieuse : chacun de ces deux géants par la culture et la force militaire ignorait presque l'existence de l'autre, leurs points de contact se limitant à quelques rares centres commerciaux éparpillés dans le monde. Les hardis marins des deux empires s'y rencontraient, mais les descriptions des merveilles entrevues faites à leur retour étaient prises pour de fantaisistes contes de voyageurs. Voulant faire évoluer le juge Ti dans un milieu différent de ceux de mes précédents ouvrages, j'ai choisi Canton, l'un des points de contact dont je viens de parler.

Les événements relatés ici sont complètement fictifs, mais il est exact qu'à ce moment la redoutable impératrice Wou cherchait à s'emparer du pouvoir. Elle y réussit quelques années plus tard, après être devenue impératrice douairière. Elle eut alors à lutter contre le juge Ti et ce dernier l'empêcha d'évincer du trône l'héritier légitime, succès qui couronna la belle carrière du magistrat. Cette phase de la vie du juge Ti est décrite dans le roman historique de Lin Yutang : « *Lady Wu, a True Story* » (Londres, 1959). Dans le livre de Lin Yutang, le nom de juge est orthographié Di Jenjiay.

La proclamation mensongère dont il est question dans le chapitre XIX m'a été inspirée par l'une des plus anciennes histoires criminelles de la Chine. Un Machiavel chinois, l'homme d'État semi-légendaire Sou Tsin, du IVe siècle avant Jésus-Christ, employa cette ruse pour se venger d'ennemis politiques qui avaient tenté sans succès de le tuer. Sur son lit de mort, Sou Tsin suggéra à l'Empereur de faire écarteler son cadavre en l'accusant de trahison ; quand ses ennemis vinrent réclamer la récompense de leur ancienne tentative d'assassinat, l'Empereur les livra au bourreau (Voir « *T'ang-yin-pi-shih, Parallel Cases from under the Pear Tree,* a Thirteenth Century Manual of Jurisprudence and Detection », par R. Van Gulik, Leyden, 1956).

Le poison utilisé par Zoumouroud est décrit dans l'ouvrage historique chinois « *Nan-tchao-yeh-shih* », traduit en français par Camille Sainson sous le titre : « *Histoire particulière du Nan-tchao* » (Paris, 1904 ; page 172).

Je rappelle pour finir que les vêtements de l'époque T'ang ne comportaient pas de poches (ce qui explique le nombre d'objets que les héros de mes romans fourrent dans leurs manches), que les Chinois de ce temps n'avaient pas de nattes mais portaient des coiffures, aussi bien à la maison qu'au-dehors, et qu'ils ne fumaient pas, le tabac et l'opium ayant été introduits en Chine bien longtemps après la mort du juge Ti.

Robert VAN GULIK

CHRONOLOGIE
DES ENQUÊTES DU JUGE TI
DANS LES ROMANS
DE ROBERT VAN GULIK

Le juge Ti est né en 630 à Tai-yuan, dans la province du Chan-si. Il y passe avec succès les examens littéraires provinciaux.

En 650, il accompagne son père à Tch'ang-ngan — alors la capitale de l'Empire chinois — et y passe avec succès les examens littéraires supérieurs. Il prend pour femmes une Première Epouse et une Seconde Epouse, et travaille comme secrétaire aux Archives Impériales.

En 663, il est nommé Magistrat et affecté au poste de Peng-lai. Les affaires criminelles qu'il débrouille alors sont contées dans les ouvrages suivants :

The Chinese Gold Murders, Trafic d'or sous les T'ang (coll. 10/18, n° 1619).

* *Five Auspicious Clouds.*
* *The Red Tape Murder.*
* *He came with the Rain.*

The Lacquer Screen, le Paravent de laque (coll. 10/18, n° 1620).

En 666, il est nommé à Han-yan :

The Chinese Lake Murders, Meurtre sur un bateau-de-fleurs (coll. 10/18, n° 1632).

** *The Morning of The Monkey.*

The Haunted Monastery, le Monastère hanté (coll. 10/18, n° 1633).

* *The Murder on The Lotus Pond.*

En 668, il est nommé à Pou-yang :

The Chinese Bell Murders, le Squelette sous cloche (coll. 10/18, n° 1621).

* The Two Beggars.

* The Wrong Sword.

The Red Pavilion, le Pavillon rouge (coll. 10/18, n° 1579).

The Emperor's Pearl, la Perle de l'Empereur (coll. 10/18, n° 1580).

Necklace and Calabash, le Collier de la Princesse (coll. 10/18, n° 1688).

Poets and Murder (Assassins et poètes) (coll. 10/18, n° 1715).

En 670, il est nommé à Lan-fang :

The Chinese Maze Murders, le Mystère du labyrinthe (coll. 10/18, n° 1673).

The Phantom of The Temple.

* *The Coffin of The Emperor.*

* *Murder on New Year's Eve.*

En 676, il est nommé à Pei-tcheou :

The Chinese Nail Murders, l'Enigme du clou chinois (coll. 10/18, n° 1723).

** *The Night of The Tiger.*

En 677, il devient président de la Cour

Métropolitaine de Justice et réside dans la Capitale :

The Willow Pattern, le Motif du saule (coll. 10/18, n° 1591).

Murder in Canton, Meurtre à Canton (coll. 10/18, n° 1558).

Il meurt en 700, âgé de soixante-dix ans.

Les huit titres précédés d'un * sont les récits réunis sous le nom de *Judge Dee at Work,* et les deux précédés de ** ceux qui composent *The Monkey and The Tiger.*

Le lieu et la date de sa naissance ainsi que ceux de sa mort sont réels, les autres ont été inventés par Robert Van Gulik.

Note de l'éditeur : les aventures inédites du Juge Ti seront publiées par 10/18 en 1985-1986.

TABLE

Achevé d'imprimé en août 1985
sur les presses de l'Imprimerie Bussière
à Saint-Amand (Cher)

— N° d'édit. : 1404. — N° d'imp. : 2157. —
Dépôt légal : avril 1983

Imprimé en France

Nouveau tirage 1985